李育善散文集

李育善 著

惊蛰之后

陕西师范大学出版总社

图书代号　WX17N1062

图书在版编目(CIP)数据

惊蛰之后 / 李育善著. —西安：陕西师范大学出版总社有限公司，2017.9

ISBN 978-7-5613-9490-8

Ⅰ.①惊…　Ⅱ.①李…　Ⅲ.①散文集—中国-当代　Ⅳ.①I267

中国版本图书馆CIP数据核字（2017）第214629号

惊蛰之后　JINGZHE ZHI HOU

李育善　著

选题策划	刘东风　郭永新
责任编辑	张　佩
责任校对	高　歌
封面题字	贾平凹
封面设计	观止堂_未氓
出版发行	陕西师范大学出版总社
	（西安市长安南路199号　邮编 710062）
网　　址	http://www.snupg.com
印　　刷	西安市建明工贸有限责任公司
开　　本	690mm×980mm　1/16
印　　张	18.25
插　　页	2
字　　数	248千
版　　次	2017年9月第1版
印　　次	2017年9月第1次印刷
书　　号	ISBN 978-7-5613-9490-8
定　　价	56.00元

读者购书、书店添货或发现印装质量问题，请与本公司营销部联系、调换。
电话：（029）85307864　85303629　传真：（029）85303879

执迷而悟

穆 涛

从两个文章说起

2006年2月号《美文》（上半月刊）发表了育善的《乡镇干部》，约七千字，同年5月，此文又被《新华文摘》（2006年11期）转载。2011年5月号《美文》（上半月刊）发表了他的《一个村子的选举》，约两万字，亦被《新华文摘》（2011年14期）全文转载。《乡镇干部》写的是他任职乡镇时的几个生动细节；《一个村子的选举》是他担任商洛市人民政府副秘书长期间，对一个村子选举全过程的记述与剖析。

这两篇散文的突出之处，是对中国农村在当下社会转型阶段真实状况的判断与思考，虽是个例，但具代表价值。既有令人惊悚的社会焦灼点，也有趋势的预见性。

育善的散文侧重写实，他是实实在在地写，可以说是工作实录，以工作经历为引线，考察社会节奏及民风之变，着眼点具体，用心沉重。《乡镇干部》和《一个村子的选举》之后，他转任商洛市食品药品监督管理局局长，又集中写出《食与药》《惊蛰之后》《今夜在行动》《暗访》《2015年的第一天》《2016年的第一天》《商洛到北京》，这些文章的核心是食品与药品安全的复杂现状，以及生态保护的责任之重和代价之痛。

我和育善是几十年的兄弟，还是他文章的第一读者和责任编辑，他每写成一个文章，先要发给我，我也是不客气地说出我的读后感。说实在话，育善是一位有良心和良知的公务员，但也是一个没趣的人，特没趣的那种，酒喝多了都不会开玩笑。工作之余，唯一的爱好就是写文章。作为基层公务人员，他头绪多、麻烦多、谜团多，但他杞人忧天，执迷而悟，潜心思考，保持着一颗洞明之心。

承重与自重

散文写什么？怎么写？我打两个比方。

散文写什么？当然是写人，写社会。这本来不该是问题，不必多谈的，但当下的散文写作似乎真成了一个问题。我打第一个比方，如果把散文写作的内容和题材，比方用一个星期的范畴去观察的话，可以得到这样的认识：从周一到周五是人们的工作时间，姑且称之为社会时间，一个人的基本价值，是在这个时间段内实践并实现的。周六和周日是业余时间，姑且称之为私人时间，在这个时间段内，亲人聚会、娱情娱趣、旅行或者读书。我们当下的散文作品，写业余时间的占着大多数。当然，散文写作要是没有了情和趣，就少了些味道，但如果以情和趣为主，这味道中又缺了神气和大气。我们中国的小说，以"小"字做名称的抬头，不是自谦，因为这种文体最初形成的时候，即定位在娱情娱性上。旧小说的体例以"回"做章节，是给说书场子写的。每一"回"的开头和结尾，都有"上回说到""且听下回分解"这种场面话。中国绝大多数旧小说都匿名或化名的原因，是写这种作品的人不被文化认同，不被允许登上大雅之堂。

散文怎么写？其实散文想怎么写就怎么写，没有定数。但无论怎么写，得写出新的认识。传统中国人讲的"三不朽"，是立德、立功、立言。立言的根本是"言得其要，理足可传"，"言立而文明"。我的第二个比方是写作如同跳高，无论怎么跳，背越式、剪式、滚式、俯卧式，跳出高度是最要紧的。跳高比赛中说谁谁谁打破纪录，指的都是高度。散文写什么，散文怎么写，如果用最简单的话说要知道承重，也要知道自重。从这个角度讲，育善的散文有承重，也有自重。"哪一滴雨水能代表一场洪灾。"这是一句外国的民谚，我借过来代指一篇散文中细节的内涵和寓意，以及细节之间的关联与纠结。我举育善散文中的几个细节：

写一位退休后自愿上山种树的老教师："就这样，一个人，一面坡一面坡地挖山种树。在这里，山呀树呀鸡呀松鼠呀都是他的朋友，实在闲了，就把它们当成学生给上课。他开玩笑说：'你看这些树长得好，就是我教得好呀。'"——《商洛到北京的水》

写丹江上游生态保护："邻居老刘家，年前儿子娶媳妇，老公公一早就给倒尿盆，还拿到河里洗，被他老婆骂老骚情。老太太边骂边去给管事的交罚款。"——《商洛到北京的水》

写食品安全检查："肉铺子一家挨一家，一个大胖子中年人，手里提着刀晃悠着，一脸的横肉，连笑都是横着的，他问我：'割多少？'我说：'看看。'我翻起来看肉上的印章，他脸上露出凶样儿，说：'不买，有啥看的哩？'"

"我们又来到了一个大棚里，准备吃热豆腐，问那高个的妇女，豆腐是用啥点的，她微笑着说：'用石膏么。'我说咋不用浆水点呢，她说：'浆水点的肯老，石膏点的卖到完都是嫩的。'我还问了加多少合适，她见我随便问，也随便给我答，我这才知道点豆腐怎样加石膏了。"——《食与药》

写山里的贫困户："先到了黄显义家，有四口人，老两口男的七十多岁，女的六十多岁。男的上坡砍柴，摔成了二杆子，不知羞丑；女的上山放牛滚坡后也不灵性。儿媳是从甘肃引回来的。儿子在咸阳一家矿上打钻，家里只有两间房，有十几亩山林。

"来到第二家叫陶德福，三口人，男的七十三岁，女的七十二岁，儿子已五十四岁，脑子笨，也没成家。三个女儿都出嫁了。全家住一间土房，后边有一间灶房。一亩地出租种着红豆杉，还有二亩地种着洋芋苞谷。"

"又到高应魁家,三口人,高应魁四十六岁,妻子病逝,女儿在西安上大学,小儿子在镇里上中学,贷款盖了三间两层楼房,外债还有8万元,女儿一年也要开销两万多。"

"走到硷塄上是高应全家,四口人,男的正在门口烧柴火,五十七岁,女的抱着孙子在门口转悠。儿子出外打工,儿媳跑回娘家了。孙子得的是先天性心脏病,两次在西安住院花了5万多元,……"

"到郭绪安家,他哥六十多岁了,是个哑巴,正在院子里掏猪粪。郭绪安不在,上山挖地去了。他嫂子几年前被洪水冲走了,侄子又到武功上门了。"

"匡丕华家里四口人,两个孩子,一个十二岁,一个六岁,妻子在家看孩子。他过去在矿上打钻,得了硅肺病,四十来岁啥也干不了。"——《惊蛰之后》

散文中的细节与小说里的细节不同。小说的细节有因有果,上承下接,开头写了墙上挂着一杆枪,后来这枪不仅要打响,还要引发一系列冲突。散文中的细节彼此烘托,就像一场大雨酿成的洪灾,再大的雨,也是一颗一颗的雨滴构成的,这些雨滴要独立、要鲜活,雨滴与雨滴再密切关联着集结起来,才构成了大的力道。

好的小说和好的散文都有让人记住的细节,优秀作家的标志是写出了属于自己的个性细节,贾平凹、汪曾祺、毛姆的散文中,随处可见个性化的细节在闪光。育善的散文中有不少让人记住的细节,他的下一步是多写出属于自己的细节。

李敬泽如是说

评论家李敬泽给育善的第二本散文集《山里的事》写的序里,这么评说他的文章:

李育善是儒生。

儒生是这样一种人:读书,明理,做事,写文章。最重要的是明理和做事，他知道为善之理，身体力行，行有余力，则为文。

儒的文章通常诚恳、笃厚，他通常是从"信"起，以"信"终，在儒看来，天地间有些事是不可怀疑的，写文章也不过是为了体认他之所信。

所以，儒不是现代意义上的知识分子，"知识分子"的文章大抵是以不信起，以不信不了了之。

育善笃信一个完善的伦理世界，父慈子孝，亲情乡情。他永远不会在文章中怀疑和非议他的长辈和师尊，推而广之，他对世间事常怀感恩之心。

育善的文章可信，这是最大的好处。

我相信，育善会更深入、更耐心、更坚定地书写他的故乡。他会把苗沟作为世界地图的中心，在这幅图的景象应是：苗沟—棣花—丹凤—商洛—陕西—中国以至世界。因为他真的认为世界应该这样展开，世界的意义就在于此。

对我来说，育善的文章就成了现今中国的一个小的，但更具普适性的样本。

桑梓的动态以及走向

育善的这本散文集，主要写当下的农村，写得真切、鲜活，也写出了社会转型状态下的杂芜。

写农村，应警惕一种"失真"，但中国作家"失真"着写农村，是有传统的。比如田园诗。中国的农村，自古以来都是超重负荷的。所谓的"农本"，就是国家的核心重量由农村和农民承担，桑梓之苦远重于田园之乐。中国古代的读书人有一句座右铭，"达则兼济天下，穷则独善其身"，得志时候书生报国，意气风发，大袖飘飘走天下。失意了，或者致仕退休了，为修养身心和人格，归隐乡间一隅，田园于是成了古代文人们独善其身的"公共场所"。说白了，田园诗是中国古代的"知识分子写作"，是求身心舒坦或文化妥协的一种寄托方式，察其动机，不是为了写出真实的乡村中国，更无探究世道民心乃至民风动向的精神取向。

田园诗也有一个亮点，给自己放松，不给朝廷涂脂抹粉。精神放松，但人品和文品独立。隐身，但不沦落。田园诗，按照文学史里的惯例，从东晋的陶渊明说起，实际上还应该往前推，源头是东汉末年的"古诗十九首"，这十九首诗都是匿名作品，写这种"日常生活诗"之所以匿名，是因为背后潜藏着一场血腥的文化伤痛。

这个话题说起来有点长，我简单说一下梗概。自西汉起，具体是汉武帝时，中国开启了"学而优则仕"的选官模式，即科举制的前身察举制，读书出众者通过考试入仕为官。这个制度催生形成了古代"知识分子"阶层——士群体。西汉之前的中国社会，文化人是天空里的鹰或鸟，各飞各的，没有形成群体力量。到东汉，这个群体进一步充实扩大，全国已有一半以上的官员是读书人出身。东汉末年，具体是166年和168年，发生了两次针对文化人的大清洗，即"党锢之祸"，事发起因是外戚和宦官角逐权力，士群体选边站队，站在外戚一方，宦官借皇帝之威得势后大开杀戮。

"古诗十九首"的背景就是这样的政治生态和社会形态。

"古诗十九首"整体是平静冲和的，"人生天地间，忽如远行客"，"西北有高楼，上与浮云齐"，"涉江采芙蓉，兰泽多芳草"，"明月皎夜光，促织鸣东壁"，"东城高且长，逶迤自相属"，"去者日以疏，来者日已亲"，"生年不满百，常怀千岁忧"，"白露沾野草，时节忽复易"，这样的诗和一场文化浩劫构成怎样的一种孽缘因果？是文化隐身，但不是逃逸，也不是对恶劣政治的失望，而是不再抱希望。"古诗十九首"是中国文化心理的一个重要转折点，此之后，才有魏晋名士的夸张和变异，才有陶渊明的逃隐和现实遮蔽，再至唐之后，定型为田园诗这样的格局。

中国农业社会几千年，但旧文学史里，竟没有一部直视农村现实和农民苦衷的重量级作品。田园诗中有这样的个例，"老农家贫在山住，耕种山田三四亩，苗疏税多不得食，输入官仓化为土"，但这也仅是个例而已。

当下的中国农村正在经历前所未有的大转型，在脱胎换骨般变化着，我们通过具体数字看这种变化，当下有二亿六千万农民工，这是中国职业群体中的"新人类"，分布在中国所有的城市，包括县城，这个数字相当于十个台湾，大半个欧盟的人口。这个群体如果不能"软着陆"，将是中国最棘手的大问题。在这个群体的背后，还有几千万的留守老人和留守儿童。今天的农村问题，已不再是简单的文明和落后、进步与保守，已经关乎中国的社会进程，以及未来趋势。

育善写农村，可贵处就在于直视着去写，但他还有待于写得更好，我期待他的下一本书。

目录

惊蛰之后 001

食与药 011

新年第一天 031

关乎生命的那些事 036

到乡下去 041

过了霜降 046

在皂河村过重阳 054

"担保支书" 057

商洛到北京的水 061

人在山城 071

秋日阳光铺满山城 080

农家生活 082

乡镇干部 085

一个村子的选举 094

到村上去 122

从哪里来 130

往事两种 136

春天,在老屋的那个日子 141

老家 146

亲人们 153

我和平凹兄长 173

长大后 181

老周的心事 192

同学 195

李明白的"明白" 207

踏雪访友　210

老马　212

锅炉工老刘　215

她和她那个小店　218

西柏坡小院的梨花　221

一个女人和一只藏獒的故事　223

歌声　227

绿窗　229

当秘书的那几年　231

华山挑夫　234

教书　236

年的感觉　241

树上的空巢　246

植树　249

兰花草　251

寒风里的拥抱　254

到年龄了，就想通了　257

回归　260

搬房子　263

野桃花　265

盼雪　267

附：

《山里的事》序 / **贾平凹**　269

儒生育善的世界观 / **李敬泽**　271

理解中国农村的样本 / **李成**　275

后记　279

惊蛰之后

老农家贫在山住,耕种山田三四亩。

——张籍

过了惊蛰,秦岭山里的野花相继开放,野桃花、野棠棣花、连翘花,还有不知名的野花烂漫成花海。地气上升,人也活泛了。我们脱贫攻坚工作队也开始行动了,背上被褥,带上锅碗瓢盆,驻村入户,摸清底子,找准对策,让贫困户早日脱贫。这些日子,再累再忙再晚,我都把每天的所见所闻,所思所想,原原本本地记录下来。

2016年3月7日　星期一　阴有小雨

一早走到单位,先后召开了班子会和职工会,安排好一周工作,特别叮嘱明天所有包抓贫困户的干部统一进村入户,人人要见面,一个都不能少。随后,我和同事小张乘车赴柞水县凤凰镇皂河村驻村帮扶。

一路上,车子在山路上拐来拐去,山腰的一簇小黄花,一堆野杏花,让人感觉春姑娘正在T型台上展示时装。山上的松树柏树,让初春刚刚泛青的绿意,有点害羞。

下午3点30分,我们到了设在皂河村小学的村委会。村上在这里给腾了房子,让我们住。女村主任姓殷,已在那里等着。她已经五十六七岁了,脸圆红润,人长得丰满,看上去像四十六七。一放下行李,我就急着要入户了解情况,殷主任笑着说:"不急,不急,先吃饭吧。"我态度很坚决地说:"不,来了就要抓紧时间,先入户,啥时回来,啥时吃饭。"她笑着带我们走向一组的贫困户里。

过了人工搭的木板桥,上慢坡,过硷塄,门前有个小场院。塄边有一棵樱桃树,已经长满了花骨朵。家门口台阶上整整齐齐码排了锯好的有两拃长的柴火。门上锁。门上贴有两副对联,一副小的贴在木门框上,大的贴在两边墙上。大红的纸,吉祥的字,想必主家心里是充实的。三间楼房,带一间厦房。殷主任跑到沟上面一家也没问到,就大声喊叫,也没见影子,有可能到山背后干活去了。听殷主任说,这家儿子叫倪书锋,是父子俩过日子,儿子不聪明,外出打工也没人要,就窝在家里种地。

来到公路边上的朱治莲家,也是门上锁。殷主任跑到屋后梁上喊,也没人影儿。她说,这家有五口人,朱治莲是母亲,重度残疾,儿子是聋子,还有硅肺病。家里有四间平房。直等到天都麻差黑了,人也没回来。

又走了一段路,到柯昌贵家,八口人,他有一个哥六十多岁,精神不正常,一犯病就乱打人。我们去的时候,他哥正在硷下挖地,见人只是傻傻一笑。儿子在外打工,儿媳带两个孙子在镇上念书,一个八岁,一个三岁。家里有三间楼房,种了二亩坡地,栽了二分地核桃。问他咋脱贫呀,他愁眉苦脸,唉声叹气说:"没钱,没本事,只有将就过了。"我说:"种药、种香菇、养猪都行么,钱村上想办法给贷款。"他脸上这才露出笑意,说:"那就想种香菇。"殷主任也赶忙说:"咱五组有个食用菌合作社,我给联系种子,放心,只要想干,没有干不成的。"说得老柯的老婆也笑了。

转了两个大弯,走过一座水泥桥,这里又住着一堆人家。来到关广银家,有五口人,他四十六岁,母亲六十八岁,继父七十八岁。他二十几岁在潼关金矿打工时炸瞎了右眼,妻子有点傻。外出打工不便,他就在家门口偶尔给有丧事的人家唱孝歌,一晚上能挣100元。今晚镇上有一家请他去唱,他已洗好脸,梳了头,人看着精精神神的。他说想养羊、养鸡,殷主任笑着说:"村上有土鸡散养合作社,到时候给你提供防疫过的鸡娃子。"他高兴地直点头。他还说到他继父在另一个镇村上给低保,他见人老了,没人管就接过来住,人家那边不给了,到这里也没户口,这边也给不成。这个事情我记在本子上,想办法解决。

这时候,住在广银家后面的徐光荣也袖着手来了。他是我去年包抓的户,有心脏病,已做过手术。他笑笑地说他种了白芨,一斤能产五斤,种三年一斤挣240多元。他种了二十多斤,贷款的事情,支书都给联系好了。

黄邦成是我包抓的户,家里是他和老母亲,老人已经七十多岁了,他也四十五岁了,也没成家。他想到外面打工,又放心不下母亲,没办法,只好在门跟前打零工。问他咋办。他也袖着手,说:"没办法呀!"我当下给他掏了1000元,叫他种药或种香菇,他一下子来劲了,说:"只要有本钱,我能吃苦,干啥都行。"

我包抓的另一家叫潘石印,和黄邦成是邻居,四十五岁,有风湿性心脏病。儿子十八岁,不上学了。老婆在县城酒店端盘子。他啥也干不了。我也给掏了1000元,说:"儿子打工包在我身上,最好叫学一门技术,家里先散养些鸡么。"他感动地说:"一定要脱贫啊。"

晚上8点多才回到郑支书家,我心情很沉重。他让妻子给我们做手擀面吃,见我满脸愁容,他却不紧不慢笑着说:"领导放心,脱贫摘帽不会拖县上后腿的。"他掰着手指头烂若披掌地给我介绍:核桃产业合作社一百多亩核桃园,林下经济搞散养鸡,把地划成一溜一溜,一溜种草,一溜放鸡,草长上来了,再把鸡赶到草里,鸡吃草吃虫子,循环原生态。一只散养土鸡至少挣40多元,1000只就能挣4万多,还可以投资入股分红,妇女来打工,这就能带动一二十户;还有一家种植红豆杉的,租了上百亩地,一亩地年租金800元,加上除草、浇水,打零工也有收入,这又能带十几户;板栗合作社把家家户户组织起来,加强科管,一户一年打上千斤,按去年最低价3元,这一项能保证一个人脱贫；食用菌合作社办的厂子在扩大，光用工就能解决一二十个；养鸡合作社带动在二三十户；还有种猪苓、养猪、养羊也能带动一部分；政策兜底一部分。他一拍胸脯说："这些都是实实在在的产业项目支撑，干起来就没一点问题。"听他这样一说，我饭也吃得香了，一大碗面呼呼噜噜吃完了。饭后，我们又坐到火盆边烤火。他一笔一笔算账，一户一户落实，2016年脱贫多少，2017年脱贫多少，2018年全部脱贫，没半点虚头。听到远处树上猫头鹰的叫声，我这才和同事朝驻地走去。

这一夜，我做了一个梦，皂河村两百多户贫困户，家家都用背篓朝回背钱哩。

2016年3月8日　星期二　阴有小雨

早上6点我就被树上的喜鹊叫醒了。洗漱过，在学校操场走了几圈。早上7点30分，吃米粥就榨菜，也香喷喷的。村主任家在二组，昨天太晚就在娘家住了，她一早就来叫我们到她妈那儿吃饭。我知道农村早饭一般都在早上10点左右，尽量不给人家添麻烦。这时，上学的孩子也三三两两到校了。问了校长，得知加上学前班才有四十多名学生，是复式班。想起自己小时候上的也是复式班，在故乡一座破庙里，点的煤油灯，坐的是土台子。如今，学校用的是楼房、电灯，学生还在学校有营养餐吃。

早饭后，我沿着公路散步，天阴沉着，村民也纷纷下地干活去了。田野里的麦苗返青，绿油油的。路边一只喜鹊也在闲步，地里核桃树上也有一只喜鹊，它们在叽叽喳喳对话，见我走过去，路边那只就飞到树上去了。小时候听奶奶说一早出门见到喜鹊，这天必有喜事。今天是我们单位三十多名包扶干部进村入户，也算喜事一桩了。

8点过5分，我们在殷主任带领下来到一组。先到了黄显义家，有四口人，老两口男的七十多岁，女的六十多岁。男的上坡砍柴，摔成了二杆子，不知羞丑；女的上山放牛滚坡后也不灵性。儿媳是从甘肃引回来的。儿子在咸阳一家矿上打钻，家里只有两间房，有十几亩山林。

来到第二家叫陶德福，三口人，男的七十三岁，女的七十二岁，儿子已五十四岁，脑子笨，也没成家。三个女儿也都出嫁了。全家住一间土房，后边有一间灶房。一亩地出租种着红豆杉，还有二亩地种着洋芋苞谷。

又到高应魁家，三口人，高应魁四十六岁，妻子病逝，女儿在西安上大学，小儿子在镇上上中学，贷款盖了三间两层楼房，外债还有8万元，女儿一年也要开销两万多。让他在门前种香菇，我说："资金技术，我们和村上一块想办法。"他开心地笑了。

走到硷塄上是高应全家，四口人，男的正在门口烧柴火，五十七岁，女的抱着孙子在门口转悠。儿子在外打工，儿媳跑回娘家了。孙子得的是先天性心脏病，两次在西安住院花了5万多元，大夫说是大动脉移位，做不成手术。儿媳把娃的出生证拿走了，上不成户口，办不成合疗，医疗费没法报。看着抱在怀里嘴脸乌青的三岁男孩，我心疼得差点流泪。我说上户口的事我和镇上联系，让他们先找儿媳商量要回娃的出生证。叫他们先在门口养些鸡，种些洋芋，多少也能挣俩钱。

黄平安家三口人，他婆都八十多岁了，单另过着，他爸不在世了，他妈哑巴，人又不灵醒，还要他婆照看，他在外打工。我们去时他婆正招呼他妈吃饭哩。

进到东沟，就是二组了。沟有四公里长，路基已经做好，就是没有水泥硬化。殷主任就住在这条沟里，她让我帮忙联系硬化资金，我也满口应声。车子行到尽头，下车走过小溪上一座独木桥，溪边有一堆竹子，一片翠绿平添了几许活泛。

上到半山腰，过去修的一层层梯田，整整齐齐，已经种上洋芋了。到郭绪安家，他哥六十多岁了，是个哑巴，正在院子里掏猪粪。郭绪安不在，上山挖地去了。他嫂子几年前被洪水冲走了，侄子又到武功县上门了。

返回到汪太忠家门口，门上有两副红对联，门框上一副小的，墙上贴了一副大的，"贺佳节百业兴旺，迎新年万事如意"，对脑上写的是"吉星高照"四个大字。这里人过春节贴对联都是双副的,比我们老家人讲究多了。可想,他们渴望美好的心思是实实在在的,一点都没虚头。这家五口人,二老都快八十岁了,精神还蛮好,老汉忙着找烟给发,女的寻碗给舀饭,正是吃早饭时间。儿子四十多岁,有风湿病,啥都干不了,和儿媳在镇上带娃上学。小儿子退伍后在青海打工。屋梁上挂了不少腊肉。我问:"老人家,咋不把腊肉拿去卖了呢?"老人淡淡一笑说:"不卖,留着给孙女生娃待客时吃呀。"

10点30分左右,我们局里的同志到了,我也从农户家里返回村委会,给大家发了表册、信息卡,还请镇上包村干部给讲解如何填写。大家关心我在这里的吃住,他们见我精精神神的,也放心了。一位同事打趣说:"领导在乡镇干过,啥苦都能吃,说不定扶贫还能扶出一组好文章来。"同事们哈哈笑着点头。

中午在郑支书家安排了三桌饭,我让办公室小齐按每人20元付了伙食费,支书坚决不要,我说这是规矩,他这才勉强收下。饭后,大家纷纷去入户对接了。我和支书到五组看贫困户。

下午1点20分,我和郑支书在通村公路上边走边聊。绕过一个弯,在坡根有两间新盖的楼房,他指着说,这是在后面沟里住的匡绪明、匡绪有兄弟俩,都六十多岁了,也没成家,房子是村上筹钱给盖的。走到杜胜亮家门口,门上锁,郑支书说,这家儿子春节前死了,肝硬化,孙子才十三岁,在上学,老人七十多岁,上山放羊去了。羊咋卖,村上正给想办法。

匡丕华家里四口人,两个孩子,一个十二岁,一个六岁,妻子在家看孩子。他过去在矿上打钻,得了硅肺病,四十来岁啥也干不了。住着五间石板房,想盖新房,信用社不愿意给贷款,支书说:"贷款的事儿包在我身上,他们都叫我'担保支书',我担保管用。"说到发展产业,让先在家门口地里搞核桃树下散养鸡,资金问题,共同想办法。

在走访贫困户过程中,郑支书介绍了他自己的情况。他二十几岁就到潼关金矿开矿,赚了钱,却被人骗到广西开矿,这一下赔了个精光。又不甘心,跑到宝鸡开矿,把山都打透了,也不见矿的面儿。从此,才安心回村,选举当上村主任。先修路，再拉电，抓产业，搞搬迁。他指着前面山脚下一排排新建的楼房，深情地说："这些都是从山上搬下来的，都已经脱贫致富了。"他又说，搬得出来是基础，能致富才是目标，有住有吃有穿有钱花，自然就能留住了。他还说，有的户在老庄基上养猪养羊养鸡、种药材、搞木耳，啥来钱干啥。

晚上6点30分，我又与自己的包抓户交谈，一下子有了亲戚般的亲切感。

晚上8点左右，才回到驻地做饭吃。山村的寂静，让人一下子安心了，偶尔几声犬吠，回到故乡之感油然而生。窗外有几声猫头鹰叫声。我写下一天的所见所闻，倚在床头读书。

夜深了，我依然没有睡意。

2016年3月9日　星期三　小雪转中雪

早点起床，读《索尔仁尼琴传》，7点左右，天上飘起了雪花。7点30分，吃早饭；8点，和郑支书一块儿到六组。这里原来是银桥村，是去年合并到皂河村的，原村支书卢秀华，现在是皂河村的副支书。我们来到他家，他和儿子在火盆边烤火，告诉儿子开车去拉啥东西。他人瘦，脸窄，眼小。问香菇发展情况，他笑着说已经建了两处了，有不少棚了。说着他领我们去他家硷塄底下正在接种的大棚，他喊来老板陈晓虎，是个黑瘦的小伙。他说搞香菇已有六七年了，建成四十五个大棚，光接种一天都需要十四五个人。每人一天管两顿饭，给发70元。进到一个塑料大棚里，刚喷过杀菌药，有一股刺鼻的味道。棚里有十几个中年妇女戴着口罩，给码排成一摞的香菇袋接菌种。一个女的用电钻在料袋上打洞，其余的妇女流水线般把菌种掰成小块塞进洞里，一袋种完，种下一袋。一排子接种完了，上面加一层塑料纸，再放上灭过菌的料袋，继续接种。小陈老板看着不太精爽。他见我们对他的产业感兴趣，高兴地说："咱这地方是南水北调中线水源涵养区，不准砍伐树木，这些木渣渣子都是从外地拉回来的。一袋成本3元，接好菌种图到4元多，正常情况下一袋产鲜香菇一斤半，按目前最低价一斤5元计，一袋能挣3到4块钱，一个棚放上3000袋，挣1万多哩。"说话间他两手还捧着一个菌种袋。"现在带动了十六七户贫困户了。"他边摆弄手里的菌种边补充道。我说想办法给他争取项目资金，条件是要帮助贫困户，或者以成本价给提供接种好的料袋，免费技术指导，或者来打工。他笑着说："没问题。建大棚到一定规模，上面给的补助，一分钱我都不要。"我又说了昨天在一组跑到的几户想搞香菇。他说："要我这儿现成的也行，自己搞叫上门帮助也行，没有劳力，把钱投进来分红也行。"他说到分红，我很感兴趣，便问了详细情况，他说："比如，他投入5000元，搞1000多袋，一袋要能挣4元，便给他2元。"我想，如果一个干部借给一户5000元，等有收入了再还，这样不就解决资金困难了么。

走出塑料大棚，我们乘车朝沟垴走。这时候，雪下大了。沟畔有许多核桃树，有的两个人都撸不严，郑支书说他们这里发展核桃比较早，20世纪50年代就有规模了。车子开到没路处，在一棵大核桃树下停着。雪已经下得纷纷扬扬了。山上的野桃花也被雪隐得看不清了，一时间分不清哪是雪花哪是桃花。来到住的最高的这家，主人叫黄存耀，老两口在家，老黄见垴底下停了车，就早早等在垴边迎接，嘴里还不停地说："稀客呀，贵客来了！"拉我们进屋，围坐在山墙根烤柴火，他又跑去抱了些梢子柴。他老婆说话不太清，很热情，要给我们倒水，老黄忙着从柜里摸出一盒烟给发。说话间，我掏出笔记本，他老婆见我要写字，就起身拉开电灯。老黄原来也是银桥村的干部，郑支书说："现在咱是一个村了，一家人了，我要来看看大伙。"老黄回到里屋，半天出来，端了一纸杯苞谷酒，塞到老郑手里，老郑递给我们一一舔了舔，很辣，很烈，然后他自己端上边喝边说话。老黄说他二十四岁入的党，90年代还申请过搬迁，当时上面没有动静，就再没想过搬了。郑支书说只要想搬，现在都能搬。说到产业，老郑建议他在屋后面山上养土鸡，他笑着说："想养哩，就是没本钱么。"老郑说："钱有我哩，鸡娃子有我哩，叫你只还本，不付息。"老黄说："那，那太好了，叫我赶紧跟儿子商量。养么，天大的好事儿么。"老郑喝完一杯酒，脸都成猪肝了，这才起身走人。这时，雪下得更大了，在车上支书才告诉我，人家能拿自家的特产招呼，是最高的待遇了，你不会喝也要喝，一定要喝完，不然人家以为你瞧不起他哩。噢，我说嘛，他一个支书说不喝就不喝，非要喝成那样。

返回路上到七组吴秋明家，他家门口的地都被网子围了起来，已经放养了不少鸡。他家房子东侧盖了不少鸡舍，屋后面成了一大片冬青，碧绿一片。他去年养了土鸡3000只。一个小碗口大的鸡娃子10元，有九两重，一只鸡一天喂一二两苞谷，加上种的苜蓿草，地里长的虫子，生态养殖，八个月出栏，一只土鸡净挣40元，去年收入12万元。他还成立了合作社，有县里颁发的"和泰养鸡合作社"的牌子。他说已经有十来户都入社了，今年要发展到1万只，再养几头母猪。去年投资的钱当年就收回了成本，只要谁想养他都愿意提供防疫过的鸡娃子。我和他商量，能不能也采取入股分红的办法，多帮助些贫困户。他也痛快地说："没麻达么。一个鸡挣40元，给投资分15到20元，养1000只，一年就能净分2万元哩。"这账算得大家心里都美滋滋的。

下午又到二组，这里海拔也在一千米以上，看了陈正贵家，他家种了二百斤猪苓，他也想搬到沟道里住，支书已经做了安排。晚上，我又赶到卫光荣家，她丈夫春节时去世了，儿子在县里读高中，她人也不聪明，我又给掏了1000元，让她把春季的农活安排好，可以多种点洋芋，到时候，我们单位人来买。我和支书大概算了个账，一人买上三四百斤，也能买好几万斤哩。

晚上在原东垣村支书、现任副主任的任富春家吃饭，他把自家酿的苞谷酒加热还放上红糖，下口爽，不知不觉就喝多了。回到宿舍时，被风一吹头就晕了，感觉山乡也被吹醉了。

2016年3月10日　星期四　阴转晴

一早起来，镇上的康书记、镇长等都来了，我们一块商量脱贫项目的事情。还有两座危桥要重修，市上资金已到，让县上交通部门抓紧实施，公路拓宽市里已经立项，今年重点是修路沿。

说到便民大厅，我说从办公经费里给挤出8万元，康书记笑着说："看来昨晚没喝醉呀，说的话不是醉话，真给兑现呀。"我说："放心吧，单位再困难也能挤点，还要给合作社挤点哩。让他们带动贫困户。"康书记高兴地说："这才叫真扶贫！放心，钱一定会用到刀刃上的。否则，我撤他支书。"说得大家哈哈笑了。

康书记立马电话通知叫接来县里的设计人员，他亲自拉尺子丈量地基，给便民大厅画草图。郑支书感动地说："太好了，这样以后群众办事方便了，也不用到学校去影响娃们上课了。"我补充说："这些钱，我说了不算，回去召开党组会研究定了才算数。"

太阳亮亮的，照着我们几个人，大家都忙着丈量便民大厅的面积呢。

明天市里有一个会要求我参加，我得先回市里，脱贫的事儿只是了解了情况，刚刚开了个头。驻村的日子也才几天，随后要长期住下来，把脱贫的事儿当成自家的事儿，一件一件干好。

2016年3月13日、20日、27日

食与药

> 我这里没有旁的念头,只有一个念头:责任。
>
> ——梁漱溟

一

2012年10月下旬的一天晚上,都10点多了,我还在机关加班,接到一位领导的电话,说市委常委会研究让我做市食品药品监督管理局局长。这消息有点突然,我一下子心乱乱的,这事儿组织也没有找我谈过,我又从侧面打听,当得知消息确信无疑时,心里是高兴是惊喜还是担忧,自己也说不清楚。老百姓的饮食用药安全可是天大的事情啊,这副担子可不轻哟,我能担起来吗?脑子里忽然闪现出几年前一个县发生的毒牛肉致人死亡和农村结婚有人投毒的镜头,还有全国假牛奶、假药以及辣椒里加苏丹红的一幕幕情景。越想心里越沉重,连半点兴奋也没有了。

回到家里,我先在父母的遗像前上了一炷香,坐到书房又在胡思乱想:在市政府做副秘书长已经好多年了,服务协调之类的工作可以说干得游刃有余,现在让我去主持一方面工作,真是底气不足。过去虽也曾经做过乡镇一把手,也管过机关事务工作,但那与人的生命关系不大,现在让管食品药品安全，那可是关乎人生命的大事，闹不好会出人命的。母亲在世时，常常给我说："娃呀，做啥事都要小心，要凭良心，一辈子都不要做昧良心的事。"我时时刻刻都在用母亲的话指导着我的行动。然而，现在是一些不法分子，利欲熏心，在食品药品生产经营方面不顾一切，干出伤天害理的事情。母亲是得肝癌去世的，听医生说，她的肝没有得过肝炎，很可能是吃过变质的玉米而导致的。过去穷苦的时候，她把从老鼠洞里挖出的玉米晾干磨了吃，有一点剩饭发馊了，她也舍不得倒掉，一块黑馍绿毛都长好长了，她愣是在袖子上一擦，香喷喷吃下去。这一夜，我想了很多很多，失眠了。

第二天早早就到办公室。即将和这里的一切告别，我心里蛮不是滋味，那桌子，那书柜，那盆花，仿佛都在偷偷地掉眼泪。领导叫我过去，说道："组织决定想必你也知道了，是好事，去了好好干，暂时还得兼顾两边，给书记请示过了。"我说："请放心，我一定做好各方面工作。"随后，市委书记叫我去，很认真地对我说："你是个文人，有善心，也细心，组织把这副担子交给你，是责任，不是权力，一定要珍惜，要干好。"我表态说："听从组织安排，一定尽全力做好工作。"我想，当年我到基层做乡镇书记时心里不也是没谱嘛，不也打拼得有鼻子有眼的，只要敢于担当。

在市人大任命会上，我承诺：竭尽全力保证老百姓吃上放心的食品，用上安全的药。组织上去宣布时，我讲了四句话：勤于学习，善于思考；注重发挥，勇于创新；带好班子，抓好队伍；严格要求，接受监督。也请大家多监督，多支持，多帮助。

二

到任后，我首先钻研业务知识，尽快熟悉情况。和所有职工交谈，让他们放开说，我认真听，专心做笔记；和班子成员交流，他们都是行家里手，有的还是某一方面的专家，我虚心向他们请教。当然，至于说到人际关系，说到人们之间的矛盾，我只是听，不会随便给人画像。在交谈中我得知下属单位职工的住房公积金好几年都没钱交，还有检验所技术人员的职称数不够，还有职工子女当兵回来安置不了，等等，我都一一表示：请大家放心，一家人不说两家话，只要大家用心工作，有困难来找我。

慢慢地，我学会了怎样工作，进药店要查什么，到酒店要看什么。我利用八小时之外的时间，由一位懂业务的同志带上，挨门齐过对市区的药店、酒店不打招呼去暗访。这样使我学到了不少东西，比如，Rx代表处方药，OTC代表非处方药，处方药要用处方购买，要在驻店药师指导下购买，而非处方药像超市商品一样，可以自由选购。随便抽一盒药，先查看药品批号、生产厂家、生产日期和有效期，再索证索票，查购进渠道。

去酒店、餐馆，直接入后厨，查熟食间、凉菜间、面点间，查执照，查健康证，查添加剂管理，等等。一次，在一个农家乐陪人吃饭，我跑到操作间问厨师："你这凉菜是用啥水拌的？""那不是水龙头，一冲就得了。"他很不耐烦地说。我说："那把人吃出毛病咋办？"他却不以为然地说："不干不净吃了没病，人经几辈子都是这样过来的，有啥哩。"我耐心地给他说："老兄，凉菜是直接吃的，要用凉开水，或者纯净水，不然吃了会拉肚子的。"他抬头瞪眼，凶凶地说："你是干啥的么，吃的饭不多，管的闲事不少。"我掏出执法证，笑着说："我就是管你的。"他胖脸上马上堆出笑容，连连赔不是，说："对不住，真是大水冲了龙王庙。再说了，不知者不为罪，下次改。"我再没有说什么，反而批评我们监管人员，从业者不知道是我们的失职。

还有一次到一个镇上检查，见一个小门面上挂着某某凉皮的牌子，一个中年妇女正在忙着给客人调凉皮哩。等她忙完了，我走过去，笑着问："大嫂，你这店咋没个证呢？"她高声叫道："妈妈爷呀，卖个烂面皮还要个啥烂证哩。"我又问："那你体检发的健康证呢？"她没好气地说："孤儿寡母连吃饭钱都没有，还体哪门子检哩？"我一边给她帮忙抹桌子，一边笑着说："大嫂呀，你说的困难我很理解，可开饭店，没有许可证是违法的，万一把谁吃出个三长两短咋办呀？"她见我很诚恳，笑着说："那我明天就给办去。"我给县里工作人员说："像这样的困难家庭，要主动上门服务，费用不行就免了。"那女的有点不好意思,说:"那要感谢政府哩,不掏钱干啥都情愿。"得知这是个离异的单亲家庭,我心里沉沉的。不给处罚反而还给免去费用,她感动得一口一个"谢"字,反倒叫我们不走都不好意思了。

三

监管就是服务,企业守法生产经营,健康发展,才能赢得消费者,才能创造利润。我对工作人员要求:我们对企业就要服务、保护、扶持和监督,发现问题及时帮助整改,对不法分子当严惩不贷。

有一家生产中药饮片的企业,把自己的经营证照出租给别人,并且不按规范生产,工作人员要求立案处理,我完全同意。一时间找不到企业老板,工作人员四处打听,老板就是不闪面。他不知道从哪里得知我和他妹夫是同学,让他妹夫来说情,我气不打一处来,说:"老同学,你想想,药品干啥哩?是治病,不是害命哩。假如你管这事你咋办?你给他捎话,他要再不来接受处理,马上查封。"他妹夫一看我都黑了脸,二话没说走了。第二天他主动上门,请求处理,及时纠正了违法行为。

外地发来协查函,怀疑一家制剂企业在原材料使用上有偷工减料之嫌。我马上召开班子会,决定结合省里开展的"两打两建"活动,调查整治。工作人员还在车上,有位领导打电话劈头盖脸训斥我:"你咋搞的,招商引资多不容易呀,你这不是搞破坏么。"没等我回话电话就挂断了。这一下子把问题闹大了,我们倒成了发展的绊脚石了。我很委屈,亲自到企业了解情况,那老板也给领导解释清楚了。后来,在一次会上领导见到我,说:"冤枉你了,要监管,更要服务,现代医药可是我们四大产业之一啊。"我在政府机关工作了十几年,知道我们贫困地区招商引资的困难,也明白投资拉动对我们意味着什么。在我们系统大小会议上我都强调给企业服务是我们的宗旨,要把监管寓于服务之中,要从一点一滴做起。

有一家制药企业,好几个产品都是有自主知识产权的,很有前景,就是管理跟不上，技术人员缺乏，加之内部窝里斗，被人举报到省局，省局派人查处，发现有把失效药品二次使用的嫌疑，这样搞不好就成大案子了。老总情急之下，扛了几万元来找我，他满脸的无奈，说："局长，求求你了，帮帮忙，这钱你拿上请人家吃饭，不够我再给拿。"我一把将钱摔到地上，凶神恶煞地骂道："你这狗东西把人当啥了，你以为拿钱就能办事，你没想想，制假药就是杀人犯，不治病就会要人命。"我把他轰出办公室，立即派药品安监科科长进驻厂里，一边陪同调查，一边帮助整改。如今，这个厂子已经提出申请新版GMP认证。后来，那位老板逢人便说："还是市局人好，服务到家了，手把手教我们，今后药品质量再出问题，那羞得不如吊死去。"

有一次在一个酒店招呼客人，服务员给每人上了一碗浆水凉粉，这是地方小吃，又香又酸很可口，我刚舀了一勺子吃了半口，香得在咂巴嘴，边上一位同事趴我耳朵上叽咕，我定睛一看，碗里有一只绿头苍蝇，同事很聪明，说："这凉粉没加热好，来来来，让服务员全部收掉，加热后重上。"为了不影响客人，同事出去用手机拍了照，做了笔录，立案处理。事后，酒店老板给我赔罪，我生气地说："我吃个苍蝇是小事，让外地客人吃了咋办？人家咋看我们的监管哩，人家会笑话我们失职，真叫老百姓知道，非指脊梁骂娘不可。"他点头哈腰愿意接受任何处罚。我说："谁想罚你呀，是让你长记性。饮食安全大于天知道不？"他连连点头，说："是呀，是呀，保证再不出现这事儿了。"

四

老家有一句古话叫"龙多了出干旱"。食品安全监管过去是铁路警察各管一段，然而连一个小小的黄豆芽都管不好，各地"毒豆芽"事件屡屡发生。党的十八大以后，国家对原有监管体制进行大刀阔斧地改革，将原来由质监、工商部门承担的食品生产、流通环节的职能划转到食品药品监督管理局。2013年8月初，省上在咸阳市的旬邑县召开了座谈会，一是学习那里乡镇组建监管所的经验，二是想听听市一级对改革的意见建议。省编办的意思还是按照要求，只在层级内调整编制资源。

回来后，我马上给分管市长和常务市长做了汇报，领导要求我们尽快拿出改革方案。同时，我将国务院副总理汪洋在《求是》（2013年第16期）上发表的署名文章《食品药品安全重在监管》一文和省上的改革建议方案以及我们的工作情况一并复印，装订成册，分别呈请给市委书记、市长、常务市长、分管市长，让他们高度重视。其实我个人的小算盘打的是：领导看了总理的文章，在机构编制经费人员上一定会给倾斜的。

我利用一周时间，带着业务人员，先后深入七个县区和相关部门再次了解情况，全面掌握监管现状，提出改革方案，及时和编办、人社、质监、工商等部门沟通。工商、质监部门的主要领导和我私交好，他们纷纷表示，政府咋定咋办，全力支持，这让我吃了定心丸。编办领导做事谨慎，要等省上的方案敲定了，再定咱的方案。省上改革会议召开之后，我又跑到编办，他们也全力配合。主任很难肠地给我说："省政府的政策一定要落到实处，可编制从哪儿来呀吗？工商、质监在食品监管岗位上只有六个人。"我说："那差得远，省上建议市局不少于六十人，县区局不少于三十人。"主任笑着说："好我的兄弟哩，你把我杀了，我也给不出编制来。"我说："不行了问省上要么，听说给增加哩。"主任当着我的面，马上拨通省编办的电话，得到的答案是在同级调整，一个也增加不了。我一听心凉了半截，主任叼着烟在办公室走来走去，幽默地说："这才叫法儿他妈把法儿死了——没法了。"突然，主任站到桌前，说："有个情况，按层级管理的原则，可以将区工商分局的编制划转过来，一个所一个也十个人呢。"我激动得恨不得上去拥抱他。他却冷静地又深深吸了一口烟，说："这样，区上咋办呀？"我赶忙说："不行了给市长汇报，让给增加事业编制。"这真是天无绝人之路呀，可是想达到省上的要求还差得远着哩。在科室设置上，我坚持按省上建议，按品种监管，至少也得十三个科室，编办不同意，坚持只设九个，我说过去都十个哩。我急得一会儿坐下，一会儿站起来在房间里走动，主任也是一根不离一根地抽烟，最后他把烟头在烟灰缸里狠劲儿一擦，说："那就设十一个吧，一个科室三个人，这是比较合理的。"我们就这样说着吵着笑着，心里没啥，都是为了工作，等说好，已经是晚上掌灯时分了。我请他们吃饭，主任笑着说："没达到你的要求，没脸吃饭。"我真心地说："我私人请么，工作是工作，感情是感情么。"主任说笑着推辞了。

市长叫去要听汇报，我们已经有成型的方案了。关于是否设立投诉举报中心，她说："咱是穷市，增加一个人，财政要拿不少钱哩，这个家可不好当哟。"我很理解，上级发文件要增加编制经费的部门不在少数，她的意见暂不设立，我说："国家、省上都设立了，省长每年拿出成千万元奖励。再说了，这可是老百姓说话的平台。"反正我也豁出去了，想说的，该不该说的，我都说了，最后还是同意了。提到检验检测增加人员，市长说："已经四十多人了，搞不好还要减少哩。"我急得满头大汗，动情地说："这些都是过去市区两级药检所合并的人员，光基本药物检验人手都不够，他们天天加班，不信，哪天晚上请您去看看。有个女的刚生过小孩，娃都顾不上管。"分管市长说："这个我了解，人不减，先给质监所划几个，随后再考虑增加食品检验人员，毕竟承担着全市的任务哩。"市长笑着说："看来是屁股决定脑袋，真是干啥的操啥心。行吧，我同意。"

关于镇办监管所的编制，省上明确要求达到总人口的万分之三以上，我们至少得配七百多人，编办意见是先按大镇五个，小镇三个，万人以下且管辖面积不足一百平方公里暂时只设一个工作人员，等省上乡镇机构改革后再逐步配齐。主任说："先从乡镇空编单位调剂，不足了再补充。"这一建议被领导采纳了。

由于领导的关怀，相关部门的积极配合，我市方案如期顺利通过政府常务会，并迅速下发执行，受到省里的表扬。

五

2013年11月初的一天，我专门给分管领导汇报了改革工作，他半开玩笑，说:"老李呀,这次该支持到位了吧,我已经尽力而为了。"我深深地给他鞠了一躬,说:"领导真是把老百姓舌尖上的安全当成大事了,我在这里替他们深谢了。"他要求政府督查室和我们局、编办组成两个督察组,检查改革进展情况。这两个组用了三天时间,先后两次深入七个县区和部分乡镇督促指导,对改革中存在的认识不到位、不按标准配备人员、办公用房不按时交接以及技术档案资料等一系列问题,现场予以纠正,责令十天内整改到位。

市局改革人员到位后,我考虑监管工作不能出现任何漏洞,立即召开班子会议研究,由一名副局长带队,带领熟悉业务的人员,开展全市食品生产流通领域检查暨现场培训,要求吃住不花下面一分钱,不接受任何宴请和土特产。先后用了二十多天时间,一边进行摸底,一边从制度建设、原料采购、设施设备、工艺流程、教育培训、留样检验、销售登记、产品召回等环节进行检查,现场对县镇执法人员进行面对面、手把手培训。

我抽空随他们跑了五个县,大家工作热情高,冒严寒,忍饥饿,常常是到了吃饭时间,工作没做完不吃饭,要么匆匆进小馆子三下两下刨一碗面,又投入到紧张的工作中去。有位女同志因受冷感冒发高烧,还坚持在一线,劝她休息,她却开玩笑说:"轻伤不下火线,一忙感冒就被吓跑了。"

在一家果酒厂检查,因等检验人员,同志们在寒风中站了几个小时,等化验室门打开,一见桌上满是灰尘,我就没好气地说:"就这样化验呀,产品能合格吗?"一位副厂长赶紧解释说:"不是的,有大半年没生产了。"带队的马上让现场做笔录,取材料,按法律规定予以处理。在一家学校营养餐配送中心,我详细查看了进货票据、操作间和工作人员的健康证,就连下水道出口也检查了一遍,发现"三防"措施还不到位,我担心地告诉中心负责人:"你们的工作关系到上万名学生的生命安全,一丝一毫都不能马虎,都不能出问题,现在大都是独生子女,出不起一丁点事呀。"负责人说:"请放心,我们会把他们当成自己的孩子呵护的。"

这一次行动,不但摸清了全市的底子,更重要的是教会了基层同志怎么工作。后来,县区局的领导纷纷打电话告诉我,这种方法太好了,以后要坚持啊！是啊，这才是真的对基层进行指导。

六

元旦早上，天冷却朗晴，人心也朗然。街上行人脸上写着新年的喜悦，像冬日的蜡梅一样耐看。机关利用假日腾出超面积的办公室，我和几个小伙子忙活了好一阵子。

新年不发贺卡了，人也轻省了，也没啥麻烦了，过去别人给你发来了，你忘了回复，总觉得欠人家啥似的。现在一条短信也能暖心。一位好友给我发：写好文章，当好局长，2014幸福多多。我感慨万千，写文章只是我的业余爱好，我会用好业余时间，把美文呈献给读者的，可当局长，我诚惶诚恐。这方土地上老百姓的饮食用药安全，我责无旁贷，能让他们舌尖上安全，我寝食才能安然。

中午饭后，我踏着阳光走遍大街小巷。只要与吃有关系的，无论是卖菜卖肉的，还是开店摆摊的，我一个都不放过，细细查看。当然了，假日里我不是去执行公务，是想了解了解实情，也算是去暗访吧。

在一家炒面皮小摊上，青年男女吃得那个香哟，叫我都流口水了，可掌勺的手黑乎乎的，指甲里满是垢甲，一会儿抓一把葱，一会儿捏一点盐。一阵风吹起一层尘土，食客依然吃得津津有味。这些小吃摊点，没有办证的条件，操作人员大都没有健康证，你敢肯定吃了放心？可这些方便了市民，也让经营者挣了钱，不让他摆，那一家人靠啥生活呀，看看桌边趴着写作业的小女孩，心里一阵酸楚。再说了，他不摆，喜欢吃的也不答应呀。我上前问他，他笑笑地说："吃啥坐。"他边忙边告诉我，都摆了上十年了，都供了一个大学生了，我点点头走开。

来到一家卤肉摊边，一位胖胖的中年妇女脸上堆着笑问我："想要耳朵还是蹄子？"听口音一问才知道是四川人。一个胖小伙坐在地上用喷灯烧猪耳朵上的毛，动作娴熟麻利。问她这么多耳朵是哪儿弄的，她见我没买的意思，脸一下子阴下来，撂了一句："外地进的。"这些卤制品亚硝酸盐是否超标？有没有死猪肉？得让工作人员来好好查查。

走到一位老人娘的黄豆芽摊子前，我用手捏了一棵胖豆芽问："大娘，豆芽咋这么胖，该不是用啥药了吧？"她马上争辩道："我家里长的，用啥子药？"她见我不走，又说："你没见，荞面饸饹是白面里加的石膏。"我问是哪一家，她说全都是。我听着心里发沉。

肉铺子一家挨一家，一个大胖子中年人，手里提着刀晃悠着，一脸的横肉，连笑都是横着的，他问我："割多少？"我说："看看。"我翻起来看肉上的印章，他脸上露出凶样儿，说："不买，有啥看的哩？"

卖菜地摊一位老大爷笑着说："我这可是自家种的，放一百二十四个心。"看老人满脸的诚恳，想必也不是那种把良心当东西卖的人。

那家桃酥大王门前排着长龙，我走上前去看，一个高个子青年头戴红帽子，白上衣上挂着红围裙，嘴上戴着口罩，今天举行"满10元送10元"活动，他不停地用铁夹子从烤盘里往塑料袋里夹着，嘴里不住地说："正好，给钱拿走。下一个。"看里面几个人也一样打扮一样忙，想来他们还知道要讲卫生，只是添加剂好不好，是否超标，我想着也愁眉不展。

来到小吃城，里面吃饭的人也不少，我瞅着找各家各户的许可证，有证了卫生条件可不敢恭维。

走进超市，我心里一下子轻松多了，拿起食品袋，能看到QS标志，生产厂家、出厂日期、保质期都有，临近有效期的食品也设有专柜。蔬菜区牌子上都有抽检的结果，这里是让人放心的。

夕阳西下，我这才回到办公室，脑子里乱乱的。小摊点、小商店、小作坊、小餐饮，这些都是我们监管的重点和难点，要监管好，还要提高从业者的诚信素质。只有让老百姓吃上放心的食品，用上放心的药品，他们幸福了，这才是朋友在短信中说的"幸福多多"。

七

中央农村工作会议召开之际，有一天晚上都快11点了，分管市长给我打电话："老李呀，习总书记讲了食品是否安全是对执政能力的考验，要出重拳，下猛药，你都没想想咋落实总书记的指示呀？"我说："市长，我正在安排草拟'双节'整治方案哩，想以政府名义下发通知。"他爽快地答应："那尽快拿来，我给签发吧。"

《通知》围绕食品的种养殖、生产流通和餐饮服务重点环节，确定了社区、学校周边、城乡接合部、旅游景区、食品批发市场、集贸市场、超市等为重点区域，米面粮油、肉及肉制品、蔬菜水果、乳粉及乳制品、水产品、酒水饮料、腌卤熟食制品等为重点品种，部署从2014年元月1日到31日为期一个月的食品药品集中整治行动。目标是"查万家，办百案，下猛药，出重拳，整肃市场，确保安全"。要求对全市两万多家生产经营企业进行"拉网式"排查，每个县区查办案件不少于十件。

从1月10日开始，市局派出八个检查组，分别由一名领导带队，抽调所有人员，采取市县联动，进行地毯式检查，做到"四不放过，一不回来"，即原因不查清不放过，整改不到位不放过，制度不健全不放过，当事人不处理不放过，完不成任务不回来。

我作为督战队队长，也带上一拨人下去，哪里需要就到哪里去。有一组报告，在一个县发现假牛肉，我立马带人赶赴现场。工作人员正在一个农民家里询问，做笔录。说实话，肉品检验我们的手段还不行，需要做DNA鉴定，要办案子，就要有证据。我们的执法人员有他们的妙法。他们见这位老大爷在街上卖牛肉，问："大爷，牛肉咋卖哩？"老人笑笑地说："29元一斤，割多少？"一位同志反问道："一斤生牛肉都30多元哩，你这该不是假的吧？"那老人躁了，说："买了买，不买了走人。啥假不假的，你会不会说话。"工作人员亮出执法证，说明在执行公务，老人马上笑着说："咋能是假的，不信你尝尝。"他快速用刀切下一小块递过来，一位学过畜牧的同志大声说："你老儿，这把年纪还敢骗人，一看都是猪肉的丝纹，我可是给牛看了几十年病的。"老人一下子蔫了，嘟哝着："你说假的，咱不卖了，该行吧。"我们随老人来到他乡下的家里，房子破破烂烂，老婆死了，儿子在外打工几年都没回来，就剩他一个人。他一五一十地告诉我们，原来这牛肉是用母猪肉加工的，他从邻村一人那里学来的。母猪肉便宜，买回来用火硝（亚硝酸盐）一泡，红的颜色、丝纹像牛肉了，煮的时候再加点牛肉精，看颜色，闻味道，和牛肉没两样。老人说他一共买了二百斤，加工的，才卖了二十多斤，剩余的都在这儿。老人很实在，他又说："不信了你们过秤，这些你们拿去处理去，再也不干这伤天害理的事了。"按法律规定，要从严惩处，可看看老人吓得浑身哆嗦，苦苦哀求，一副穷酸可怜样儿，我建议给老人好好教育教育，没收假牛肉，不予处罚，同事们同意我的意见。老人感激得老泪纵横，扑下身子要下跪磕头，一位同事赶忙拉住。我拉着老人树皮般的手，说："老人家，这肉再吃出人命可是了不得的事，你老再不敢犯糊涂了。"从老人家里出来，我心里很不是滋味，不处罚可能教育不了他，处罚吧，他买母猪肉的本钱都没收回来，他还要生活，还要过年哩呀。事后，我让县局春节前给老人送一袋米、一袋面、一桶油，毕竟他心里还有点良知。

有一组工作人员来到一家魔芋加工厂，这家厂没有生产许可证却在生产魔芋挂面。司机小李还在仓库后面发现一大堆不明添加物。厂里财务人员不配合，厂长也半天不闪面，大家足足等了四五个小时，我和带队的副局长商量马上查封。厂长没几分钟就赶到了，连连道歉："对不起呀，对不起。我刚从西安回来，你们咋处理都行。"我气呼呼地说："你这是知法犯法，知道不知道？"他赶忙解释："我们正在办理手续，只是想试制一点。"正说话间，我的手机响了，是县里一位领导打的，他和我很熟，他说，厂长还是市人大代表，让我高抬贵手。一听是市人大代表，我更来气了，训斥道："你还是人大代表，就这样把人民的生命当儿戏哩，唵？这样更要重处。"厂长尴尬地说："罚多少我都认。"我说："罚钱不是目的，你想想，这样做事儿，对得起你的代表资格吗？"他头上冒着汗，红着脸说："知罪，知罪，绝无下次。"

八

有人反映，外地人在城边上开小作坊做豆腐，里面可能加吊白块之类的东西。正规厂家一斤豆腐光成本价都1.5元，而这些小作坊的豆腐发价才1.3元，还卖得很火。分管食品加工的局长找到我，忧心忡忡地说："局长，我都跑了好几个早上了，每次都是五六点出门，到菜市场，去小作坊外围看，也安排了卧底，真要发现掺杂使假，就连窝端。"我说："你带我一块去，也侦查侦查。"他笑着说："怕你没时间么。""咋能没时间，这么大的正事儿不干，还干啥。"我坚决地说。

那天早上不到5点，我就爬起来了，电话联系他，他说他都跑了好一会儿了，马上来接我。黎明时分，这座城市还没有完全清醒，天上稀疏的寒星在一闪一闪的，我出门不由打了个冷战。我坐上他借的私家车，先到东郊。一户农家院灯火通明，车灯刚一扫过去，狗就狂叫起来，我说下去看看，他急忙阻止，说："不行，狗咬得去不了，还会打草惊蛇的。"就这样，我们跑了好几处，都忙着加工豆腐哩。我们算踩点，接着安排执法人员再进行秘密侦查。天亮了，我们来到城西，让工作人员在车上一一记下这些小作坊的地址。我俩在一所学校门前下车，走到校园周围，那里的小吃摊、小杂食店都开门了，炸麻花的中年妇女脸上都抹得污抹流道，那油该没有问题吧？做菜夹馍的，手黑乎乎的。我们又来到一个大棚里，准备吃热豆腐，问那高个的妇女，豆腐是用啥点的，她微笑着说："用石膏么。"我说咋不用浆水点呢，她说："浆水点的肯老，石膏点的卖到完都是嫩的。"我还问了加多少合适，她见我随便问，也随便给我回答，我这才知道点豆腐怎样加石膏了。

后来，有同事知道了，跟我开玩笑说："这里的黎明静悄悄，局长的黎明在行动。"

黎明的侦查，让我想到公安人员办案是多不容易的事儿呀！我们这些食品药品的"警察"，更要学他们的精神，才能让这方面的不法分子无藏身之地。

九

元月23日，也就是农历的腊月二十三，是小年。各个检查组纷纷收兵回营，在全体职工会上分别做了汇报。初步统计，仅仅十几天就查办大小案件一百六十多起，比过去几年的总数还多。我对大家的工作给予了充分肯定，也表扬了不少能干事、敢担当的干部。为了更进一步了解各组真实情况，我又利用四个半天时间，一个组一个组开座谈会，想听听每个人是怎样工作的，都有啥建议意见，让大家随便说，越具体越好，要有办案的细节。其实，我还有个人私心，想掌握更多的细节，对我业余写作有好处，这也算"以权谋私"吧。

A组组长说，他是军人出身，从来不打无准备之战。下去办案前，先谋划着咋样用人，谁去了解外围，谁去查现场，谁去和当事人较量。让大家学会用脑子执法，学会智慧之法，学会执法技巧，和谐执法。要全面了解企业的背景，是否有黑社会撑腰，是否与某位领导有瓜葛？查案时倒着查，从死角查，从侧面查，比如从垃圾桶里查，这样让违法者无空子可钻。做谈话笔录时，一定要态度和蔼，要说清这个企业违反了哪条哪款，等当事人签字画押，证据到手，再严肃起来。一次在检查一家面粉企业时，厂方找各种理由不予配合，不是化验员休病假，就是保管员他妈病了。检查组干脆不查了，对工作人员说，让通知所有经营户，就说这家面粉有问题。这下子厂里领导着急了，赶紧跑来赔罪，全力配合检查了。在一家企业成品库门口，发现包装袋上印的生产日期在检查当日之后十多天，这明显是弄虚作假，而厂方解释说是工作人员失误，一大堆都是这样难道都是失误？为此双方吵起来了，人家放出狗，把我们的人员赶到外面，寒风刺骨，工作人员趴在膝盖上做笔录。最后公安配合才顺利地查处了。事后，小张委屈地说："没见过这样不讲理的人，太不近人情了，把人手都冻成麻麻了。"

B组在某县某镇检查，发现一家经营挂面户，库房存的近两千公斤货，都是"三无"产品，查票据，那位胖矮的老大娘说："是外省人送的，哪儿有啥子票哩。我都卖了几年了，没麻达的。"检查组人员见门口还停着一辆集装箱车，猜想车上也有货，让老人打开车厢看看，她说："车钥匙在儿子身上，他到县城去了。"我们的人员一早上到那儿耐心等着，一边给老人劝说，一边帮忙打扫卫生。可老人家就是不开车门，还坐在地上又哭又闹，大家还是笑脸给解释。她见这些人还没有走的意思，一骨碌爬起来狂叫着："我不活了，政府逼死人了。"她叫着头就往车上撞，眼疾手快的小王一把抱住了她，让她坐下，从厨房给倒了开水，好言相劝着。就这样折腾到下午2点，大家又冷又饿，带队的给老大娘说："老人家，将心比心，我们这是为了让大伙吃得放心呀。"他们到镇街上一人吃了一碗面。吃饭中，老人笑呵呵地来了，说："都是我不好，把你们害咋咧，来，今儿我请大伙。"她快快跑到台前给结了账。后来，把饭钱退给老人，老大娘也积极配合，将车上的挂面卸下来，我们的人员也一箱一箱帮着搬到库房。做好笔录，签字，封了库房，案子移交给县局处理。

C组汇报时说，今后要采取县与县交叉执法，这样可以避免人情案。这次检查，人还没到企业，说情的电话就一个接着一个，没办法，大家全部关机，晚上回宾馆汇总情况时才打开手机。这时候一手材料拿回来了，谁说啥也白搭。

D组检查一家柿子醋厂时，发现许可证已经过期，也没有管理制度，还在狠劲生产。特别是在私人楼房上，一层楼上就放了四十多个大缸，每个缸里都酿有成吨的醋，楼房安全让人担心。厂长又是个残疾人，见他一瘸一跛，笑脸给递烟让茶，说啥他都是"是是是，一定改"。按说要马上查封的，可看看他那可怜样儿，看看那些残疾的职工，还有那满眼的祈求样儿，心里一阵发酸，责成县局尽快帮助给换证，限期整改，一周后督查。

十

市广播电台让我去做行风热线直播，这是头一回，稿子是现成的，只要戴上耳麦照稿子念念就行，这事儿能认字的人谁都能做好的，我根本没当回事儿。10点钟坐进直播大厅，主持人问一个问题，我就照着念一段内容。在回答下面那个问题时出错了,念完第一页,看第二页咋样也接不住,我情急之中胡乱编了几句。主持人见我急得满头大汗,先插播了一段音乐,我这才找到第二页内容原来在背面,我翻过一页就念下一页,自然内容接不住了。主持人见状,安慰我说:"局长,没事,音乐过后接着说就行。"是直播,我知道不能纠错,细心的听众一定能听出漏洞来。看来做啥事都得一丝不苟,来不得半点粗心大意。

做完直播节目,我上医院开了点治胃病的药,熟悉的大夫让我到医院对面的药店去买,那里的药便宜,我也想看看,我曾经暗访过的药房现在咋样。心里想,这个药店当时查得很仔细,老百姓买到放心药还是心里有底的。到药店,女店主很热情,买药的人也不少,我买了一瓶3元钱的药,拧身走人。回到家里一看已经过期好几个月了,我粗心,没要票,本来想让监管人员去再买一瓶,又怕店主能认识人,就让司机去买,还开了收据,司机买回来的一样过期了。这一下子,我让执法人员去查,架上这药还有好几瓶哩,我要求从严查处,店主托人说情,原来还是我表弟的小舅子的妻弟开的店,我表弟上门来求情,我气冲冲地说:"要是咱姨买到吃出毛病,你说咋办?"表弟赶紧赔情道歉说:"哥,该咋处理就咋处理,这是人命关天的大事啊,我不管了。"

十一

食品安全责任重于泰山,最难监管的是小餐馆、小作坊、小杂食店、小摊贩,我戏称为"四小"。省里没有出台相应的法律法规,只有在现实中摸索,创造性地开展工作。经过调研,我们在全省第一家制定出台了《食品生产加工小作坊监管暂行办法》,有效解决了上千家小作坊无法可依的现状。

接下来当务之急是抓培训,特别是基层新进人员,还不知道要干啥,更不知道咋干。我们一方面督促县区局尽快抓培训,一方面利用一切机会直接抓培训。比如,在举行全系统书画摄影展时,挤出半天时间进行培训,收效特别好。

省局胡小平局长到乡镇调研,要求新任所长直接汇报工作,他自己还现场指导，日常监管抓什么，专项治理怎么搞。所长感激地说："省局领导都那么内行，我们再不尽快学好业务，咋对得起老百姓哩？"

我提议，班子会讨论通过，全局业务骨干利用两个月时间编辑出版一本工作指南，这也是基层同志最迫切的要求。在会上，我形象地说："要编一本浅显易懂、可操作的书，就要像菜谱一样，萝卜切成条，生姜剁成末。一看就懂，一学就会。"腊月二十四日，提纲审定下发，大家紧锣密鼓地行动起来。

每月重点培训啥，分管领导和相关科室已经拿出计划表，班子会已研究并下发执行。我说："培训一定要组织好，不能只写在纸上，要落实到行动上。也不要收费用，这点钱要舍得花的。"春节后第一场培训的电脑课件已经做好，看来大家都在为提高我们这支队伍的能力而辛勤工作着。

十二

去年初，我就让开通了投诉举报电话，让小吴同志负责，他是个总怕没事儿干的人，接电话，转交处置，都是他一个人，他干得是有条不紊。还先后制定了一系列规章制度，像举报奖励办法等等。他告诉我："局长，我这人是干活的命，没事干就心慌，现在天天忙得团团转，心情很爽呀。"在新配人员未到之前，临时聘用了一名大学生，他们配合得很默契，工作开展得有声有色。仅元月二十天时间接受处理举报一百多起，让群众很满意。小吴说，几天前，一位老大娘提着一条带鱼，气呼呼地来投诉，说买的鱼是坏坏，要叫赔上。问她在哪儿买的，有收据没有，大娘急了，叫道："咋了，这能是假？你看这鱼都成烂烂了。"小吴耐心问清情况，亲自陪大娘找到摊主，摊主气愤地说："我这鱼好好的，过年大家都在买。这老人在耍麻糊。"大娘噘着嘴，说："反正我不要了，给我赔。"在小吴的好言相劝下，退了东西，赔了钱，老人也笑呵呵地走回家了。

还有一次，接到举报说一家歌舞厅的啤酒是假的，举报转来转去，又转回来了，改革中有的还没衔接到位，小吴叫上监察支队两名工作人员赶往现场去处理。

小吴还说，12331举报电话就怕深更半夜的骚扰，有人喝醉酒在电话里大骂几声就挂了，不过他已经适应了。只要有电话，他都会认真对待的。

十三

春节前，市委书记、市长分别对食品药品市场进行了大检查，领导们对老百姓的食品药品安全极为重视。在一家超市，一一查看了食品的生产日期、保质期、厂址以及QS标识。书记要求我们要建议厂家把这些标识搞醒目些，药品一定要保证是正规渠道进的货；市长要求对当下的凉拌菜进行突击检查，看收市的时候是否把当天剩余的倒掉了。每到一处，我都会给领导细细地讲解，这种食品重点检查啥、咋样监管。我说："节前所有工作人员都到市场检查去了。"书记说："不光节前，日常监管也一定要加强。"我说："是的，我们日常监管责任到人头的。"

检查结束，书记语重心长地说："总书记都讲了食品安全能不能抓好，是对执政能力的考验，我们市的重担就落在你们肩上了，工作辛苦，责任大，风险高，一定要做好啊。"我斩钉截铁地回答："请领导放心，我们尽心尽力做好工作，让全市老百姓吃得放心，用得放心。"

十四

除夕前一天晚上8点左右，我们组织了三十多人，分成七个检查组，每组由一名领导带队，采取不打招呼、不让企业负责人陪同、直奔经营单位、直查现场的"飞行"检查方式，对城区七家大中型超市经营的消费量大、储藏期短、易变质的高风险食品进行了突击检查。这次严查，以超市现做现卖食品为主，包括熟肉制品、凉拌菜、蛋糕、冷藏奶等高风险品种。检查经营者主体资格和经营人员资格、经营设施、保存条件、台账管理以及索证索票等，着重是当天未销售完的熟肉制品和凉拌菜下架咋处理的。并让电视台记者现场录像。我到一家超市，购物的人都在挤疙瘩，我见凉拌菜已经卖完，却发现小麻花袋子上的保质期是1月29日，责令服务员马上将其下架，等把所有小麻花搬走，再让执法人员看着他们是如何处置的。在另一家超市发现腊肉都发霉变质了还在卖，工作人员给说明情况，经营者还在狡辩，气得带队领导说："你说好着哩，你当场吃一口证明没变质。"抽样后，让检验人员连夜检查。还有一家超市里有"三无"卤制用料酒五六桶，泡得发酸的蘑菇两桶，发臭的石花菜半袋子，是用来现拌凉菜的。小王气得说："你们的良心叫狗吃了，能拿这样的东西做凉菜。"她自己动手把剩余的菜倒进垃圾桶里。小鱼右胳膊受过伤，他愣是一个人拖着百十斤重的桶子倒到垃圾箱。当然了，这些凉菜倒掉多可惜呀，要是母亲在世知道非骂败家子不可，可是市民的食品安全责任大呀。记者要采访我，我说让业务熟的同志给市民讲讲常识吧。他告诉市民怎样辨认真假牛肉，买熟肉制品应该注意什么。处理完现场已经是夜里11点左右，大家也人困马乏了。小李说，明天中午下班再来办年货吧，凉菜最好自己在家调。是呀，同志们下班时间都被我给占有了，还能说啥。我感动地说："大家辛苦了！"同志们却齐声说："领导和我们一样，都不怕苦，我们还有啥说的哩。"

十五

这一年，我从内心感激所有的同志们，想来想去，我决定以个人名义给每人送一本书，谁叫我是个业余作家哩。我和贾平凹先生在一个镇上住，算最近的乡党了，交往还算深，让他给每个职工签了一本《带灯》，算是对大家辛勤工作的答谢。在春节前最后一次职工会上，我动情得差点流泪，说："我这人要求严，可心不坏，大家一年来努力工作，我送每人一本贾平凹签字的《带灯》，算给大家拜个年，希望同志们读了之后，也学学基层干部的吃苦精神和工作方法，也当好老百姓舌尖安全的'带灯'。"

会后,他们纷纷表示要好好读这本书,珍藏这本书,他们也说都没人给我拜年,我却给大家拜年了。我说:"你们给我的礼物就是好好工作,让老百姓舌尖更安全。"

2014年1月31日

新年第一天

2015年第一天

元旦也到了"不出手"的二九了（俗语曰"一九二九不出手"），一早清冷，却有蓝天白云让人心里舒坦。7点多，我就到了单位，翻阅完2014年第12期《陕西食品药品监管》杂志，还做了笔记。已经过8点了，值班人员还没到岗，我电话催促，他们来后我狠狠地批了一顿。9点左右，市上巡察组的杨组长一行来认真检查了值班情况，坐了一会，带着相关资料走了。因批评人也破坏了心情，又去读黄苗子先生的小品随笔"苗老汉聊天"的《人文琐屑》，等心静下来，动笔写了给女儿做面包一事儿的散文。

中午，我和去年这一天一样，在暖和朗然的冬日阳光里，穿过大街，走小巷，对入口的东西，无论食品药品统统来一次暗查。先去看了去年今天看的那几家，也算是对自己一年工作来个自查，自我批评吧。先看了那个炒面皮摊子，生意还是那么好，掌勺的人也干净，手也白净，穿上了工作服，还在胸前挂上了健康证，我一见高兴，竟然也要了一碗炒面皮，刚在家吃了，现在只有硬撑了。

来到一家药店，女店主笑着说："领导放假都不休息，又来微服私访了？"我疑惑地问："谁是领导呀，我是来买药的。"她忙递上一支烟，又笑着说："前天你带人检查来么，有几盒套牌的保健药……"我赶忙打断她的话，说："知道就好，药是生命的保护神，在这上面万万出不得事儿。"她笑着说："给总公司已经汇报了，配合你们核查，到时候该咋处理都认。"

走到一个小巷子，一家烧肠店里，黑胖的女老板笑脸迎上来，说："来，坐，口味轻还是重？"我说不吃来看看，她眼珠子一转，笑着说："你该不是查证的吧，昨天检查的人已经教训过了，还帮我们上报了材料。"我说："许可证才是你合法经营的保护神，我们检查也是为了你好，万一把人吃出啥来，那就麻达人了。"她胖脸泛出笑意说："是的，是的，谢谢！谢谢！"

在一个菜市场，彩条布下放了一大堆粉条，上面写着禹县生产，我问老板价格，他头戴棉帽子，穿长褂子，手里端着大老碗正吃饭哩，他咧了一下嘴，说："三块钱一斤，得多少？"我问有没有产地出的检验资料，他脸一沉，说："要买了给你看，不买就一边待着去。"我只笑了笑，走开了，想必他知道监管部门要索票索证。

边上有一个小商店，门口还放着一台卖散装油的机子，我纳闷：7月就叫停不能卖散装食油，咋还在卖哩，正要问个清楚，男店主好像知道我的来意，站起来笑着说："散装油早都不卖了，这机子没用，当茶几了。"说着把茶杯端起来晃了晃。

走到一个豆芽、豆腐摊子前，一位中年男子胖胖的，戴着尖尖帽子，笑容满面，说："要啥呀，得多少？"我问他："你这豆芽胖胖的，该不是用啥水泡了的吧？"他脸一拉严肃地说："无根粉，不能用，想买也不知道哪儿有哩。"他伸过头，趴到我耳边说："给某某酒店送豆芽的用了漂啥子灵，都叫公安给逮了，咱不会干犯法的傻事。"看来宣传教育还是起作用了。

铁皮制的小鱼池子，鱼都蹦到街上了，我笑着喊："老板，鱼跑了。"他抬头看看我，笑着说："鱼跑不远，没事儿。"说着又扑下身子给顾客捞鱼去了。

肉铺子一家挨一家，他们问我要啥肉呀，我只摇摇头，他们好像也知道我的用意。去年来，一脸横肉晃着刀子的大胖子，不无幽默地说："又暗访哩吧，三章两证都齐着哩，你看墙上铁丝上串着哩。"我也笑着说："知道就好,知道就好,让人吃上放心肉,才对得起良心。"他一笑,说:"我们的良心大大地好。"

一位老大爷面前放着两个笼子,里面有炒好的红薯干、黄豆,还有饸饹。他坐在水担上,右手举着手机放在耳边听秦腔,嘴里喊着:"红薯饸饹,原生态的,不好不要钱。"看他那优哉乐哉的样子,把卖东西纯纯当成放牛拾地软——捎带活,你放心买这样的卖主不会有假的。

这个元旦看到的比去年元旦放心多了,也算自查够及格了。想想前两天八个检查组在市区拉网排查,心里还是不瓷实,食品药品生产经营是个动态过程,监管也是动态,还需要再拧紧螺丝。看来要让老百姓吃得放心,我们的工作永远在路上。

走了一大圈,我回到办公室,又翻开我们去年年初编印的《商洛市食品药品监督管理基层工作指南》,从最基础处再温习温习,使自己也有一双监管的"火眼金睛",让那些不法分子永无藏身之地。

2015年1月1日

2016年第一天

这几年,新年第一天总是早早起来,到街市上,这儿转转,那儿看看。也许成了职业病,也许是干啥的操啥心吧。老百姓饮食用药安全让我心里老是不瓷实。

清晨,太阳刚坐到小城东边的山尖,我就走出家门,寒冷清冽里透着清新鲜活,仿佛一切都是刚出生的。新的阳光照耀着崭新的城市。人们的心情自然是愉悦的。莲湖公园那些跳广场舞的大妈们,沧桑的笑脸上跳跃着快活,认真看,还能品出些许青春的魅力来。晨练的大叔大伯,或打太极,或抽陀螺,或在健身器材上撞背,自得其乐。打门球的,为了谁先谁后,孩子般变脸失色地争吵着,一旦打起球来,却有说有笑,亲如兄弟。

走到莲湖边上，太阳正好从两边的高楼中间倒映在湖里，几朵白云的影子像在水面上浮动的冰块，高楼的影子也在水中矗立着。我急忙掏出手机拍照。水天浑然一体，这景致真是美不胜收。要不是新年第一天起个大早，这人间仙境就没眼福享受了。美的东西在山城随处可见，只要你留意，"处处留心皆美丽"。

我先来到一个便民市场。路两边卖蔬菜卖水果卖小吃的，已经摆得一个挨一个。菜多是本地农民自家种的。一位中年妇女吆喝："当地长的葱，没污染，两块八一斤。"一位中年男子也高叫："山里的萝卜蹦儿甜，两块一斤，不甜不要钱。"看着他们诚实的脸上挂着的淡淡笑容，自然会相信这些都是原生态的。小吃摊上，炒面皮、水煎包、浆水面……应有尽有，一家一个流动小推车，基本都穿着操作工作服。那位工作服下飘出橘黄羽绒衫下摆的少妇，笑着叫我吃浆水米线。我坐到摊后的桌边，她麻利地操作着，而且讲究卫生呢，不直接用手取食材。我说不要味精，她笑着说："浆水用味精就变味了。"不一会儿热腾腾的米线就端到了面前。我随便问她健康证啥的，她很警觉，笑着说："有哩么，忘在家里啦。你该不是管这的领导吧。"我摇摇头。她凑近我小声说："现在管得严了，听说还出了啥子条例，有法了，不按法会吃官司的。"我三下两下吃完。是呀，省人大颁布的《陕西省食品小作坊小餐饮及摊贩管理条例》从今天实施，我们在《商洛日报》、商洛电视台都做了宣传，看来这位经营者还是有心人啊。

走进卖肉的摊子，我随手翻看案上的一扇扇肉，上面都有蓝色的印章。墙上铁丝上串着检疫的票据。我问正在剃排骨的黑胖子，也就是之前给我吹胡子瞪眼的那位，"排骨咋卖？"他一扭头见是我，放下屠刀，嘿嘿一笑说："15块，领导咋又来暗访了？"他一拍胸口说："请领导放心，我卖了十来年肉了，都是放心肉，没有黑心肉。"他用沾满肉末的手给我夹了一根烟，我摆摆手，也放心地笑了。握手告别时，他赶忙去擦手，我开玩笑说："别擦，我回去洗了还能熬一锅萝卜哩。"说得周围人都哈哈笑了。

来到豆腐摊子前，人都在排队，我问是哪儿的豆腐。那位穿红制服的小伙边割豆腐边说:"本地郭村的。"一位大娘来了,说:"咋恁多人么?"我让她站我前面,她连连说"谢谢!"我站一边看。那小伙很是麻利,用刀子哗一下就是一方块,把塑料袋套手上,轻轻一捏就装进去了。往秤上一放,几乎不差上下,他只报钱数,"3块8""4块6",买主也很满意地付钱拿豆腐走人。

到了一个小吃城,但见经营户都穿上我们给做的白大褂,上面有绿色的"秦岭最美是商洛"字样。每个房子的玻璃上都贴着餐饮许可证。看着他们忙碌的样子,我心里也和他们一样高兴。

中午阳光更加靓丽,我乘车到乡下去。在一个镇上我走了几家餐馆,吃饭的人不多,店主说逢集时人满满的。店里都很干净,证照制度都整整齐齐挂在墙上,健康证也戴在服务员胸前。到一家泡馍馆,女老板热情地迎上来,笑着说:"吃几个馍?要几碗?"我笑着说:"是来随便看看。"那女的一拍脑门说:"噢,是县上暗访的吧!你放心,我们都是守法的人。"

到一家小商店,我一一查看了食品,没有发现过期的,我随手买了一瓶矿泉水,和女店主拉话,问她有没有进货台账,她笑着说:"县上给发个本本,还教我咋记哩。每进一次货都把票据记下。这些都是为我们好哩么。"

到一个村上。这里的人很好客,见面就问话,叫到家里喝水。见一家门口有一地红红的炮皮,想必是过啥喜事儿哩吧,一打听才知道是老人过八十大寿,院子也坐满了人。我随便问问过事有人管没有。那家男人跑过来递给我一支香烟,笑着说:"给我大过寿哩,村上都给镇上报了。买的肉啦菜啦都有票哩。国家都为我们操心哩,我们能把命当儿戏!"他强拉我去坐席,我说还忙着哩,就告辞了。

黄昏时分我返回来了。这一天看到的听到的,让我心里暖和,仿佛阳光照到了心窝里。只是这些小作坊小餐饮小商店小摊贩让我们最操心了,他们最容易反弹。今天好不等于明天就一定好,这根弦时刻得绷紧。

月亮爬上来了,我也已走到家楼下,跑了一天很累,心里却有丝丝甜意。

2016年1月3日

关乎生命的那些事

暗　　访

今日处暑,也是个周末,一早6点多就出门,感觉凉飕飕的。省上创建卫生城市复审组将要暗访,作为食品安全组的牵头人,我心里很不瓷实,先得暗访。

踏着晨曦,来到和平小吃城。这里是临街一排子小吃门面,门头统一更新成红底白字:豆荚、水煎包、洛南搅团、稠糊汤……一家一小间门面,两个人在里面打转身都艰难,既是操作间,又是储藏间、洗碗间。随便摆几张小桌,几把塑料凳子,就成了露天餐厅,食客们就坐在街边用餐。家家面前桌边的垃圾桶都加了盖,地上也干干净净。我操心的是有没有用一次性筷子和塑料袋套碗。挨门齐过,认真查看,没有发现。在一家面皮店前,一位顾客硬要用塑料袋套碗,女店主说:"不敢,创卫哩,用了罚款哩。"只在一家油茶店前,见一位中年男子喝油茶的碗上套着塑料袋,我严厉地问:"塑料袋还在用着呢?"女店主赶忙点头哈腰说:"不用了,不用了,马上取掉。"我看着那男人把已套好的袋子一一取下,才走开。

又从中心广场沿北新街西行。西岗楼边文化广场有一家露天卖胡辣汤的外地女人,她知道不能用一次性筷子和塑料袋。走到商城小吃城,小吃店都在室内,有防蝇帘,也有挡鼠板。我转了一圈,只有一家卖豆腐脑的用袋子套碗，我上前问，那位少妇忙赔笑脸说："人多，来不及洗碗。好好好，马上改。"我生气地说："人多，只管挣钱，也不顾别人身体了。"说着，她马上把袋子拽下来扔到垃圾桶。

商中路小吃城在一家公司的二楼，是租赁的房屋，管理人员也很负责，没有发现一家使用一次性筷子和塑料袋。

从商中路南去，经长坪路到文卫路而南。在双语学校南边有一家卖擀面皮的，店里坐满用早餐的，全是塑料袋套碗。我说："为啥还用？"女老板振振有词地说："人家只说不让用一次性筷子，没人说不用袋子呀。"我站在一旁电话通知工作人员来现场。

到名人街小吃城，这里是社区搭棚建成的，除了遮雨，挡不住风，装了灭蝇灯，也几乎不起作用。这里所有经营户都没有用一次性筷子和塑料袋。地上卫生也比平时干净多了。我过去经常在这里一家吃糊汤面，今天那个瞪眼胖子，身着我们发给的白大褂，胸前一行醒目的绿字：秦岭最美是商洛。看着人精神了一截子。有几个熟人在用早餐，他们笑着说："这样长期坚持下去就好了。"我也笑着说："努力吧，请相信明天会更好！"

走进底下的美伊小吃城，刚开门，正在打扫卫生，还没开张呢。又来到气象局门前一家水煎包店前，人已排起长队。一次性筷子、塑料袋套碗全部用着。我打电话叫来同事。这时正好遇到市创卫复审办的王主任，他也在暗访。他说我们的做法很好，这才能真正查出问题来。同事来亮了执法证，给老板说明情况，说好一会儿还来"回头望"。

在北新街西边一家包子店前，人也是排长队，地上脏得下不了脚，一次性筷子、塑料袋套碗照旧用着。同事亮证说要求，人家还说："你没看人忙得跟鬼子一样，哪儿能顾上。"我电话通知执法人员马上来处理。

来到东门口一家包子店，这里拥了一大堆人。原来是商州区局正在执法。这一家开了十几年了，不办证，卫生差，还一直使用一次性筷子和塑料袋套碗。我上前劝说，区上通知执法大队立案惩处。

看完东边几家早餐店，基本上达到要求。又杀个回马枪到那家水煎包店,这次几乎见不到一次性筷子和塑料袋了。只有一个顾客还在用,我问老板咋回事儿,他说客人一定要用。那小伙大瞪着眼说:"是我要用,与他没关。"我耐心说明塑料袋对身体的危害,那小伙才笑着说:"知道了,下次不用了。"

回到单位已经快11点了,我这才感觉饿了。整个早上都在小吃城跑,咋就忘了吃饭呢。喝了一杯水,又和同事们商量工作,希望尽快解决暗访发现的问题。一位同事说:"用一次性筷子方便,塑料袋套碗更方便,不用消毒,省时省事又省力。再说,生意好了,多卖多赚么。"他说的不无道理,看来要想彻底改变这一现状,既要在经营者身上下功夫,又要在消费者身上下功夫。难呀!连一顿早餐都管不好!真是羞愧呀!

2015年9月5日

今夜在行动

每遇节日,我都是坐卧不安,咋样才能让市民吃上安全放心的食品?连续三年了,都是在除夕前,我和班子成员分成七个检查组,再次深入超市、餐馆进行突击检查。只有这样自己才能安心地去过年。

今夜,也就是除夕的前两天夜里,我们特别队在行动。晚7点30分,在办公楼下,我一声令下"出发——",三十多人身着执法服,在班子成员的带领下,分别行动起来,悄无声息地进酒店、上超市了。

这次行动重点检查餐馆的年夜饭,超市的食用农产品、年货以及现做现卖的食品,包括酱卤制品、凉拌菜等。主要查食品来源渠道与质量、经营设施及保鲜条件、从业人员健康证等。

作为这次行动的总指挥,我要一一到各个组现场查看工作开展情况。我先来到一家较大的超市。这里购物的市民人山人海,都在拥疙瘩哩。见到不少熟人来办年货,一位退休的老兄拍着我的肩膀,笑着说:"兄弟,好样的,有你这一招,吃啥都放心。"我也有点兴奋,说:"老兄,这活儿太操心了,我们天天都像在薄冰上走哩,还望大家理解支持哩。"一位大姐走上前来拉着我的手,笑着说:"这才叫干啥的操啥心啊!好样的!"看着购物的人们个个喜气洋洋,我心里也舒坦多了。

来到鲜肉摊前,我翻起酮体肉查看了上面蓝色的"三章"(定点屠宰专用章、肉品检疫合格章、肉品质量检验合格章)印迹,又让工作人员取下公示栏里的"两证"(肉品检疫合格证、肉品品质检验合格证)。店长是个瘦小的女子,她人很机灵,笑着说:"领导放心,咱的肉都是从肉联厂进的。"我说:"看到三章两证,我这心才能放到肚子里。"说得大家开心地笑了。

看到蔬菜水果摊位上空悬挂着快检结果公示栏,所有上市的蔬菜农残、重金属污染都没有超标,都合格,我抬头瞅了好一会儿,说:"快检重在坚持,要天天搞。""一定,一定,请放心。"

卖的牛肉都是大箱子进货,然后分开卖的,问那位女服务员,她说:"一斤53元。"我要查看合格证,穿绿马甲的小伙马上拧身走开。不一会,他扛了一纸箱子熟牛肉,我一看,侧面贴着合格证。我建议他们把合格证剪下来贴在摊位边上,让买的人一目了然,那小伙立马行动起来。

来到另一家超市,老总已经是熟人了,我开玩笑说:"去年你说我们的科长寻你的事儿,今年又让他来寻事儿了。"他"啪!"给我行个军礼——他是军人出身——笑着说:"今年我们彻底改好了,也和科长是朋友了,请领导检阅。"我一一查看了卤制品、现蒸馒头袋子上都贴有生产日期和保质期。现拌凉菜,我查看了他的销毁记录,也登记得一清二楚。我严肃地说:"咋回事儿,今天剩的凉菜明天拿出来再卖哩吧。"经理说:"领导冤枉呀,凉菜不得超过12小时,剩下的大多处理给员工,不信你一一查问。"看着他满脸诚意,我也放心地点了点头。

在一家大酒店,餐饮总监正好是我的学生。看了后厨,还有进货台账,包括添加剂保存箱,我也很放心。我的学生拍着腔子大声说:"老师,请您放心,您当年教的知识没学好,但做人真诚全学会了。保证让人吃上安全放心的年夜饭。"我点点头离开了。

在又一家超市，我刚乘电梯走到负一层，小王就急急火火跑过来，说："局长，查出来不明来源的鲜肉。"她带我过去到摊位上，是一个湖北人卖的肉，他们从冰柜里搬出一堆。那个穿红羽绒服的瘦小伙拿不出台账，也没有证明，只有一张粉红色纸上写了几行字。这些都不能说明是啥肉、哪儿来的。小黄坐在那里做执法记录。老刘带队，他也严肃地说："一定有问题，把这几十公斤先查封，待抽检后再定性。"

小杨、小王又带我到现场磨香油处。他们发现油不是什么现磨的，实际上是大桶子油分装的。散装油前年就不允许卖了，这又成问题，他们又着手立案调查。我接着又查看了蔬菜摊位。等他们处理完，他们让我先走。我也深情地说："那你们再辛苦一会儿。"

夜已深了，检查人员才陆陆续续回到机关，看着他们疲惫却又幸福的脸，我很是感动。别人都在下班后回家办年货了，我们的同志还在为市民饮食安全而奔波。走在清冷的大街上，看着行色匆匆拎着大包小包的人们，我发自内心道一声："谢谢你们，我那食品药品监管的兄弟姐妹们！"

2016年2月7日

到乡下去

下　乡

10月13日是个朗晴的日子，天深蓝高远，干净得不见一丝云。一早我就和两个同事下乡，准备到县上一个偏僻的回民镇检查食品药品安全。

在车上，我先翻阅了当天的报纸。之后和同事交谈监管的事情。我说在中心市区建几处便民快检站，或者搞那种自检机，让市民对每天购买的食品的质量都明白放心。同事李说这是个好主意，花钱不多，又能让市民放心，只是得和城管部门协商。我说让他们回头就拿方案，协调的事儿有我哩。

车上沉默了，他们俩睡着了，我凝神欣赏公路两边山上的秋景。此刻的山热闹得像正在演绎一场色彩博览会。疑心是王维还是凡·高酒后在这里疯狂地用浓墨重彩的画笔胡涂乱抹，红的黄的黑的白的绿的。绿中墨绿、碧绿、翠绿、淡绿、黄绿。那绿黄中一堆堆红叶，该不是贵妃醉酒时的脸蛋？那一片片金黄莫非是醉卧贵妃怀里的玄宗皇帝？阳光在山间闲情漫步，把它的小精灵——放飞给片片树叶，让树叶们沐浴出勾魂的五颜六色。要说夏天的阳光是在碧叶上流淌，秋日的阳光则是在深思里漫步。大自然太伟大了，一年四季魔术般变幻着，那么逼真，那么醉人，今天的高科技也望尘莫及。

到镇街上，两山挤出的路和街，一条河在缓缓流淌。街沿河而去，又窄又长。到镇上先查看了监管所档案资料，那位女同志是大学毕业后考进来的，对监管对象了如指掌。镇书记陪我们去检查，到镇政府对面那家商店，中年女店主嘴很能说。她笑着说："店里食品都是安全的，有台账哩，咱不能灯下黑，也不能给政府脸上抹黑，更不能做黑良心的事儿。"同事说店里的食品分区有问题，女店主马上行动，搬挪东西。到一家小餐馆，后厨很干净，只是消毒柜没有插电。那位戴白帽子的中年回民男子不好意思地说："刚才给手机充电来，平时都有电的。"到那家药店，药品按处方非处方分开，摆放整齐。我随手取出一盒药让查购进的情况，那女店主很麻利地移动电脑鼠标，不到几秒钟就说出公司名字。她笑着说："现在电子监管，来不得半点马虎。"问她驻店药师，她说："今天进县城了，我在那边摆了牌子提醒买药的人。"问到处方药咋卖，她很快拿出一个本子，说："人都不愿意留下处方，我们就一一做好登记。要是有啥，马上能联系到买药的人。"

这个镇不止一条街，街路都是水泥地，铺满了松树上摘下的松塔拉子。镇书记说："现在正是采松子的季节，东北人来收购，一年光这一块的收入也成千万哩。"看来靠山吃山在这里是实实在在的。群众既不破坏生态，又卖松子挣钱，松塔拉子还能当柴烧。那位女干事边引我们看监管对象，边笑着说："回民喜欢干净，可有时话很难说。有一家小餐馆一直没有办许可证，跑了十几趟都说马上去办，就是不行动。"我告诉县局陪同的领导，让他们协助做好工作。他表示马上派局里那位副局长明天带人就来，副局长正好是回民，也是当地人。女干事一听，高兴得脸笑成了一朵花。

要到另一个回民镇，路过一个山岭，同行的县局干部让我们下车看风景。他说："局长，你看对面那一排排山像啥？"我放眼望去：那连绵起伏的山，斜着很整齐，一排一排，仿佛汹涌的海浪。没等我说出来，他笑着说："像一排排海浪。早上太阳刚出来，黄昏太阳快落山时看，就像涌动的海浪。"看来自然界的美成了"养在深闺人未识"了！

这个镇站上的小陆是去年从安康考来的。他对街上的商店很熟悉，我们和镇书记沿街走过去，每一家店铺都热情地跟我们打招呼，叫小陆带我们进屋吃茶。小陆也是大爷大伯叔叔阿姨叫个不停。到镇中学,校长很热情地陪着检查。看着干净的厨房里,有几个身着白大褂的中年妇女忙碌着做饭。问她们:"啥饭?"一位妇女说:"牛肉臊子面。"校长说:"为了尊重民族习惯,灶上一律不吃猪肉,汉族孩子也习惯了。学生每顿饭都是老师下课后亲自帮忙给盛饭,等学生吃上了,他们才去吃。"对于厨房的"三防"设施,还有屋顶上发霉的情况,校长痛快地表示:"这个周末就改造。"

得知这个镇和湖北郧西县比邻,我给同事说,要尽快与周边的市县联系,建立监管联动机制,堵塞监管漏洞。

太阳已经西沉,山上又一次变幻着色彩。我们准备回县城。监管也是永远在路上,我又一次陷入沉思中……

2015年10月17日

宣 讲 去

11月4日周五一早,天空还暗淡着,几颗残星,我就乘车上路了,到山阳县去宣讲十八届五中全会精神和省委十二届八次全会精神。按照市里安排,我要到两个乡镇去宣讲。一天之内要跑两个相距甚远的地方,只得早早就出门。

等外面稍微亮点了,就在车上熟悉宣讲提纲,五六十页一大本子。照本宣科是不行的,面对的是乡镇干部和村组干部,得说他们容易接受的话。好在我曾经有乡镇工作经历,知道老百姓爱听什么样的话。

太阳出来了,车子迎着朝阳行驶,司机小李戴上墨镜,笑着说:"人说戴墨镜扎势,不戴扰得看不清路。红红的太阳跟火蛋一样,好几天不见了人还想得不行。"夸父逐日般对着太阳飞奔,心里升腾起一股悲壮的英雄豪情。

高速路两边的山已经老人般消瘦,秋日的绚丽多彩也消失得无影无踪,只剩下沧桑和凄凉。右边半山腰太阳已照得黄亮亮一片,让人怀疑这山的一半该不是得了黄疸肝炎。偶尔看见几处松树林，或是冬青树，也被阳光染成了黄青色。不由人想到小时候这时节与母亲一块儿上山砍柴，母子二人满脸的汗，一样泛着黄光。

在车上又翻开第12期《美文》杂志。这一期上面刊登了我那组《亲人》散文，自己都羞于再看了。只是贾平凹先生的新长篇《极花》的后记让我好是陶醉。《极花》还没有出版，写一个初中辍学被拐卖的女子的悲情故事。事情是真事儿，是十几年前听一位老乡给他诉苦说的，他一直珍藏着，没给人说过。前天电话里我开玩笑说："生怕别人抢了你的题材吧？"他只是嘿嘿一笑。一个女子被解救是喜事，可被指指点点，再找家时，有人说这说那，女子又回到那里去了。先生大作的后记不只是一篇上乘的美文，更是解读小说的钥匙，也是了解写作心态的穴位。他说这事儿像刀刻在心里，每想起来刀子就往深处刻。这种感受写作的人大多都会有。我前年写《一个村子的选举》，就是十几年前发生的真实事情，写作时每一个细节都像刚刚发生。他还说农村的凋敝要注意，面对丰富密集、来势凶猛的生活题材，写作就像拿着碗在瀑布下接水。这形象逼真地道出了文字的纤弱。我陷入了无限的沉思……

车子在漫川下高速，左行爬土地岭，坡地里大多种着黄姜。这里有家皂素厂效益不错，收购大量的黄姜，农民在地里挖出来就能卖钱，多好呀。翻过山岭，对面山上是新修的一层层梯田，栽种着茶树，美得像哪位丹青高手的工笔画。

山下公路边的垂柳绿意还在挣扎着。这里山上多冬青树，山脚下、村庄前后一堆一堆的竹子和田里的麦苗，在又黄又亮的阳光下显得更加碧绿。几个老人蹴在路边楼房山墙根晒暖暖，或抽烟，或用小指掏耳朵，一切沉默。不一会儿就到延坪镇了，书记在大门口迎接。这个镇名字也有诗意，不知为啥叫这名字。到镇院子，还很冷。我忙着去会议室，书记说这里地域广，有的村干部住几十里以外，我问咋还没通水泥路，他笑着说："通了，骑摩托也得好一阵子走哩。"

开讲了，面对着乡镇干部、村组干部，我感到非常亲切，我告诉大家我也是乡镇干部出身,他们的脸上马上泛出见了亲人般的暖意。讲五中全会说到"十二五"成就,从老百姓身边说起,公路修到家门口、上学不缴费、看病有保障,过去到西安得走几天,现在高速路两三个小时就到了。大家边听边点头。说到"十三五"目标,我说总书记讲了"小康不小康,关键看老乡",一个都不能落下,全部小康;说到农业现代化,我说地还是那块地,要多赚钱,就要搞设施,啥赚钱种啥。我尽量用他们喜欢听的话语。不知不觉两个多小时过去了。镇村干部听得认真,有的还不停地用笔记,几乎没有人说话和走动,我很是感动。

宣讲结束了,我下楼到院子,站到太阳底下才感觉到手很是冰冷。和村镇干部还有我们县局的李局长站着说话,地上的影子晃来晃去,仿佛在跳舞。镇政府院子上空一片瓦蓝,楼房后面的树上有几个鸟窝,还有几只喜鹊站在树上喳喳,院子一堆堆绿丛中有一串串红蛋蛋,这个地方此时此刻美得让人心疼。我开玩笑说:"这里的空气,外地人来吸一口要收费哩。"大家点头开心地笑了。

返回县城,路过山岭时,县局李局长说让我看那箭口垭,那座石山就像箭射掉了一大块。传说,当年杨八姐和蛮王鏖战不分胜负,就打赌,杨八姐射下巨石叫蛮王背。一箭过去,一声巨响,一块比半个场还大的巨石射落在山那边。看那石山上还有箭射的痕迹。传说是神奇美丽的,颂扬的是真善美,鞭笞的是假恶丑。

到城关街道办,也是满满一会议室人,我依然用最通俗的语言给大家宣讲,大家听得很认真。

太阳落山了,我们返回市里,嗓子都有点哑了,心里却很舒坦,自我感觉良好。把党的声音用最吸引百姓的方言传递给他们,还见到那么多镇村干部,像见到久别的亲人,能不欣喜若狂吗?

2015年12月5日

过了霜降

霜降过后，秦岭山上的树叶都在急切地魔幻般变化着色彩，生怕错过这一年在山里的最后登场机会，真是秋的万花筒如走火入魔一般。随便用手机拍一张发上微信，赢得的"赞"能把机子撑破。"霜叶红于二月花"，是一幅幅真实的画面，不但颜色丰富多彩，收获的厚重也让人踏踏实实。播种时我在包扶的柞水县凤凰镇皂河村住了几日，如今到了收获的季节，我要去看看贫困户到底收成咋样、口袋鼓起来了没有。于是，放下手头的工作，到村里住了几天，走村串户，跑各个合作社，见到一张张粗糙的笑脸，听到那一阵阵爽朗的笑声，我心里好个瓷实呀。

一

天变冷了，我想起包扶的老匡家的俩儿子。一早就跑到商店给娃买棉袄。电话问了娃的身高，可商店没开门，跑到9点多，在一家童装店反反复复挑选才买到。司机小陈笑着说："您从来没给女儿买过吧？"我说："这还真的是。"这一折腾。到上午11点30分才到村上修桥的地方。危桥拆了，正在修建，车子都到文书老四商店河对面了，只好调头，返回从东沟口下到河里走。这是修桥改的临时便道。车子在河道里颠簸过一个湾，郑支书在指挥挖掘机给车装石头，打过招呼，他去忙了。我们已经处得像一家人了，像平凹先生说的，见面不用握手，也不用说客套话。到工地上，我见两边的底座已砌好石练。老郑说："水泥柱子、打现浇的水泥钢筋都买好了。"我说："一定把好质量关。"他笑着说："你看那个高个子就是技术监理，天天都在黑着脸训人。这一点领导放心，我不能拿我的人头当尿壶。"前行不到二百米，也就是村委会门口那座桥，是副支书老卢负责。他是我的同年，看上去比我显老。我拍着他的肩膀说："同年呀，修桥是大事，一点都不能马虎。"他笑着说："同龄领导放一百二十四个心，绝对没麻达。"他又皱了皱眉头说："前几天这雨下得河里涨水了，河中间的柱子没法施工啊，急瞎了，想上冻前做好哩。"盛夏季节我也来住过几天，河里干枯，一点水也没有，现在却成了小河淌水哗啦啦了。走到村委会驻地，已经是12点30分，我们匆忙做饭吃。

饭后，郑支书陪着先到我包扶的老匡家。叫老匡，其实比我小好多。他家门大开，还是那五间石板房。门口墙上挂满了苞谷串串，黄成一片金色。他从房后面出来，笑笑的，又是忙着发烟，又是拿凳子，还要去倒水，我一把拉他坐下。问了问今年的收入情况，他苦笑着说："唉，种的重楼连一苗都没出。"我急切地问："咋回事儿？种子的问题吧？"他无奈地说："说不来，反正没见苗子。电话打过去人家还不好好接，说给补几斤种子哩。"我详细一问才知道，他是从外地订购的种子，一斤600多元，买了二十斤，花了一万二。现在门口一大片地里全是荒草。我气愤地说："不行，告他们。"支书说："咋告呀？没跟对方签合同。当初我劝他，又不听。"老匡低下了头，我心里也憋屈。他前几年在矿上打工，落下个硅肺病，也干不了重体力活。我调整了自己的情绪，给他鼓劲儿说："没事儿，从头再来。"我给他送了两个娃过冬的棉袄，他手在衣服上摸蹭，说："哎，哎，这咋好意思哩。"我塞到他怀里。娃在镇上上学，妻子陪着。妻子在一家酒店打工，一月收入一两千元。我说："开春想办法把房子盖了，再种些丹参、荆芥，种苗我来解决。"他抬头感激地拉着我的手说："领导，这，这，咋谢称你哩么？"

离开老匡家，我心里沉沉的，支书却说："他还是我本家妹夫哩，好人，脾气瞎，在外打工只买了电视和摩托，也没置办啥家当。跟人一说话就嚷。春上，给镇派出所修房，让他去看场子，一月给3000元，还嫌麻烦。是个大钱挣不来、小钱看不上的主儿，提不起。"我说："看来扶志才是最重要的。"

二

太阳都爬到山顶了，我们来到小陈的香菇厂。他正在往冷库装鲜香菇，见我来了忙把手在衣襟上擦了擦，来握手。看那一筐筐鲜香菇胖乎乎、圆嘟嘟的很可爱，我心里也热乎起来。大棚外场地上坐着成十个妇女在剪香菇把，她们有说有笑，很开心的样子。我问一位中年妇女，她笑着说："一天能剪三十多筐，坐着干活也不累，还给管饭吃哩，一天给七八十元哩。"小陈说："这些全都是贫困户，从春上到现在在这里少说也干过上百天了。"我暗暗一算，光劳务一个人就能挣近万元哩。我见香菇把把堆了一地，问咋不也卖了呢，小陈笑着说："剪下的把把还要把接菌料袋的一头剪了，再烘干，一斤卖2元钱，划不来，就让干活的背回去上地去，这可是最好的有机肥啊。"小陈说："今年价钱不好，一斤鲜的卖3元，挣1块钱，估计能产十五万斤。"他一边干活，一边说着。又拉我进棚里看，他说："这段时间是休眠期，过了再给菌袋注水，加盖一层塑料薄膜，还能再出一茬子哩。"他已有好几年的经验，技术上顶呱呱了。鲜香菇大多销往西安，冷库存三吨多，周转剩下的就烘干卖干的。他让我给县扶贫局说话，听说政府有扶持资金，明年他想发展四十多个贫困户入股哩，合同都准备好了，只要扶持他保证四十多户一年内脱贫。我立马给扶贫局长打了电话，说好明天让到县上对接。小陈高兴地拉着我的手说："谢谢，我替那些贫困户再谢谢你啦。"我也很兴奋，兴奋的是明年又多了几十户摘掉贫困的帽子。

三

夜幕降临了，山顶也有了雾气弥漫，我们来到和泰养鸡合作社负责人老吴家。淡绿色铁丝网围成的好几台地里有好几排鸡舍，各种颜色的公鸡母鸡挤成了一疙瘩一疙瘩。夏季来时，鸡苗还在种的青菜地里出没，现在连草根也被鸡吃没了，个个都长得有五六斤重的样子。

院子里轮椅上坐着一位老人，支书说是老吴他妈，问老吴呢，老人指了指鸡舍。鸡群像有组织跑操一样，一会儿一溜溜跑向东，一会儿一溜溜跑向西，个个看着都精神抖擞。鸡群里有一种芦花鸡，个儿矮。支书说这种鸡长得慢，鸡和鸡蛋都卖得贵。不一会儿，老吴从鸡舍里出来，鸡们包围着这个"鸡司令"。他走出鸡舍，一群鸡也跟着出来，被他吆回去了。出来把手在裤子上擦擦，跑上前给我们掏烟。老吴母亲见我们来到院子，只微笑着点头，又专心地看那些鸡去了。老吴龇着牙笑着说："今年养了2万多只，已卖了3000多只了，一斤12元，比去年便宜了，一只鸡六斤左右，净挣二三十元。只是从南京拉回来的2500只鹅死得只剩二三百只了。赔了5万多块哩。"看他说到赔5万元依然笑笑的，我有点纳闷，他瞅着我笑着说，等忙过这一阵子叫娃到南京去，当时签有合同。问到带动贫困户的情况，他仄瘦的脸上挂满了笑，说："领导放心，现在有十一户入股了。我再赔都不让他们赔的。"我要看合同及相关资料，他一边给上坡干活的儿子打电话，一边在屋里翻找。不一会儿，他抱了一摞摞出来。我让司机小陈把十一户花名册拍了照。老吴拿着合同让我看。老吴说："有一户委托养了3000只鸡，只拿1000元，等鸡出售后扣除成本，净收入中每只鸡给提10元，其余给人家。"他抽了一大口烟，又说："这样的话，贫困户也不用操心了，干些其他事情也能多挣几个，还把屋里照看了，一举两得么。"

鸡群一堆一堆的，咯咯咯地叫着，有的进了鸡舍。夜幕也拉下来了。老吴硬拉着不让走，叫吃了饭再走，我们还有事情就告辞了。

晚上，在支书看修桥材料的帐篷里吃饭，他和妻子在路边搭起的帐篷里吃住。他笑着说："让领导受委屈了，不过也是另一番感受么。"我也高兴得点头称是。听着哗哗哗的小河淌水，加上偶尔几声狗叫，抿着支书自家酿的苞谷酒，别有一番滋味在心头。

四

第二天一早在鸡叫声中醒来，晨雾漫到小学操场上，满眼都是雾，脸上都潮潮的。"白云生处有人家"，在这里才是真实的存在。早饭后，雾也散开了，太阳也照到半山腰了。没有让村干部陪，我们自由去看看。先到养牛合作社，养牛场正好在通村公路下边的地里。那里几个男人正在硔下用锨拌着石子、沙子和水泥。在打牛圈的另一半地坪。他们见来人了，向牛圈里喊了一声，一个长头发的小伙子走出来，他就是合作社的头儿殷书富，见我笑着说："领导你来了。"赶忙在身上抹了一下手，掏烟给发。我问了发展情况。他笑着说："买了20头牛，这几天，白天在山沟放，晚上赶回圈里。"我反问道："上次来你不是说养100头哩么？"他一摇头说："再甭提了，让人家给骗了，交定金时说好一头二百斤左右的牛5000元，拉牛时要6000元，只好少买些。"他说今年入股有六户贫困户。其中李玉莲一户入了3万，殷世同入了1万，还有大股东郑传华入了5万元。问到咋样分红时，他说，除过成本，像苞谷、麦皮、豆秆等都有票据，加上人工费等，按入股情况分红。他还告诉我，一个月牛能长一尺左右，圈养的话一天长三斤左右，一月就是百十斤，放养成本低，可长得慢。圈养出栏需八到十二个月，放养得十三到十六个月。他现在是放养、圈养结合。出栏时，公牛一般在一千四百到一千六百斤，母牛在一千一百斤左右，市面价一斤15元，一头牛净挣4000元左右。他拉着我的手进到牛圈里，指着给我说，这些是西门塔尔牛，那两头是梨木赞牛，梨木赞出肉率高，正常比西门塔尔牛多出五十斤左右。现在以母牛为主。他还很注意卫生，一天打扫一次，三天消毒一次。他说："妻子得癌症不在了，欠下一屁股债，打工也还得差不多了。养牛不怕卖不出去，厂家每斤13元收哩。"说着一甩长发，接着说道："已经和二十三户贫困户说好了，春节一过就到东北去，明年再发展四五十头。"我拍拍他的肩膀说："好好干，我也会支持你的。"

太阳已经照遍了整个皂河村的山山水水了。我又来到林下经济合作社。这个社领头的是任富春，他曾经是原东垣村支书，合并村后任副主任。他上县里去了，妻子和儿子在厂子里。儿子看着很精干，二十来岁。他告诉我，现在鸡存栏2万多只，已经出售了上万只了，公鸡一斤8元，母鸡一斤6元，还养了上千只乌鸡，从河南引进的。乌鸡的冠都是黑的，浑身一抹黑又亮。乌鸡蛋一斤25元，比土鸡蛋贵一半多哩。合作社还无代价管理核桃树，核桃肥都是免费送上门让家家户户施肥。他走过去从地上捡起一颗鸡蛋，过来笑着说："领导看，这就是乌鸡蛋，比土鸡蛋小点。"我也没看出有啥区别，确实能小点。他满有信心地说："明年要扩大到六百亩，再种点药材啥的。现在有二十来户贫困户入股了，加上劳务三十多了，明年争取带动四五十户。"看着小伙子明亮的眼睛，我心里十分踏实。

五

来到我包扶的黄邦成家，门口堆了不少板栗的毛刺壳，边上放个火盆，正在烧着板栗毛刺壳，没有焰，只有烟。小张敲门没人应，推开门没人，到公路边找到邦成的母亲，她手里拉着一个两岁左右的女孩。问老人家邦成呢，她笑着说："到街上去了。"邦成在石场干活就能挣3万元，又兼护林员，一年下来也拿好几千元。我笑着说有钱了，赶紧给娶个媳妇。老人笑着摇头说："没得跟的。"看着七十好几的老人比上次见脸上更光堂，说明过得不错呀。她要给倒水，我不让，在院子站了一会儿，就回到屋里去了。不大一会儿出来，老人走到我面前，从她那红格子呢子外衣口袋掏出一把板栗给我吃，我不要，她硬塞到我手里，又给同行的小陈、小张一人手里塞了一把。我要给那小女孩板栗，她笑着说都给过了。她看我用牙咬开板栗皮剥着吃，笑得眼睛眯成一条线了，和额头上的皱纹平行一并摆了。我说今年板栗收成不错么，这么多毛刺壳。老人说："我爱烤火，都是邻里送的。"老人隔壁老潘也是我的包扶户，门开着，一问才知道是在江苏打工的二儿子回来了，他说他爸和他哥到河南去了，他从无锡电子厂刚回来。去了半年，一月3000块，也挣了18000元，给家里了5000元。他说年前不去了，把家里收拾收拾。阳光下邦成母亲和老潘二儿子的脸上都亮堂堂的，看着人心里也滋润。

六

快到中午12点了才赶到东沟殷主任家。她家院子外靠山根建了不少鸡舍，用绿铁丝网网着。一群公鸡喔喔喔接二连三地叫着，鸡冠在阳光下红得发亮，身上的毛也是油光可鉴。一群母鸡在咯蛋咯蛋地叫着。他们把房后面山坡根上也围起来，让鸡们自由上山找虫子吃。

我们沿着通组土路朝沟里走。这路已经列入明年打水泥路计划。路两边散居户，家家门口都挂着一串串苞谷。一位老人坐在路边石头上晒暖暖，问他话，他说耳朵听不见，说他八十有二了，腰疼干不成啥了，靠娃们了。老人脸上那淡定从容让我觉得他过得幸福。两个中年妇女，一个在对面地里，一个在路边，隔着小溪说话，说到那棵柿子树上的葫芦包蜂窝，路边那位妇女说："把人都害咋了。"说了一大堆话，那方言有些没听懂。问我们是旅游的吧，我说是扶贫的。她笑着说："那好么，多给些钱哦。"我只笑了笑。

回到殷主任院子，坐在一堆豆秆边上晒太阳。我随手剥了黄豆角，豆子咋是棕红色的，问正在做饭的殷主任，她说那是黑豆，我又剥了另一株，真是黑豆。我把剥出的棕红色豆子放在小桌上晒，有一炷香工夫豆子慢慢变黑了。殷主任的老汉老刘从平房顶上晒苞谷下来，抓了一只公鸡到小溪边，说杀了给我们尝，我咋样拦也拦不住。

坐在院子看那山上，仿佛是无数个秋色图组成的一场盛大的画展，让人咋也看不够。头顶上没有一丝云朵，是深远的蓝天。这里真是神仙福地。住在这里不长寿不由人，难怪九十岁老人随处可见。

殷主任的合作社也带动了东沟十几户贫困户，说到这些，她脸上总是荡漾着自豪和得意。

下午5点左右，我们在殷主任带领下又来到七组养羊合作社。陈延涛家养了近200只，大多是布尔山羊，母羊有60多只。有位五十来岁盆盆脸的妇女，见我们来笑呵呵的，她就是延涛的母亲。场子有几只母羊是上午刚产下羊羔。小羊羔一个个咩咩地叫，走路稳稳实实。那女的说她本来在县城打工，养羊人手不够了，就回来了。她一副见过世面的样子。一只羊羔去吃母羊的奶，母羊用蹄子踢了一下，吓得羊羔跑开。她笑着说："那只不是它生的，不给吃。"另一只羊羔去吃，它就很温顺。山腰一群羊在咩咩叫，看上去就像一堆雪，或像一片云。她告诉我们，一只羊出栏时有七八十斤，能挣一二百元。儿子出去联系贫困户了，明年还要多发展些。

天已经黑了，看到满天繁星闪烁，仿佛一家一户脱贫的希望之光，我的心里一下子也有无数星光闪耀……

在皂河村过重阳

重阳节那天一早,我和十几个同事一块到包扶的皂河村去,看望八十岁以上的老人。

一路上,我和同事们说扶贫话监管,你一言我一语,那种激动热情,仿佛是去久别的外婆家。路两边的山在阳光下愉悦着,热烈地上演着五颜六色的"色彩革命"。每一棵树,每一片叶子,如热恋中的爱人,酒红的脸上荡漾着收获爱情的喜悦,那一颗颗红彤彤的柿子不正是春与夏的爱情结晶?把恋爱的故事浓缩在青涩与甜蜜的味道里,咬一口能感受到爱的滋味。

到村委会,也就是村小学院子,已经来了不少老人,还有搀扶老人的年轻人,有的坐进了会议室,有的站在院里说笑。学生们在餐厅吃饭,早饭是糊汤就酸菜。我问村支书,娃娃咋吃这饭呢?他憨憨一笑说,都有饭菜哩,一周才吃一次糊汤。村里大多数孩子都随父母到镇上到县上到市里,还有的到省里或外省上学了,学校里只有二十多个学生。院子门外有一片青纱帐,高高的,绿绿的,像是高粱,我问一位老人,他说是甜甘蔗,榨甘蔗酒用的。这里人有窨酒的习惯,有一种叫干榨酒的,比茅台还烈。

等人都到齐了,我们先给老年人讲了安全用药的知识,市场科科长讲得用心通俗,老人们听得专心认真,会场静静的,偶尔听到老人的咳嗽声。几个年轻妇女还用笔记着。一位老人远远拿着宣传页,看着听着,还微微点着头。

讲解结束时，村支书动情地说："这些领导给我们修桥、安路灯、抓产业，今天放着家里老人不陪，大老远跑来专门陪大家，叫人太感动了。"老人们个个点头说："是呀！是呀！"一位老人颤巍巍地说："咋恁好的干部嘛！"

给老人发慰问品时，大家都自觉排队。一位白发苍苍的老大爷接过一桶油、一袋米，深深鞠了一躬，说："感谢共产党，感谢习主席！"这是老百姓真实的心声啊！有儿女来的，把米袋子和油桶捆在自行车或摩托车上，带着老人高高兴兴回家去了；没有儿女来的，我叮嘱让人把老人和东西一块送到家。支书笑着说："领导放心，都安排好了。"

随后我们上门看望了三户老人。第一户老人当过十多年的村干部，已经九十二岁了，他刚还去听了咋样用药的知识讲座。老人耳不聋，眼不花，还经常下地干活，他笑着说："不做啥，浑身不自在。"他住在新房边上的简易房里，问他咋不住新房。老人说："娃叫住一块儿，不方便，不惯，老了脏，爱吐痰，又没瞌睡，害嘈娃些个。"支书也说儿孙们把东西搬回去好几次，老人又自己搬出来，老人喜欢一个人清静，就随他意。看来这是个现实问题，农村那种"养儿防老"已经有点过时了。老人在能吃能做的时候，还要有他们自己的生活圈子。

第二户老人已经九十三岁了，还到对面地里干活去了，支书和老人的小儿子到地里要背老人回来，老人不让，自己慢悠悠地走着，见哪块地里有草，还要蹲下身拔掉。我们等了好一会儿。门口晒着苞谷，金黄的苞谷像满地金花，边上坐着几个妇女，一问话才知道是四川成都人，来看她们的弟媳妇，弟媳妇住院做手术了。她们笑着说，这里环境好，空气好，水好，人更好。一打听得知，老人的二儿子在外出事儿了，妻子就在那里招了女婿回来。老人回来了，耳聋了，脸上还有淡淡的红色，不停地说："给客倒水去。"

第三户老大娘已经九十五岁了，儿子也七十多了，重孙已经工作了。老人坐在厦房门口，瘦得像靠在门上的一根柴火，头发花白，脸像过冬的社里黄柿子，皱巴巴，黑乎乎，手背黑而干。拉住老人的手，那柔绵温暖，就像当年拉着母亲的手。儿子教她说"谢谢"。她好半天才机械而又艰难地说："谢谢！"

村支书说村上九十岁以上的老人有十几个,我告诉他一定要孝敬好老人,安排好他们的晚年生活。

这个重阳节和同事们陪皂河村老人度过,大家心里都暖暖的。一位同事激动地说:"和这些老人在一起,感受到了不一样的幸福。"是呀!陪自家老人是幸福,陪别人家的老人是另一种幸福!

2015年10月25日

"担保支书"

说起"担保支书",在秦岭腹地陕南的商洛市柞水县凤凰镇远近闻名。他就是皂河村的支部书记郑安魁。

郑安魁四十七八,高个头,微驼背,长脸黝黑,话不多,人看着蔫蔫的,但对村上的事儿很上心。就说谁家需要上信用社贷款吧,他马上打了鸡血似的活跃起来。主动陪上跑前跑后,给信贷员一拍腔子,高喉咙大嗓子说:"放心贷吧,还不了有我哩。"他是这么说的也是这么做的,慢慢地,"担保支书"就从信用社叫开了。

他年轻时在潼关开矿挣了钱,又被人骗到广西开矿,这一下赔了个精光。他不甘心又跑到宝鸡开矿,一座山都打透了也不见金矿影子,只好回到村里。他被选为村干部,当时村上的路连手扶拖拉机都开不进去。他在外面见识多,知道要致富先修路。他跑省进地区扑到县里,找熟人朋友,争取资金,又用自己的房子做抵押贷款,加上国家的通村公路补助,终于修通了水泥路,群众从此出入方便了。外面收购板栗核桃香菇木耳的车开到门口,群众在家门口捡票子,心里真是美滋滋的。

看到那些住在高山顶上的人,没水没电,很不方便,孩子上学远,有的干脆就不上了,他心里着急啊!十次八次跑信用社,他给信用社领导说:"这些人要拔穷根,先得搬迁,没钱就得贷款,我拿人担保,请领导放心,还不了,我脱裤子当袄都要还上。"信用社说好了,又要上门给那些人做思想工作。一天晚上,他低一脚高一脚从山上小路摸爬到住在山顶的曾家红家。屋里黑着,他家狗叫了几声,郑支书叫醒他。他那半身不遂的父亲躺在床上声唤。说到贷款搬迁的事,他熬煎地直摇头,说:"不行,不行,拿啥给还呀嘛?"老郑耐心劝说:"我给你贷,我给你还,啥时候挣下了给我。把房子搬下去,打工养黑猪,挣钱先说媳妇,这样就像一家人过活了么。"当时老郑给贷了3万元,在川道路边给曾家红盖了新房,后来曾家红娶了妻子,也还了贷,日子也过得舒服了。

那天他陪我走访贫困户时,指着那一排排新楼房,笑着说:"那些都是2003年从高山上搬下来的,几十户哩。"路边有一家正在盖楼房哩,那小个子青年见是我们,赶紧跑过来给发纸烟。他激动地说:"支书呀,叫我咋谢你呀。给我们划了庄基,还给贷了款。"这弟兄俩一直在外安装高压电线塔,手里有了点钱,哥哥还在商州引了对象,回来一看:住了一间石板房,屋里支了两张床,就转不开身了。那女的撂下一句话,拧身走人,"啥时有房子了,啥时来找我"。郑支书得知后,主动上门给协调庄基,跑信用社担保贷款。房子已经打好地基。在彩条布棚里,那女的正在忙着洗锅哩,见到老郑,就跑出来,笑着说:"夏里搬新屋就结婚,到时候支书一定来喝喜酒哟。"老郑那黝黑的脸上绽出笑容,连连点头说:"一定来,一定来!"

那些贫困户从高山上搬下来了,但咋样才能致富呢?要发展产业,还得要钱。这六七年来,每年都要为脱贫担保贷款六七十万。

老郑原来是瓦房村支书,去年把东垣村、银桥村和瓦房村撤并成皂河村,他又被选成支书了。他知道担子重了,责任大了。他带领班子成员,前前后后用了月把天时间,跑遍了六百多户,摸清了二百来户贫困户的"家底"。也在思谋着如何帮助他们脱贫。回来后召开两委会反复商量,一一拿出脱贫计划,2018年必须全部摘掉贫困帽子。他掰着指头给我数说:"一组核桃建园,核桃合作社搞林下经济,吸收一二十个贫困户;二组红豆杉育苗,土地联租,一亩一年800元,又在地里除草浇地打零工有收入,这又能带动一二十户;三组种猪苓帮助一些；四组发展板栗，再争取一些木材指标，发展木耳，帮扶一些；五组香菇合作社吸收打工的，再带动一些户种香菇；六七组靠散养土鸡合作社再带动一批。剩余的政策兜底，脱贫任务不用操心，保证完成。"说着他又猛吸了一口烟，接着说："资金除了国家捆绑的以外，其他贷款解决，我担保人家放心，谁叫咱是个'担保支书'。"

见他精神振奋的样儿，说得有鼻子有眼的，我也相信地点了点头。他是个心中有数、点子多的人。

3月9日一早，天上飘起了雪花，老郑陪我到七组住得最高的一户。到这家门口时雪大了，那山畔的野桃花和雪花都难分辨了。这家主人黄存耀老人走到场边，笑着说："贵客来了，快，屋里坐。"他让我们坐到家里西边墙根，那里有个坑烧着火，那面墙被柴火熏得又黑又亮，空里吊的一吊子腊肉已熏得泛黄，油都浸出来了。郑支书告诉我山里人就是这样熏腊肉的。我掏出笔记本边问边做记录，老黄的老婆说话不太清，但脑子好使，她走过去把电灯打开。老黄见到我们也有些感动，说："我都六十六岁了，二十四岁就入了党，还当过村干部。原来想搬下去住，报过几次。"郑支书告诉我，分散安置指标少，还得想法争取。支书拉着老黄的手说："过去咱不是一个村，如今成了一个村了，一家人不说两家话，有啥只管说。"老黄跑到里屋，好一会儿才端出一个纸杯子，说："来，尝尝我才窖出来的酒，苞谷酒。"老郑递给我，我舔了舔，烈烈的，他又端上边喝边说话。他让老黄在屋后面散养土鸡，老黄说："我也这么想来着，就是没钱。"支书一拍他的手，说："没钱有我哩么，只还本钱不要利息。鸡娃子都让做好防疫给你送来。"说得老黄核桃皮似的脸泛出了笑意。

在返回的路上，郑支书告诉我，群众倒的自己酿的酒是对你最高的待遇，再不能喝都要喝完，不然他觉得你瞧不起他。我说嘛，他喝得脸都成关公了还喝。他喝完，老黄高兴得直搓手。他又对我说："群众不听你咋说，只看你咋做。"这个春节一组卫光荣男人死了，才四十来岁，她又是个不灵醒的人，儿子在县城上中学。他去了二话没说，先给掏了1000元，又给筹了4000多元，看着安葬好。周围人都说他的好哩。

他这个"担保支书"，给群众担保贷款，帮助脱贫致富，却苦了自己。妻子也埋怨："咱不沾别人的了，也不能光往里贴呀，咱也要过日子哩呀。"妻子说归说，谁要是寻到门上，她又是火急火燎地给支书打手机。这不，前两天，二组的刘伟要贷10万元，要在县城开服装店，是妻子电话催着他到信用社办了担保手续的。

村上只要是发展经济、娶媳妇、盖房子，不管三万五万十万八万，他都给担保。那些赌博干不正当事的，他一概不给担保。信用社放出话："没皂河村'担保支书'搭话，谁都别想贷到款。"

他心里也有犯难的事儿。有几户贷款四五年都没还。像郑伟，在西安做生意贷了10万元，赔了，光利息他就给垫付了8000多元，人现在到厦门发展去了；吴世忠在沟垴上住，人也笨，他帮助贷款在沟口买了房子，利息他就给还了1万元。他在镇上也买了房也要花钱，只有东拉西借了，不失信于信用社，也不难为困难户。他说："再难，一想到自己这个'担保支书'的称号，就啥也不怕了。"

贫困户黄同千，一家四口人，从山上搬下来贷了5万元。他告诉老黄说："利息我先给垫上，你在老庄子养猪一年也赚一两万，我再争取政策扶贫3万，今年就能还完。"老黄木木地说："那，那咋谢你么？""你日子好了，就是最大的谢。"郑支书朗朗地说着。

走到七组吴秋明家门前。这是土鸡散养合作社的负责人。郑支书手机响起了，是信用社打来的电话，他大声说："主任呀，今年无论如何给我留100万元的贷款指标。我担保，脱贫任务重，产业都是现成的。……好！好！回头让我老婆给你炒腊肉吃。"

说着，他朗朗地笑了，笑声在山谷里回荡，吓得大片地里的散养鸡一起昂着头看，像雄伟壮观的"鸡士兵"列队。

2016年3月12日

商洛到北京的水

一

说起著名作家贾平凹，大概没有人不知道，但许多人不一定知道贾平凹就是商洛人。他早年写的《商州初录》《商州又录》《商州再录》等，其商州指的是大商州，也就是商洛，而地域上的商州就是商洛市的一个区。贾平凹就生长在这里的丹江河畔，是丹江水哺育了他的才华和智慧。他的商州系列作品，用生动细腻的笔触，谱写了商洛人民的悲欢离合、喜怒哀乐，让外面的世界知道了丹江两岸的许多故事，了解了商洛这个充满野情野味的神秘之地。

时光荏苒，商洛这片古老的土地也应和着时代的脉动，南水北调这一世人瞩目的国家战略工程，使商洛再度为世人瞩目。

南水北调，就是把中国汉江流域丰盈的水资源抽调一部分送到华北和西北地区，从而改变中国南涝北旱和北方地区水资源严重短缺局面的重大战略性工程。其中线工程从丹江口水库陶岔闸引水，经长江流域与淮河流域的分水岭方城垭口，沿唐白河流域和黄淮海平原西部边缘开挖渠道，在河南省郑州市附近通过隧道穿过黄河，沿京广铁路西侧北上，自流到北京、天津。年调水规模130亿立方米。中线工程可缓解京、津、华北地区水资源危机，为京、津及河南、河北沿线城市生活、工业增加供水64亿立方米，增供农业30亿立方米，大大改善了供水区生态环境和投资环境，推动了我国中部地区的经济发展。此外，丹江口水库大坝加高，提高了汉江中下游防洪标准，可以保障汉北平原及武汉市安全。

如今，南水北调中线的调水，不久就要从丹江口水库北流而上。人常说，饮水思源，其实，许多人只知道南水北调是从湖北丹江口水库引水，并不知道丹江的源头就在秦岭腹地陕西商洛凤凰山南麓。

丹江，是商洛的母亲河，全长四百多公里，流经商洛的商州区、丹凤县、商南县，最后，从商南的白浪镇月亮湾出境，经河南淅川入丹江口水库。丹江水养育了祖祖辈辈的商洛人，丹江谷地算是这里的"白菜心"了。无数山峰拥挤出丹江，是丹江河流冲积出这片谷地，商洛人才有了繁衍生息之地。这里的每一条沟沟岔岔都有大小不同的小溪流，小鸟依人般拥吻着大山。那数以万计的溪流就是丹江的儿女们，它们日以继夜、夜以继日地向这个母亲河倾诉着心声。

商洛，因商山洛水得名，有六县一区，二百四十多万人，有"八山一水一分田"之称。此地是个典型的集中连片国家级贫困地区，唐代诗人贾岛曾吟诗"一山未尽一山迎，百里都无半里平"，可见立地条件之差了。过去饿肚子是家常便饭。冬天上山砍柴，人饿得慌慌了，就爬到丹江河边美美喝一肚子冷水充饥。

历史上，这里曾是商鞅的封地，是古长安通往东南的大通衢，素有"秦楚咽喉"之称，"商山四皓"也曾在此隐居。历代文人墨客留下许多不朽诗篇，丹江水曾洗涤他们高尚的灵魂。"我有商山君未见，清泉白石在胸中"，仿佛是白居易和我们结伴在丹江边上闲情信步。江畔那块光滑的石头，李白也许醉卧过，隐隐感觉有他的余温。

革命战争年代，红二十五军是沿丹江溯流而上，走向延安的，李先念带领中原突围部队也是喝丹江水渡过艰难岁月的。三千多名商洛儿女为了民族的解放，抛头颅洒热血，滔滔丹江水也在为他们的英灵祈祷。

丹江，又叫州河、丹水。小时候我们经常在河里玩耍，摸鱼抓虾，乐此不疲。河里有一种我们叫金花斑的鱼，五六寸长，色艳如丹霞，好看极了。我们抓住它，只是玩玩就又放到河里，从来不吃的，听老人说那是人托生的。传说，尧帝为了惩罚他的儿子丹朱，把他发配到商洛，在这里他率领百姓日夜疏理丹江，最后积劳成疾，去世后变成了金花斑，把他的另类生命献给百姓。而后人将这条河叫丹江，也是表达对他的无限思念。正是这个传说使丹江的历史成为美丽的神话。

史料载，古老的丹江是一条重要的航道。如今丹凤县城所在地的龙驹寨的船帮会馆，还能依稀看到昔日水运繁华的影子，"嗨哟，嗨哟"的船工号子隐约在上空回荡。龙驹寨自唐代就有了水运，明清繁盛，到民国初年，龙驹寨这个水旱码头每天驶进的船只不下百艘。1911年意大利传教士乘船而来，把西方酿造葡萄酒的工艺带到这里，丹凤葡萄酒厂依然清晰地记忆着这段美丽的故事。直到20世纪50年代初，货船还可溯流而行到商州城的南门外。这些现在都成了自豪的回忆。

二

作为丹江口水库上游的商洛，是水源涵养区和保护区，多年来，商洛人责无旁贷、义不容辞，为呵护丹江做贡献、做牺牲。

"一江清水送北京"是丹江的福分，也是商洛人的自豪骄傲。本家一位叔父幽默地说："商洛的水给北京解渴，这才叫近水解得远渴，咱这冷锤子蒸了个大馍。"用老家另一位上了年纪的长辈的话说："咱是哪辈子修的福，能叫皇上人吃上咱的水。"当然，老人老脑筋，还想着过去给皇宫纳贡的事儿，心却是好的。

在商洛，凡是为了南水北调的事，都是特事、急事，各级领导深入一线，现场解决问题。2012年8月22日，时值盛夏，在丹江流经商洛的最后一个县——商南县，一个为了解决南水北调实际问题的现场会正在县污水处理厂进行。县污水处理厂因人员、经费等问题，正常运营面临许多困难。县长刘春茂亲自带领有关部门深入县污水处理厂查看管道、检查车间，汗水湿透了衣衫，他也顾不上管，用手一抹额头，说："都有啥困难全部说出来。"他坐下来，边听边记，就公司设立、工作人员招录、开办经费、管理机制、进水浓度不达标等问题下达死命令，要求人社局必须在9月10日前将公司所需人员招聘到位，财政局必须在一周内为污水处理厂解决5万元工作经费。要加快办理公司化运营相关手续，落实排污费征收工作。当年年底，污水处理厂就投入正常运营。

商洛人时刻都想着，要"一江清水送北京"呀，丹江两岸山上的树要管，不能砍。靠山吃山，现在不能了，树砍了能卖钱，可造成水土流失，水源涵养区保护就成了一句空话了。地下有丰富的有色金属资源，钒钼铁金铜等储量在全国都有名气，要开矿办厂，发展工业，才能看到富裕的希望，可办厂子污染了水，破坏了水源又咋办？人要搬迁，河要治理，钱从哪里来？商洛七个县区，有四个属于限制发展区域，不发展，让老百姓喝西北风呀？

但是，"一江清水送北京"，是市委、市政府领导对商洛发展自己念的"紧箍咒"。生态经济也是商洛发展的唯一选择。为了在保护中开发，在开发中保护，市委、市政府做出了《关于加快循环经济发展的决定》，探索出了一条"减量化，再利用，资源化，无害化"的循环发展模式，并相继出台了《丹江等流域水污染防治三年规划》《丹江流域综合治理规划》等一系列刚性文件。

发展有资源还要有技术有资金，对我们落后地方，只有走招商引资的路子。而市里提出项目落地生根的前置条件是环境影响评价和水资源论证，环评过不了关，再大的投资领导也不眼馋，也不会动心。有一家企业要投资十几亿，按传统提取法办金矿，市上主要领导一口就否定了，可有人认为先招进来，慢慢治理，不然上亿的收入没了太可惜了。领导在大会上讲："南水北调是一项政治任务，保卫丹江是一次长期而艰巨的人民战争。一旦污染就不是一两个亿能够治理好的。"比亚迪公司看中商洛优质石英石资源，发展光伏产业。项目一个晚上就谈判成功，我们提的吃干榨净、污水零排放，他们都答应，老总拍着胸脯说："循环发展，我们做成一流的。"几十亿的项目光污水处理就要投上亿。在项目建设中，公司最先启动的是污水处理项目。如今公司已经做到一千兆瓦太阳能电池板了，处理后的水清凌凌的，和吃喝自来水没两样。

2008年成立了商（州）丹（凤）循环工业园区，是省级园区，在丹江盆地占地九十八平方公里。相继策划的十条循环产业链，已建成七条。入园的六十多家企业污水处理都是百分之百达标，产值增加了，排污反而下降了。

近几年，商洛发展增速在全省排在前列，而节能减排在基数特别低的情况下，依然如期完成任务。通过小流域治理、退耕还林、天然林保护、节能减排和重点区域流域治理等一系列措施的落实，真正实现了工业污染防治、生活垃圾污水处理、农村面源污染治理分别达标的效果。丹江等河十几个断面监测，全部达到三类以上水质。丹江治理项目已经上升到国家层面，列入全国政协提案。从2007年以来，治理小流域一百七十多条，完成治理水土流失近四千平方公里。全市植被覆盖率平均提高了十个百分点，70%的泥沙得到有效拦蓄，每年减少土壤侵蚀量近四百万吨，年均蓄水近4000万立方米。丹凤县竹林关镇桃花谷小流域治理，建成了国家级水土保持科技示范园区，如今已经成为远近闻名的旅游景区。

为此，商洛的几任领导都表现出壮士断腕的精神，淘汰落后产能，关闭污染企业。七个县区先后关闭造纸、化肥、皂素、水泥、铅锌等企业几十家，光财政减收也在十几个亿呢。同时，许多企业关闭，造成大量工人下岗，要给他们培训、要给他们寻找新的就业门路、要给他们办低保，商洛的各级政府都面临着很大的压力。

三

小时候，每到夏季河水暴涨时，奶奶都会站在河边大声嚷嚷："我娃都赶紧回来哟，小心把你冲到老河口去了。"那时，只知道苗沟河流到丹江去了，不知道还有啥子老河口呢，想着是很远很远的地方。

著名作家梅洁的《大江北去》书写了库区人民所做出的牺牲。而为了保护好水源，商洛人民所付出的代价也是三天三夜说不完的，可很少有人知晓，就像故乡的苗沟河一样，就那样永远地、默默地流淌着。

武关，是秦朝有名的"四塞"之一。唐代诗人杜牧有"碧溪留我武关东，一关怀王迹自穷"的诗句。这里曾经是秦王囚禁楚怀王之地。

丹凤县武关镇七里砭组七十多岁的周述文，老人脸都成了橡树皮，走路已是两头扎地（腰严重佝偻），可干活赛过小伙子，他几十年如一日，上山植树不间断，把一面面荒山变成了绿色宝库。他家建有十亩核桃园十亩板栗园，年收入过5万元。过去，老人在丹江支流武关河岸边有几块地，种一回，夏季便被水冲一回，后来，他撂下地上山植树，光镢头就挖坏了四十多把。现在，山上绿树成荫，遇到暴雨再也没有红泥浆水了，喜鹊、锦鸡成了老人的邻居。他高兴地说："哎，人老三无才，尿尿洒湿鞋，见风泪就来，咳嗽弹的屁出来，但腰身好着呢，干活还行，国家给发这补贴、那补贴，对咱好得很，咱得有良心，让他们吃上干净水，出力流汗是应该的。"

在丹凤县竹林关镇，我们来到海拔一千三百多米的月凤村，这里山高坡陡。一遇下雨，庄稼就被水冲得一干二净。为了群众的幸福，镇党委政府下决心将村子整体搬迁。2013年，这个村一百八十多户，已有一百四十多户搬到山下镇上新村居住。

村民张宏坤，有三间土木结构的房子，他三十多岁，上有父母，下有两个孩子，有六亩地，四亩地已经退耕还林了。他到今年秋季就要搬到镇上，他留恋地说："眼看着村子没有了，心里空空的，毕竟祖祖辈辈住在这里，但国家叫搬，让住到好地方去，还给咱找赚钱的门路，这是好事。"

月凤村党支部书记邢书权四十七岁，当村干部已经二十多年了，为了保护丹江，家里四亩地全部退耕还林，可土层仅有一手板子，不能种经济林，只能种灌木，损失很大。他也惋惜着，多少有点怨气地说："实话实说，这几年辛辛苦苦，给村里电拉上了，水泥路也通了，学校新盖了，几乎家家都盖了新房，人的眉头刚展开，现在一声令下叫搬，这些不是都糟蹋了吗？国家再给补贴，自己还得出钱呀。真是折腾人哩么。为了南水北调，我们的牺牲可不比库区人民小呀。"他又猛抽了几口烟，说："有十来户上了年纪的老人，死活都不搬，逼急了就要跳崖。没办法，只有和儿女们分开住了，再说，他们的日子也不多了，随他们去吧。"

在商州区杨峪河镇金鸡村，我们从村里上山，在蜿蜒崎岖的小路上走了一个多小时，来到叫木瓜寨的山洼，洼里只有一个土房子，周围山坡上满是果树园，梨花白，桃花粉，成群的蜜蜂飞来飞去，无数的喜鹊也在叽叽喳喳叫个不停。土屋旁一位瘦小的老人正在栽核桃树。静谧的山洼除了鸟叫声，就是那挖地清脆有力的嚓嚓声。如果不是看到老人的身份证，怎么也不能相信眼前这位七十七岁老人竟然是一位老教师。老人叫张甲，是土生土长的商州黑山人。1960年大学毕业先后在山阳县、商州区从事教育工作。还和贾平凹的父亲贾彦春一块教过书，两人交情很好。1995年退休后，他毅然决然回乡植树造林，家里谁也说服不了他，他背上被褥碗筷书籍，住进山洼里。晚上死一般寂静也让他害怕过，渐渐地，一切都适应了。他让儿子弄来一个大铁皮油桶，亲自改造成锅灶做饭。

就这样，一个人，一面坡一面坡地挖山种树。在这里，山呀树呀鸟呀松鼠呀都是他的朋友，实在闲了，就把它们当成学生给上课。他开玩笑说："你看这些树长得好，就是我教得好呀。"十五年下来，四条山洼，八面荒山变成了名副其实的花果山。由于不歇气的劳作，老人的手指都扭曲变形了，可他乐呵呵地说："劳动光荣啊，吃着自己种的萝卜、白菜，那个舒服劲儿甭提了。多栽一棵树就多一份福，看着自己的树挂果，就像看到儿子给添了孙子一样兴奋。想想水源地保护了，为北京人能吃上甘甜的水做点事儿心里那个美呀。"

商州区陈塬街道办事处上河村，虽然离城区近，却仍是个贫困村。李彩凤当选村支书兼村主任后，咬紧牙关过日子，三年来不仅没拿一分钱报酬，反而是自己家里钱贴了不少，还清了村上外欠的十几万元钱。一千四百多口人咋样富起来，她心里像压了一块大石头，短短几个月，人消瘦了二十多斤，丈夫孩子埋怨："一个女人家，不顾家，不管娃，整天在外扑，男人都管不好的事儿，看把你能的。"她也无奈地说："有啥办法，谁叫大伙信任咱哩。"

她找专家，问群众，最后决定建设千亩良种核桃示范园。祖祖辈辈种惯了地的乡亲，还是不情愿接受。于是她和村上一班人跑东家走西家，给大伙一一算了经济账。有人不理解她，给她找事儿，毒死她家的狗，偷走挂在她家门口的玉米，砸烂她家的玻璃，她也不当回事儿，把辛酸委屈冤枉的泪水咽到肚里去，磨破嘴跑断腿也在所不惜，只要群众同意建园。她自己掏钱买了两百多本栽植核桃树的书籍，送到各家各户。天天都是天不亮出门，晚上12点前没进过门，有时忙得一天连一顿饭也顾不上吃。一场感冒没顾上看，落下气管炎的毛病。

她的一番辛苦没有白费。2013年，全村核桃产业收入近500万元，仅此一项人均纯收入达4000多元。村上有了钱，建学校，打机井，修水坝。她笑着对我说："建了绿色银行，富了百姓，美了环境，再不给丹江排泥水了，受再大的苦也值呀！"

商南县湘河镇梳洗楼村，地势平坦，丹江河岸的人家出进要用小船摇。当年贾平凹先生在这里采风，写过小说《小月前本》，后来改编成电视剧在这里拍摄。河岸边的人家白墙青瓦，很耐看。在丹江边一棵树下，有位老人正在捡烂纸废塑料，他腰里的手机响了，听得出，是在与出外打工的儿子通话，他告诉儿子家里啥都好，甭操心，好好干事儿。我一打听才知道老人也是从高山上搬下来的，没地可种了，没事儿干，就在丹江边上拾破烂，打捞河里的漂浮物。他一声秦腔"王朝马汉一声禀"，吼得树上的喜鹊喳喳喳飞走了。

丹江在这个镇有十四公里，南水北调工程启动后，省上在这里修建了水质监测站，镇上在财力十分紧张的情况下，每年还要挤出5万元用于处理生活垃圾。全镇十个村，大多数有了垃圾转运站，费用也得镇上出。镇上还招聘了十多个清洁员，每人一月1200多元，这笔开支也难找到下家。镇长为难地说："要保护丹江，钱没来路呀，国家投资，都要配套，我们只有脱裤子当袄了。"

商南县白浪镇是个"一脚踏三省"的地方，一条街上住着陕西人、河南人、湖北人，也是丹江走出商洛的最后一站。为了确保丹江水质，镇上进行了雨水污水分流工程，为马上要建的污水处理厂做好准备。镇上还进行了改水改厕，修建沼气池。群众开始也积极支持，可服务跟不上，群众也埋怨，用了一年的沼气要抽废渣，县上钱也紧张，给镇里配的沼气抽渣车只有一辆，根本抽不过来，这样，有的沼气池用了一年就废弃了。

白浪村村主任刘建清是个养鸡大户，靠养鸡富起来了。由于他的养殖场离丹江河道太近，南水北调启动后，必须要拆迁。"村看村，户看户，群众看的是干部。"他好几夜都没合眼，一咬牙拆，可妻子的话咋样也说不通，妻子生气地说："城里人拆迁房子都一套补两套哩，咱的鸡圈也是房呀，多少也得给赔点，咱的钱也是辛辛苦苦挣来的。"县镇领导多次来要他带头。保护丹江水也是政治任务，这个头儿他不带还能有谁？他和邻村的几个朋友商量好，吃过午饭，他告诉妻子到县里开会，一晚上没回来，可就在这晚鸡舍被拆了。第二天一早，妻子就哭着给他打手机，他安抚了妻子说马上回来。等回来，妻子已给派出所报了案，他私下给民警说明原委，案子就不了了之，后来妻子知道了，骂他是败家子。就这样他一下子损失了30多万元。其他人也二话没说拆迁了。养鸡户孙召齐说："国家的大事要支持，咱没办法不拆，耽误一年自家也要损失不少，只是在政策补偿上关心关心，毕竟是穷地方么。"

四

初春，我和文友沿丹江溯行，去寻找丹江源头。在商州区黑龙口镇的梁坪村，凤凰山腰一棵老柳树下，有一面岩石，因常年水冲形成一道石溪，石下是一个小水潭，清澈见底，忍不住用手掬了一口，凉冰冰，甜丝丝。潭边的野桃花已经绽放，而山顶上残雪还在酣卧，那雪也许还有韩愈当年"云横秦岭家何在，雪拥蓝关马不前"的魂儿在萦绕。而灿烂的桃花也许就是当年刘邦的一段残梦。听村主任说，这块心一样的石头叫圆梦神石，相传楚汉相争时，刘邦就是从这里入咸阳的。走到这里时，已经是人困马乏了，他下令休息，便趴到小石潭边猛猛喝了几口水，坐在巨石上睡着了，梦里他高坐龙椅，群臣跪拜高呼吾皇万岁万岁万万岁，惊醒后，放眼四周，无数山峰环抱，如朝拜之势，他大喜，赶忙向巨石叩拜，说："巨石啊，若能助吾得天下，定封汝为神石。"后来他成就大业，也就封了这"圆梦神石"。

如今，这丹江源头第一村——梁坪村，修通了水泥路，办起了农家乐，家家户户白墙灰瓦，门前小溪绿水环绕，竹林掩映，小桥流水，山清水秀，人更美。这里已经成为远近闻名的"秦岭美丽乡村"，旅游的人络绎不绝。游人在山水间陶冶，在当年刘邦的"圆梦神石"上也享受一回皇帝梦。

村支书张述正说，这里大都是客家人，爱干净是先祖的遗风。厕所改成了沼气池，路边也装上垃圾箱，家家的污水都自行处理掉，不能倒进丹江河。路河堤都分段包到户，谁家的河边有垃圾就要处罚谁。一次一个游客把纯净水瓶扔到他家包的河段，被人发现，他自己主动交了罚款。他笑着说："邻居老刘家，年前儿子娶媳妇，老公公一早就给倒尿盆，还拿到河里洗，被他老婆骂老骚情。老太太边骂边去给管事的交罚款。"他给我添上水，又说："我们对丹江像对娃一样爱护，这付出的不只是钱，还有情啊。"现在的梁坪村小河边连手大一片废塑料、一片纸，甚至一个烟头也找不到。小河情人般依偎在山脚旁，河里的小鱼自由自在追逐嬉戏。这里的美是从人的心田里荡漾出来的。

保护好丹江水，任务依然艰巨，丹江沿途几个镇像棣花、竹林关等的污水处理厂必须尽快动工。市领导说："钱再紧，这些钱也要花，10月调水，有半点差错，不是怕丢帽子，而是怕丢面子。"市里已经启动对丹江较大支流逐一进行监测治理。

再过几个月，商洛的水就到北京了，它将带着老区人民的祝福，带着山区人们的淳朴，带着商洛人的无限向往，去滋润首都人民的心房。

正如商洛人都能放声歌唱的《一江清水送北京》里唱的："沿着丹江放眼望，新农村连着北京城。新农村哟炊烟升，南水北调颂福音。城乡同饮一江水，官民相依更相亲，描绘中华腾飞的梦。"

2014年3月25日

人在山城

贾平凹作词的歌曲《秦岭里最美的地方是商洛》，有一句歌词："在秦岭的南坡，有个地方叫商洛。"多少年了，生活在商洛山城，工作在商洛山城，山城的一切让我梦牵魂萦，它见证了时代变迁，它幸福和美丽了一方水土。

美在山城

端阳值班，和着晨曦一同走过山城，心情阳光般灿烂。同带班领导一块到视频室接受省上领导视频点名，安排好工作人员的事情，抽空去给正在训练的那些羽毛球友们鼓劲。他们都是些高手，将要代表市里参加省上比赛，大家个个心劲十足，笑着说："有主席在，练着踏实。"我也信以为真了。

中午我一直窝在办公室里，处理了几份文件，随手翻开今年第10期《新华文摘》，上面有贾平凹先生一篇小说《倒流河》。我和他太熟悉了，读他的文章像和他闲谝一样自如，来劲儿。看看窗外蓝天上涌了一疙瘩白云，静静地禅卧着，用平凹先生的话说是天意，天的意思，那就是天的思想了。

黄昏，我独自一人漫步在大街上，夕阳成长出我的影子，和我不快不慢地同行。平时很少见到自己的影子，现在让它陪着也不寂寞。我想：这长长的影子躺在地上和我形影不离，难道真是我吗？此时此刻我是影子还是我？有点庄周梦蝶一样,仿佛在梦里。身边有一排从大山里移栽过来的老槐树,它们寂寞着,思想着山里的邻居和子孙,枝干沧桑着大山厚重的历史,新发的枝条像乡下进城的女娃般撑起幸福的绿伞。小鸟在树上说着话,仿佛给我的影子讲那过去的事情。一阵汽车的呼啸,惊吓了它们,它们默默地飞走了。现代文明和大自然咋样才是和谐?我突发奇想问自己,想想也没个满意的答案。一只肥胖的大白狗踩疼了我的影子,它左前蹄上沾了一小块塑料纸,它使劲踢踏着,怎么也弹不掉,见我走过来,它匆匆走开。女儿那年还收养过一只流浪狗,这条狗该不是流浪狗吧?能让狗在街上自由散步,看来主人也有点太自由了吧。

一对青年男女靠在街树上狂吻着爱情,他们爱得肆无忌惮了,夕阳都有点害羞,他们却在进行着爱的宣言:我的爱情我做主,咋啦?旁边有一对小狗在屁股连着屁股,那份疯狂真是旁若无人,叫人也汗颜呢。

路过一家小酒馆,我曾经在那里和朋友小饮过,想想食品安全,我心就愁个疙瘩。人人都要一日三餐,可谁敢保证餐餐安全。监管人有责任,可不能每时每刻都在当下呀。食品中不掺杂使假,靠的是做人要有道德,靠的是要有诚信。有的人为了钱,心也成墨黑的了,伤天害理的事情做着一点也不心虚。监管就得狠狠整治,让他们找回丢失的良心。一次在乡下暗访一家小餐馆,看到院子里刚宰过的牛肉放在地上,一堆一堆大头绿苍蝇在上面跑,我质问老板,他却笑着说:"不干不净吃了没病。祖祖辈辈都这样过来的,没啥大不了的。"病从口入,他难道不知道?看来对这号人要严格管理。还有一次,我跑到一个农家乐后厨,厨师正在拌凉菜,我问他用啥水拌哩,他边拌边努嘴,说:"那不是笼头,自来水随便用。"我说得用纯净水,他却不以为然。

这个城市的药店,我在专业人员陪同下一一暗访过,可以拍胸口说老百姓用药是安全的了。可几周前我到一家药店买了一瓶药,回来一看已经过期几个月了,我让监管人员去检查,这种过期药还有好几瓶哩,要求从严查处,店主却托人说情,我没好气地说:"要是你家里人买到吃出毛病,你咋办?"那人蔫蔫地走开了。

猛一抬头看到蓝天上有几抹彩云,画一般美,正像香港《大公报》一位副总说的:"你们这里的人太有福气了,上天把这么美的城、这么净的水、这么纯的空气给你们,让我们羡慕死了。"是啊!我们真是身在福中不知福,这里的一切都是纯洁干净美的。我们真要好好珍惜啊。山美水美人更美。人美在心灵,有真诚,有良知,才是最美,这样的心灵才是这座城市的灵魂,才是这座城市的思想。

城 市 秋 声

国庆节前一天傍晚,饭后我出门右转,上金凤山。行不到百步,路边杂草丛中一声接一声唧唧地蛐蛐叫,一下子把我从城市的喧嚣中解救出来,仿佛已经回到老家的东沟或是南沟了,我的思维顽童般活跃。想起欧阳修老先生在《秋声赋》里那种"四壁虫声",让人听得心里悲凄;而此时此刻的我,却满心的喜悦。

上山路上也有三三两两的行人,他们说笑着,路灯下看不到的是欢喜的脸庞。一阵秋风从田野掠过,那种秋风拂面的快活感,让我尽情地享受。跨过正在建设的城市环北路,建设者们还在夜以继日地干活,听到劳作声和流行歌曲声,想必是一群天南海北的青年人,手里忙着活儿,嘴里哼着小曲,他们感受着劳动的快乐。

走过一片荒野,苞谷秆砍倒一地,农人已经收获过了。我忽然听到母亲叫我的小名,我静神细听,噢,还是风声。不由想起那年秋天我从山上滚坡后,母亲按照老家的习俗,一连几个黄昏都会拿着簸箕和桃条,边打边给我叫魂儿,她叫着:"善儿,我娃回来了噢——"我得应:"回来了——"那时人小,只知道好玩儿,长大后才懂得,母亲是多么揪心儿子的"魂",那是万万不能丢的啊。母亲已经走了两年多了,儿子的魂儿也不知道在哪里飘荡着呢。

有两位老大娘坐在半山腰的亭子边歇息,她们是在叹息:现在日子好过了,人却大都生分了。一个老人说:"哎,老姊妹,还是乡下好,城里乱哄哄的，连个说话的人也没有。"另一个老人却说："乡里啥都不方便，还是城里热闹。"听她们的口气，想想当年母亲从乡下来，开始也不习惯，刚习惯人却不在了。

站到山顶看我生活多年的山城，正是万家灯火时，一片辉煌，真是不夜城了。这么多年山城夜里的模样我从没看过，我们原来生活在一位睡美人的怀抱里。远处有人在放礼花，在五光十色的飞花中能听到啪啪的声音。

下山时，我走大路，水泥路边太阳能路灯静默着，把太阳的热烈沉默成情人般的窃窃私语，在向路边的草木、路上的行人叙述着它们的心思。一群小青年骑着单车飞驰而过，那阵风掀起我的衣襟，他们正是放飞青春小鸟的年华。

一户人家在院子办起了农家乐，门上挂起了五星红旗。院子里人很多，有吃的有喝的，有玩麻将的，还有唱卡拉OK的，一声"爱也累，恨也累，不爱不恨没滋味"叫人感慨万端。生命不就是用爱和恨谱写的一部演奏不尽的生命曲吗？各人有各人的爱与恨，各人有各人的生命进行曲。

山上的老年大学正在排练文艺节目，这些退休下来的老头儿摇头晃脑的样子，一定是很陶醉的了。一声长笛划破我的思绪，老人们总是把生活安排得满满当当、有滋有味的。边上正在建一座儿童乐园，偌大的空中转盘下工人们正忙碌着，几声犬吠让行人不敢靠近施工现场。

下到和平社区，一座小洋楼门前老两口正在听秦腔，身后的火车道上奔来一列火车。回到市区，又是车水马龙的纷杂把我心中美丽的秋声隐没。

过了一街又一街

十多年了，上下班都是从家经过一个小花园到机关，或从机关经过小花园到家，最多也就是三两分钟。于是，我常常是早早就到办公室；下班时，家里说面下到锅里了，这才放下手里的工作，走回家一大碗热气腾腾的臊子面刚端上桌。这样，我多数时间在办公室度过，就连大年初一，管它值班不值班都在那里看书翻资料写东西，已经成了习惯。母亲在世时常埋怨："办公室有啥宝哩，把我娃稀罕得舍不得回家。"我只是笑笑说："妈，忙着哩么。"

在这座小城住了二十多年了，还不如在老家的十来年，老家哪里哪块石头啥样，现在还清楚，而对小城依然那么陌生，仿佛生活了大半辈子的老夫老妻，心里想啥各自都不知道。哪条大街、哪个小巷知道在啥方位，就是没走过。新建的丹江公园是小城的绿肺，树都长好粗了，人家都说是个好去处，我却一次都没去过。新开发的住宅小区我更是一概不知了。外地朋友来问我小城的品位，我只能说些官话，人家羡慕地挖苦我：人在福中不知福。有点像女儿整天在身边，别人一见说长高了长亲了，我感觉还是那样。我真说不清楚小城的灵魂在哪里。

这个国庆节，我们机关搬迁了，我的生活突然变得叫人有些不适应。整天蹲惯了办公室，放下碗就跑去了。现在机关离家远了，光走路就得三四十分钟呢！于是，我得学着改变自己。利用假期，我分别选择了三条街（路）走过，寻找最好最快的上班路线。

第一天一早7点10分出门，出大院右转到人民路又右转，沿北新街路北快步走。这一路车多人多很吵闹。经客都超市、肯德基店、军分区、百利广场，过军民路、王十八沟路，到中心医院，再过文卫路、丹鹤酒店、农行、商中，再过育才路、窑头巷、过西盛鱼庄，到黄沙桥小吃城吃早点。这一段路上有好多商铺好像是一夜之间冒出来的，过去真不知道。吃过饭，又沿通江西路匆匆走着，过了长安银行、检察院，又右拐，这里高楼林立，行人少车也少，算是新区了，两步就到单位了。从正在修建的大门口走到大楼电梯口要四五分钟，等电梯坐到办公室，这一路用了三十五分钟。

第二天，我同样时间出发，出人民路，过西岗楼，沿工农路西南行，过团结路口、大王烧鸡店，过西关东口，到莲湖公园西门对面右拐，沿州城路快走。这条街两边多是旅馆，还有一家圣瓦伦丁叫洋名字的店，不知是卖啥的。过文卫路南口，到通江东路，过黄沙渠，直走左拐就到了。这一路只用了三十多分钟。

第三天，从西岗楼直下，沿工农路一直走到立交桥。路过财政大厦、华伦酒店、新车站。车站广播员正在用英语广播着，让人耳目一新，我们这里也有大都市的气息了。过江滨大道，立交桥西侧是人力市场，在这里等找活的男男女女拥疙瘩，有管理人员用喇叭喊着，维持秩序。

到丹江公园，感觉到了另一个环境中，绿树鲜花，亭榭曲径，还有在运动器材上晨练的人们，给人一种亲切、一种新鲜。丹江里碧波荡漾，江边人行道上来来往往的人没有大声喧哗的，只是认真做运动。无论男女老少，连走路一瘸一拐的老人的脸上都洋溢着对生活的热爱。熟悉的人打个招呼，不熟悉的人点头或微笑一下，心里很是朗然。草坪上有几个老人在玩风陀螺，那个认真劲、那个娴熟样儿叫人眼馋。一位六七十岁的老大娘右腿搭在江边护栏杆上，脚都勾住头了，那个年龄躯干还那么柔软真是少见呀。

走到丹鹤楼，东边是一堆女人在跳舞，那个自如，那个洒脱，飘荡出的是无限幸福。边上打羽毛球的，姿势优美，也像翩翩起舞。丹鹤楼下的木水车在静默着，仿佛在思考着这个小城的历史和未来。楼西边有一群中年男女在打太极拳，动中有静，舒缓中透着刚毅。

路上，还有身着橙色服装的女清洁工，在认真地、默默地清扫着树叶和垃圾，用她们的辛勤装扮着这座小城。

这条路到办公楼得四十多分钟。最后，我还是选择了这条路上下班。在这里多走也是锻炼，还能放飞自己的思想呢。

节后收假，我就坚持每天走路上班。从闹市走到公园，我心一下子轻松许多。晨练的人们彼此招手问候，就连路两边披着淡黄的秋衣的垂柳也在向行人致意。我忽然想到都德《最后一课》里那个逃学的小弗朗士，一路上见到许多开心的事，我仿佛成了他。想到今天上班要开的会准备好了没，还要协调的事从哪个角度去协调，想着想着心里升腾起自信和充实。打老远有个戴眼镜的向我招手，噢！原来是我的一位老领导，他知道我忙，没有停下来说话，就和几位老朋友一块匆匆走过去了。我今天之所以能写点东西，都是他当年严格要求的结果。在这个小城生活，有好几年不见他了。

晚上，我在机关处理完公务，到七八点才回家，依然走丹江公园。晚上运动的人也不少，三三两两走着说着，路灯在树叶间摇曳着，在江水里舞动着。想想今天的工作，梳理一天的思想，心里就安然了。

就这样，我慢慢习惯了走路上下班的生活，像一位友人《在路上》一文中说的，上下班走路对路边的树也有了感谢之情。我现在走在街上，走在公园里，每天都有新鲜感。那些树，那些人，那江水，还有那一缕缕阳光，我觉得每天都在美丽着这座山城，都在幸福着我们的幸福，都在灿烂着我们的生活。过了一街又一街，我收获着这座小城的灵魂。

人在画中行

走路是当下的时尚，特别是在手机微信上晒，成了爱好者一大乐事。其实，对人类来说，走路是再普通不过的健身强体的运动方式，走走路确实是没啥可炫耀的。但是有了手机微信，晒晒走多少路，让人们激情澎湃了。同事朋友亲戚在手机上建一个群，大家比比谁今天走多少步，还有为公益捐了多少步，真是蛮有意思的。一位同事说，他是个懒人，春天又犯困，早上常常是闹铃吵醒了，就是不想起来。还是同事让他在手机上加了运动健康朋友圈，他一下子来劲了。今天甲走了多少步，明天乙又走了多少步。于是，他开始行动了，一种不服输的心劲上来了。他在群里走了第一，首页刷成自己的照片，像中大奖一般兴奋。在群里人的带动下，他一天不走上万步，浑身不舒服。我家女儿她小舅本来是个大懒猫，也在群里朋友催促下走路了。有一次，都上床睡觉了呀，一看手机，竟然还有超过自己步数的，爬起来又出门走了，直到成群里老大了，才安然睡去了。

我只是上下班走走路，还有饭后走走。也没有加什么健康群，也不想和别人比走多少路。从家里到单位快步走，大约需要半个多小时，多少步没数过，感觉身上轻松舒坦就行了。

一年四季，天晴下雨，我都走。不同的季节，不同的天气，会有不同的感受，会产生不同的美感，心里会有一种说不出的喜悦。哪怕是下雨天，宁肯淋个落汤鸡，也不想打伞。特别是在春雨中，那朦朦胧胧的细雨就像一首朦胧诗，让人在诗意里陶醉。一次遇到一位熟人，硬要拉我到他的伞下，我偏不，气得他骂道："真有病哩。"我嘿嘿一笑，说："春雨贵如油，我占便宜了老兄。"挥手作别，心里想：我就是个堂吉诃德，我乐意嘛。

  我家住在山城的南门口，出门，下楼，过马路，就到丹江公园了。公园南边就是丹江，我们的母亲河。春暖时节，公园就像百花争艳的巨幅画卷铺在眼前。每每走进去，仿佛在画中行一般。人在画中行，还是画因人而灵动，让人一时也说不清楚。这种美的享受，只有身临其境，才能真真切切体味。公园里东西行有三条路，随便走哪一条都行，哪一条都有自己的特质和意境。走南边靠丹江，是几丈宽的水泥路。江边的一溜像是汉白玉栏杆，有半人高，稍稍俯身能看到立面上雕刻的梅兰竹菊，还有历代诗人描写商洛的诗句，如"今年寒食在商山，山里风光亦可怜"，徜徉在诗的长廊，神情飞扬。丹江水绿莹莹，偶有野鸭水上游荡，煞是惬意。走六七步有一棵胳膊粗的女贞树，还有长方形草坪。立交桥以西，边上栽的是垂柳，也是六七步远一棵，树有老碗口粗，上面的柳叶婀娜地飘逸着，嫩黄色很是好看。小时候见了垂柳想不来，柳条咋能垂下长呢，疑心是不是插柳时把头朝下，倒着插，结果长出来的便是村边那种柳树。走在这里的人多，有向西的，有朝东的，男男女女，老老少少。清晨，多数是上班去的，行色匆匆；悠闲漫步的，是老人。城市不大，熟人不少，见面打个招呼，点个头，问声好，心里也暖暖的。我从东向西走，太阳刚出来，长长的影子总是走在前面，行人踩了踏了，也无所谓，反正它陪着我形影不离。这样倒好，都不寂寞。走不多远有小广场，打拳的，舞枪弄棒的，也很投入。有两排男女围一圈，在跳啥子佳木斯舞。我疑惑，佳木斯不是东北一个城市吗，咋成舞了呢？看那舞者一举手一投足，还真有模有样。晚上，走在这里的都是锻炼的。还有抱着推着孙子辈的，看那笑呵呵的脸，就知道在享天伦之乐。一位女士拉着小狗散步，一位男的牵着大白狗遇上，那小狗一个劲叫着朝大狗身上扑，急得那女的喊叫："女儿听话，咱不熟，别胡来。"那男的也使劲拽他的狗，笑着说："两个有缘，想谈恋爱了。"那女的一脸的不屑一顾，说："才不呢，我家千金眼头高着呢。"此时此刻，这里的人们都是一副悠闲散淡。

公园中间有一条路，弯弯曲曲，多是石板铺成，有曲径通幽之意味。路两边有树有草，桃花红，连翘黄，色彩纷呈。走一段还有不一样的亭子，还有不同县区有个性的文化标识。这里走的人不多，最适宜小青年谈情说爱，或是想思考的人，或是信步慢行泡手机说私密话。走这儿会时不时撞到卿卿我我的镜头，对知天命的人来说，也是见怪不怪。晚上走，有更亲昵地搂搂抱抱，他们旁若无人，走路的人也目空一切。天暖和了，亭子里有歇脚的老人在拉家常，有爱好秦腔的票友，操着胡琴，来一段《三娘教子》，吸引着散步的人在边上挤疙瘩。

北边临江滨大道是一条人行道。靠公园是一溜儿四季常青的冬青，半人高，齐刷刷的，四五步有一棵紫叶树。春天开满了粉白色小花，很热闹。听人说那是紫叶李。我好奇：这树咋也姓李了呢，莫非前世和我们是本家？走在人行道上，一路有花相伴，真是艳福不浅。古代那些花魂变美人的传说，我盼望马上变为现实，这样说不定哪棵树上哪朵花会变成蒲松龄笔下的《香玉》，慢慢钟情于本老汉。花神的情呀爱呀啥滋味，叫人神往。边走边胡思乱想，一阵春风拂过，一片片花瓣飘然落入怀中，真是花儿动心了，扑来亲吻我了。我心疼地抚摸花瓣。也想学一回林黛玉《葬花吟》一场，又想起当年赵丽蓉老人的小品《如此包装》中评剧《花为媒》报花名那段。古人的浪漫，咋没让咱遇上呢？

"老兄，醉在花姑娘怀里了吧？"一声问候打断了我的思绪。一位上班去的熟人笑着问我。我们一同走着，说说笑笑。他也不无自豪地说："咱这城真美呀，上班路上还有鲜花陪伴，是神仙过的日子啦。"是啊！我们就生活在画儿当中了。

忽然想起丰子恺先生那幅《游春人在画中行》，我们这些上班族整天都是在画里走来走去呀。

2017年3月27日

秋日阳光铺满山城

晚秋周末下午，走出家门，阳光少妇般丰腴，天海一般蓝。家属院花园里几个老太太在晒太阳，或说笑，或玩纸牌，个个脸上沧桑里闪着喜悦。要是母亲健在的话，她也一准和这些老姊妹有说有笑了。一位老大娘手里提着一塑料袋菜，急急忙忙朝回走，见面笑着问话，说她要回家给孙子准备晚饭，娃还要上晚自习哩。前面两位老人在摇摇晃晃走着，午后阳光里，影子一晃一晃，男的左脚一撇一撇，女的右脚也一撇一撇，看来都是脑梗的后遗症，想着自己也许有一天也成这样子，心里多少有点害怕。他们停下来让我先走，善意地笑笑，点点头。

阳光铺满街道，从梧桐树叶间挤着亲吻行人的脸。少男少女手挽着手蹦蹦跳跳走着，那股子青春活力，像阳光一样带劲；少妇们个个穿上靓丽的秋装，仿佛阳光里走来一群仙女，扯走了男人的眼球。一阵淡淡的香风扑面而来，让人搞不清是行道上的花香还是女人香。中年男子，有陪妻子逛街的，大包小包挂了满身，还有遛狗的，也是怡然自得。人们脸上被阳光照得喜洋洋的。

街上人行道干净得一点垃圾也没有。一位中年女清洁工上身着橘红色马甲，很认真地找着脏物。我把擦手的脏纸扔到她身边的三轮垃圾车上，不慎掉到地上了，我刚要弯腰拾时，她也伸手去捡，我说："对不起！"她笑笑说："没关系！这是工作。"她的笑也如阳光般灿烂。商店里甩卖的叫声，行人的说笑声，汽车的喇叭声，还有一家商店播出的张学友的《拥抱阳光》，交织成秋日阳光的交响乐。

那家现做蛋糕店，工作人员工服干干净净，做好的蛋糕用罩子罩着，有人来买，才取了罩子用不锈钢夹子夹。

一中年男子边走边从裤兜掏东西，掉了五角钱，我正要喊他，一位小姑娘跑上前捡起来交给那人。他感激地说："谢谢！"拧身那女孩跑得没踪影了。

到超市买了一小袋面，结账时人都在排队，一位中学生模样的少女，手里拿了一小袋食品，她主动让我到前面，笑笑说："叔叔，你先来吧。"我也笑着说："不急，今天休息，没事儿。"看着超市里琳琅满目的商品，还有购物人的高兴，站在这里也是一种享受。

从超市出来，街上依然是车水马龙，城小还车多，人行道也停了车。阳光依然和人一样散漫地漫步着。见一熟人硬要帮我提面袋子，我坚持自己提着，问候两句分手了。

走到家属院花园，卫生所加班的护士陪着看病的老人散步。公安干警小张挡住我，说他们要成立食品药品犯罪侦察大队的事儿，他是个很有事业心的人，说今后要加强联系，多多合作，还专门记下我的电话号码。我也很高兴，新修订的《食品安全法》已经实施，用最严厉的处罚保百姓舌尖安全是我的职责。

走在阳光里，走在这个山城的街道上，走进小区的花园里，我的心里也阳光明媚，正像刚才听到的张学友《拥抱阳光》中所唱的"阳光洒在脸上，你的爱让我茁壮"。是啊！从家里到街上到超市一个多小时里，见到的，听到的，想到的，那些爱不正如洒在脸上的阳光吗？阳光洒满城，爱也如阳光一样在小城角角落落流淌着。

2015年10月11日

农家生活

周末，几个文友相约到仙娥湖，观山野景色，品农家野菜，感受久违了的地地道道的农家生活。

我们这些人大都是在农村长大的，骨子里渗透着山水的灵气，在城市生活久了，很想到农家走走，寻找记忆中哪怕一星半点的真实感受，抑或是喝一口大铁锅熬的糊汤，也是对心灵的一种安抚。

我们驱车来到仙娥湖边上的龙泉山庄，偌大的院子中间长了几棵核桃树，青青的核桃在绿叶下羞涩地看着来人，树叶把院子遮得凉凉的，树下摆放着几张桌子。院子靠山处有个大水池子，里面还养着鱼，要吃哪条随便捞去，水龙头里的水是山里的泉水，清凉沁脾，比城里买的矿泉水香甜多了。院子边上修了一道女儿墙，墙下面有野花野草，还有长着大叶子的南瓜蔓子，用手拨开叶子能见到碗口大黑青色的南瓜，上面还泛着灰色的晕光。碥塄底下是一个很大的桃园，红得像少女脸庞一样的鲜桃把树都压弯了。城里人见到这情景，激动得跑去就摘，特别是那些孩子又喊又跳跑过去了。我问女主人桃子咋卖，她用手一撩刘海，笑着说："随便摘吧，在自家院子里，一分钱也不要的。"同行的陈女士也按捺不住了，也跑到院子，不大一会儿就摘了半篮子提来，用纯净的山泉水一冲，给大家吃，咬一口甜脆得让人忘了生日。那些城里的孩子摘到桃子，用自己的衣服包着拿到车上，大人们要给钱，主人坚决不要。孩子们兴奋得一蹦一跳的，他们手里拿着桃，又跑去看场边上拴的牛和山坡上吃草的羊，大胆些的孩子还上前逗着玩，在他们眼里，这里的一切比卡通片都好看呢。大多数大人坐在院子里乘凉，或聊天，或玩牌，那种闲适，那份安逸，超然得很。

主人说了，桃子想吃想拿都行，地里的菜想吃随便摘，只是主人要给做，当然了那是要收钱的。主人的幽默让人轻松，仿佛回到自己家里，下到自家的菜园子一样自由自在。菜拿回来了，主人下厨忙去了，我们坐在太阳底下的树底下聊天玩耍。饭菜做好了，就在院子里吃，有位文友说到屋里凉快，我坚持，说："到这里就是找这个感觉的。"文友老何叫道："就是嘛，我们是吃感觉来了。"说得大家开心地笑了。

我们正在吃着，又来了一拨人，主人笑呵呵地迎进院子，安排着入座上茶敬烟，就像家里来了重要客人一样。

一位老大娘从上房里抱出一个光兜兜的胖娃娃，满脸的幸福，她走到山墙边拔了一把子葱走到厨房去了。有两个小女孩坐在房山豁小桌子边上写作业。写了一会儿，她们专心地玩起泥来，她们在用泥捏着不少小轿车。想起自己小时候也玩过泥，只是用泥捏个碗碗子，在地上一摔听个响，哪有现在农村孩子聪明。我走过去看，她们捏的轿车还像模像样的，问她们几岁了上几年级，她们说十岁了上四年级，又问为啥捏轿车，其中一个女孩头也没抬，说："叔叔，你仔细看这不是一般的车，是太阳能车，给奥运会设计的。""噢，是吗？还想得很远哦。"我蹲下身子用手摸那泥车说道。那女孩用泥手抹了一下额头上的汗，拿起一个泥车指着上面，认真地说："这是太阳板，和嫦娥一号那一样。"山里的孩子知道这么多，还有如此大胆的设想，真是难得。我家女儿六岁了，在家里常常用橡皮泥捏着玩，她捏的大多是兔子小羊之类的东西，而乡里的孩子用泥捏出的还是高科技的汽车。另一个女孩站起来，指着院子的车说："你们的车费油还污染，我们这车才是最棒的。"我问女孩咋懂这么多呢，她们两个异口同声地说："是老师教的。"看着她们可爱的被泥抹花了的脸，我真想上前像对自己女儿一样，轻轻给个吻。

下午了,陈女士带着两个文友下到水库乘船到对面山上挖了一苗山丹丹,红艳艳的花儿惹人爱。她说她要把这大自然的美邀请到她家里,我说:"最美的才是这两个小天使,把她们做的现代化泥车开回家才叫美呢。"那两个女孩好像听懂了我的意思,她们把做好的泥车送给我们,我们会宝贝似的珍藏。

2008年7月13日

乡镇干部

干啥的操啥心

因工作需要,我从机关调到乡镇工作。工作环境、工作对象发生了变化,心也操得不一样了。过去操心一篇讲话稿是否把好关,现在你得操心这儿经济咋发展,群众咋致富,真应了那句老话——"干啥的操啥心"。

白天跑了几十个村帮助农民制定发展计划;走访了几个困难户,解决他们的吃饭问题。晚上回到家里,骨头像散了架,但累是累,心里却踏实,因为操心的事情办妥了。忽然,一阵电话铃声,好似一剂兴奋剂,刺激了情绪,弹球般跳下床。心想,一定又有什么事。果不其然,某村两户群众吵架,一户女人想不开,上吊死了。二话没说,通知有关部门,和我一同奔赴现场。这一折腾就是一个通宵。第二天还有一大堆子事等着你去操心。

春天,你得操心老百姓的种子、化肥买了没有,哪块地种啥效益好,闹春荒的家里有吃的没有。

夏天,你得操心水灾,一旦下暴雨,心里就发毛。哪儿的险工险段得派人监视;哪几户险房得赶紧撤离;哪户住得离河太近,最揪你的心,你得摸黑一滑一跌地上他家看个究竟。只有这样,悬着的心才能放下。

秋天,你得操心老百姓汗水换来的果实是否颗粒归仓,秋播的各项准备是否到位……

冬天，你最操心的是火灾。"冬天里的一把火"，常常会烧得人心焦。一旦发生火灾，无论白天黑夜，你得赶赴现场指挥救火。如遇山林大火，你得带上干部翻山越岭去扑火。衣服刮扯了，头发烧卷了，身上划伤了，只要火扑灭了，心里便坦然。

群众的猪卖不出去了，你得操心市场，上网找信息，联系好了，才能给他们拍腔子：就这样，准卖个好价钱的。

蔬菜有病了，你得请专家来"会诊"，啥时群众的愁眉解开了，你的心才能踏实。

因为"心"是个"常量"，公家的事操心多了，自家的事自然就操心少了。孩子上学啦，买煤气啦，老人生病啦……这一切的一切，你就没有空闲操心了。于是妻子牢骚满腹，于是就骂你没心没肺。只是骂过怨过，该咋样还咋样。家中那份心还照样是她操得多。有时她还要为你的事操心呢。

冬日的一天，我正在村里安排工作，呼机吱吱叫了起来，一看留言："你那里的山上着火了，快救，妻。"因为家在六楼，对我管辖的区域一览无余。我急急火火爬上山头，发现火势是另一个乡的，便电告他们扑救。女人就是这样，跟上啥人操啥心。

有人说，你尽操些芝麻大的心。不错，因为你就是芝麻般的平凡人。"群众利益无小事。"对老百姓的事儿，你就应该时刻在心，寝食不安。不然，怎么对得起这些衣食父母啊！

在农村收税的日子

我到乡镇工作那年，正赶上麦收季节。白天，我和一拨干部穿行在黄澄澄的麦田里，帮东家割麦，给西家捆捆，劳动间隙，和村干部商量"缴粮"的事，也就是收税款。特别对那几个烂脏村，大家达成的共识是：利用晚上挨家挨户上门收，没钱的可以用小麦折价。当然了，这也是其他同志在基层工作多年的经验。他们经常挂在嘴上的一句话：向一些农民要钱，比要命还难。

到了晚上，我们几个领导带上二三十名干部进村了，三五个干部为一组，由一名领导和村组干部带队。在分组时，薄嘴的朱副书记说："把男的和女的搅一起分，男女搭配干活不累嘛。"说着，他就像过去农村分红薯刨堆一样，张三李四地叫着名儿，不大工夫，大家都有了称心的工作伙伴，高高兴兴入户了。由于我是新手，他给调配了几个精兵强将，自己也主动加入这一组。

我们打着手电筒，说笑着，深一脚浅一脚往村子深处走去。朱书记扭过瘦脸笑道："班长，你今天是见习生，只许看，不能说，也不要干，我们要是捅下啥烂子，你收场就是了。"说话间，来到一户农民门前，他走在最前面，掀开主家的楼门，高喉咙大嗓子喊："柱娃子你贼熊还不缴税款。"话音未落，一只黑狗扑了上来，他迅速一猫腰，狗被吓得后退了三尺远。叫柱娃子的是个黑瘦矮个的男人，赶忙拉住狗，把我们让到院子。朱书记对柱娃子说："这是咱一把手书记，他一来就看你来了，你熊够伟大的。"柱娃子紧张地在衣襟上拭着手，激动得结结巴巴说："哎，看把领导害得，快坐，我给倒水去。"说着拧身闪进了厦房。朱书记跟着进去，不知说了什么，柱娃子从放麦子的柜里捞出一个油纸包，一层一层打开，把那一块的五毛的翻来数去，终于凑够了税款，他脸上露出一丝自豪，说："皇粮国税啥年代都不能少。"

我们顺利地又收了十多家，只剩几个老难缠户了，大伙要我回村委会休息，他们去攻难关。我执意要和他们一道去。来到铁锁家，刚才还见他家门大开，眨眼工夫就门上锁了，大家觉得蹊跷，一位女干部凑到我耳边悄悄地说："书记，人一定在家里，你看我的。"她扯开嗓门吼道："人不在正好，这圈里的猪还值几个钱哩，老李小王进猪圈把猪赶出来。"说着，她操起一根棍子，戳得猪乱叫唤。听到猪叫，主人着急了，"啪！"拉亮屋里的灯，喊道："人在屋里哩。"那位女干部说："啊，你把谁当瓷熊哩，还要这一手，抗税犯法哩你知道不？"其他人你一言我一语，有说硬话的，有说软话的，用政策攻心，那一家心服口服了，如数上缴了税款。

来到叫五牛的家门前，大家还没进院子，就听到骂声："电视里总理都说不收钱了，乡上人收钱给他妈买棺材呀？"大伙听到这里，恨不得扑上去把那家伙揍扁，我竭力规劝，叫他们不能有过激行为。让大家在门外等着，我去说道说道。推开门，我喊了一声："老哥在家吗？""谁呀？""乡党么，想喝口水哩。"那人高声道："进来吧，门开着哩。"他给我舀了一瓢水，让我坐在门槛上。拉了几句家常话，我问了家里的收入情况，他又骂起了乡干部，我说："老哥，干部那是在执行国家政策，是工作需要，要不谁黑灯半夜跑到你家干啥呀？叫你来干这事你该咋办？"一句话说得他不言传了，我趁势说了些掏心窝子的话，也对他发展家庭经济提了建议。最后，他答应明天一准缴清各类税款。

栓劳是村里的提不起，好吃懒做，五十好几了，还没讨到老婆，家里脏得像猪窝。但是，说出的话可是一套一套的。他主动扛了一麻袋麦子，找到村部，笑嘻嘻地说："好领导哩，看把你辛苦的，黑了不陪老婆娃，倒来陪我们这些瞎熊，都是我们给党脸上抹黑了，党给了我温暖，我就要给党促脸，来，称称这麦，算税钱行吧。"看他既天真又虔诚的样子，大家忍俊不禁，开怀大笑，这也是这个晚上大家笑得最开心的一次。

工作完毕已是午夜时分，大家啃了几口方便面，又挤在那辆大屁股车上，说笑着，唱叫着，哪个女的屁股压到哪个男的大腿上，又是一阵酸溜溜的荤话，炸出了一车的浪笑，笑声中，一切疲劳委屈都被抛到了茫茫夜色里……

我和一群男女去救火

冬日的一个晚上，已是夜里12点多了，突然接到"火情"报告。我一骨碌爬起来，和办事处的A主任、财政所长，骑上三轮摩托迅速向发生火灾的地方奔去。

冬天的深夜是最冷的，刺骨的野风把人脸都吹成木木了，凹凸不平的山路，摩托车稍一快，人便山雀般上下跳跃，像演皮影戏一样，忽前忽后，忽上忽下，浑身上下颠得生硬，仿佛肠子都要颠出来了。但是我们一门心思都在救火上,全然忘了还有危险什么的。

车行约莫半个小时,来到了发生火灾的山村。我们急急忙忙和村干部挨家挨户摇门闩子,叫醒群众上山扑火。山里人居住分散,又无高音喇叭,狗便成了山庄最快捷的"短讯",只要有陌生人到来,山狗就不停地狂吠。这样,不大工夫,山民们就动员齐了。大家兵分两路,不分男女,个个腰系草绳,手持镰刀,由我们几个头头带队,沿着沟道,借着火光,向山顶进发。

这边正紧张地行动着,那边机关其他领导连夜发动干部上山救火。由于事急,通知时只说有紧急任务,大家对深更半夜到机关加班也习以为常了。只有十几分钟,人员就到齐了。可惜女同志还都穿着高跟鞋呢,但无半句怨言,和男同志一道,紧急出动。

这时,我们已爬到了半山腰,虽然时不时跌倒,衣裤已被刮扯,许多人的手、脸都被野刺划破了,但心里只有一个"火"字,啥也顾不上了。等爬到火跟前,个个浑身都湿透了,老牛般地喘着粗气。脸上的汗水顺着血痕,流到口边咸咸的、腥腥的。烈火就是命令,容不得丝毫歇息,人人手握松枝,背着风向,"扑打——扑打",向火魔开战。扑灭一片,又奔向另一片;"消灭"一个山包,又奔向另一个山包。

那一拨第二批出发的机关干部,是从山的另一边往上爬,熙熙攘攘,说说笑笑的声音,划破了山野的寂静,传出老远。男同志少不了来一些荤段子,说着说着,女同志先前的恐惧也消除了许多。有位中年男士说:"我好长时间没生活了,好不容易把娃哄睡,刚想那个,电话来了,好事给耽搁了。"有位女同志便戳了他一指头,说"流氓"。于是,一伙人笑得前仰后翻地挤在一起,一位女士的高跟鞋都挤掉了。我们单位里的大文人老文便说:"你还别说,你们这些女人的高跟鞋这会儿上山,还真派上用场了呢。李白说'脚著谢公屐,身登青云梯',想必你们爬起山来会省不少力。"其实,山道弯弯,一路走来,衣破了、手烂了,脸上也有了血口子,可叹这些坚强的女人们,无一人掉队。

此时此刻,在火场的两端,两路人马并肩战斗。霎时间,满山遍野,灭火声、叫喊声，响彻一片；火光冲天，照亮了这一方曾经寂寞的夜空。艰难的扑救工作一直持续了三四个小时，火势才得到控制。这时，天也泛起鱼肚白了，几队人马也靠得很近了，虽然还看不清对面同志的面目，但熟悉的声音已经清晰可辨。平常爱说笑的瘦高个A，像发号施令般喊："来，咱们一起撒尿，男女分成两队，互不对视，保准能浇灭一大片呢。"大伙儿已累得连笑的劲都没有了，一听A的话，心里顿时乐了起来，心说，可不是吗，一人一泡尿，真能浇灭不少哩。于是暗暗憋起尿来……

灭火还在继续着，说笑也在继续着。忽然，B女士一脚踩空，眼看就要滑下坡去。旁边一男士说时迟、那时快，一个猛虎扑食，扑过去一把抓住了她，俩人一块滚到一个刺架里停住了。手、脸被划得伤痕累累，好在有惊无险。大伙儿开玩笑说："这一出英雄救美，能编一部戏了。"

天已大亮。火终于完全消灭了。大家烂泥似的瘫在草灰里，你瞅瞅我，我看看你，个个都像刚从煤矿井下出来一样，脸黑得辨不出男女来。看着一个个脸抹成"花老虎"，忍不住想笑，但嗓子干得发不出声来，只能从一个个眼神里读出胜利的喜悦。

此时，我沉浸在一种深深的感动里。多好的同志啊！在扑火的战斗中，个个冲锋陷阵，无一贪生怕死，没有一个人叫苦叫累。特别是这些女同志，巾帼不让须眉，谁也不甘落后。她们穿着高跟鞋呀，真是难为她们了。瞅着她们黑乎乎的面容，烧卷了的美发，还有断了跟的皮鞋，我眼里一热：他（她）们，他（她）们才是基层政府的脊梁啊！有了这种奉献精神，老百姓的啥难事也不愁了。

突然，活泼好动的青年C，发现山洼里有一堆积雪，他眼前一亮，小兔般一颠一颠跑过去，脱下外衣，用手一把一把抓着雪，包了一衣服，跌跌撞撞给大家送来。这真是"雪中送炭"，不，应该是"炭中送雪"！大伙儿抓起雪，大口大口狂吞起来，嗓子润朗了，说笑也有劲儿了。一片叽叽喳喳的说笑声，惊飞了早起的山雀，也让静谧的山村一下子活泛了许多。

看到扑灭的山火不再复燃，我们开始下山。这时，太阳已照亮了清晨的山山岭岭。女同志的高跟鞋这下成了熬煎，简直寸步难行。有的就倒着走，有的干脆捡一块石头，把鞋跟砸掉。调皮的青年"小眼镜"说："大姐们，把鞋倒过来穿不就行了。"一句话说得女同志争着扯他的耳朵。看到女同志的窘样，我说："两个男人负责一个女人，就是背也要背回家。"男士们都乐呵呵的，这真应了那句老话："男女搭配，干活不累。"忽然，"小眼镜"脚下一滑，一脚踩出一小块绿草根来，大声喊："我踩出一片春天了。"大伙儿被他的"一片春"感染，心里仿佛春意盎然，不大工夫就下到了山底……

虽然已经过去几年了，但那个晚上救火的一幕永远鲜活在了我的人生经历中。他们认真工作、无私奉献、乐观向上的精神，时常激励着我，今后无论在哪个工作岗位上，我都会尽心尽力，都会不怕苦、不怕牺牲个人的一切。这就是我从他们身上读出的哲理……

民 事 纠 纷

在乡镇工作，很多时候你都要面对和调解处理民事纠纷。其间的酸甜苦辣，大约是局外人很难体会和明白的。许多看似细小的事情，一旦处理不好、处理不及时，都有可能酿成多年的上访，影响社会稳定，甚或闹出人命来。

有一天，我夹着包正要到一个村子看养猪发展情况，刚出机关门，就被一对打架的给挡了回来。

两个中年男子，一个扯着另一个的耳朵，一个揪住另一个的头发，两人鼻血抹了一脸，叫骂着堵在政府门上，要让领导评理。

我把二位叫到房子，倒水让他们洗了脸上的血，坐下说个清楚。他们像好斗的公鸡一样又吵了起来。我气得铁青着脸吼道："你们要吵，就出去。"也许是被我的声音给镇住了，他们这才一人坐一个凳子，低着头不言传了。我也心平气和起来，让他们说明情况。

原来，一家的猪跑到另一家地里拱了几棵白菜。本来是件小事，只因两家有气，才小题大做了。弄清了病根，我便给他们开导了一番。见他们气消得差不多了，我说："猪毁了白菜，到底值多少钱？我给赔上算了。"说着，掏出一张50元的票子。那位受了损失的群众涨红着脸说："不，不，我，我哪能要你的钱，再说，那不是钱不钱的事，是人气不顺啊！""现在气顺了吧？"看着他们二位，我说，"人嘛，舌头和牙都有相碰的时候哩，忍一忍，让一让，不是啥事都没有了吗？"说到这儿，二位赶忙致歉，说再不麻烦领导了，和和气气地回家了。

Z村有两家，地界上长了一棵核桃树，有镢头把那么粗，已经开始挂果了。两家人都说是自家的，争了好几年了，政府多次派司法员去调解都没有结果，每到打核桃的季节，两家就会打得头破血流。我经过调查得知，这棵核桃树不是他们两家栽的，是核桃掉到地里自己长出来的。问题的关键不是一定要那棵树，而是不想让对方占便宜。

掌握了这些情况，春上的一天，我带上几个干部，专门到这个村调解核桃树的纠纷。可是，我们磨破了嘴皮，从上午说到下午，两家还是谁也不松口。这时，一位在农村工作多年的副书记，让我先回机关，说他和其他同志留下继续处理。

事后，我才知道，他们用的是歪打正着的法子。这位副书记叫了几个人，把那棵核桃树移栽到了中学的操场边上，两家人大眼对小眼，傻眼了。问题竟然给解决了，从此也不再告状。

S村有个女人喝农药自杀了，男人把死者给背到了邻居家，把邻居吓得锁上门跑了。我和几个干部连夜赶到村上处理，并通知派出所调查案子。

我们来到这家了解情况，走访周围的群众，和村组干部座谈。了解到死者一家生活很困难。前几天，两家孩子打架，死者去找邻居论理，邻居家女人一副轻蔑的口气，让她的自尊心受到了伤害。她越想越觉得活得不如人，一气之下，就寻了短见。这家男人认为是邻居家把他老婆逼死的，要陈尸邻居家。我们反复做工作，安慰死者家庭，公安干警也向其说明陈尸是违法的道理。同时，看到死者一家的艰难，我当场表态，民政上给补助500元，条件是必须把死者先埋了。这样，经过一夜一天耐心细致的思想工作，一场陈尸事件平息了。我们这才把心放到了肚子里。

R村有两家人，过去好得像一家人。谁家做什么好吃的都要给另一家端；农忙时，常常是一块干完这家干那家。村上划新庄基时，两家硬要连在一块。盖新房时，迟盖的这家因地方限制，扎房根子时出了自家的檐水有半手板子，对方也很慷慨地接受了。后来，两家不知因什么事闹翻了。在起二层楼时，那家要求这家缩回去。村组多次调解无果，乡上先后多次派员解决，也未能达成协议。两家找人打官司，法院判下来了，后来盖房的这家输了。可房已盖好，不能拆了呀，再说，当初双方是口头同意了的，法院也无法执行。两家又托门子，找关系，让上级领导干预。最后，告状信写给了省上，说是基层行政不作为。省上领导严肃批示，要严查，快速处理此事。我们觉得很委屈，可是工作还得做。

市、区两级派来了工作组，我和一帮干部吃住在村上，配合上级调查清楚了这一民事纠纷的渊源。可事实很清楚，处理起来却难，太难了。两家都不让步，我们成了钻风箱的老鼠，两头受气，上级批评你无能，群众骂你是瞎熊。无奈，我只有和其他干部分头做两家的工作。为了做到动之以情，有时我们就陪他们下地干农活，跳到猪圈里出猪粪。这样，从政策到法律，从生活到人情，从历史到现实，反反复复，苦口婆心。最后，我们的真诚终于打动了当事人，双方互相让了步，一场闹腾了几年的纠纷得到了解决。

民事纠纷无小事，问题是一定要把它当回事，无论怎样吃苦受累受委屈，都要想方设法，为群众排忧解难。如此，也就没有解决不了的矛盾……

一个村子的选举

同大多数中国农村一样，这个村庄正经历着一个巨大的变迁过程。

——费孝通

一

是十几年前了。

那时我在市郊一个乡镇工作。

深秋一天早上，雨过晴朗，天蓝得又深又远，我从前洼村检查完换届选举，心情也朗然，走到机关门口，看见黑压压一堆人在围着王文书嚷吵着、叫骂着。

团书记赶紧跑过来挡我，不让那些人见我。

哎，书记回来了。不知是谁叫了一声。那些男男女女挥动着手里的大白纸，潮水般拥了过来。

书记，我们就是来找你的。一个瘦高个冲到我面前喊着。

其他人也吱哩哇啦乱叫一起，像洪水冲出水库大坝一样，震得人耳朵都疼哩。

咋了？咋了？叫一个人说，都别吵吵了！我也吼叫起来。

都甭吱哇了,听我说。那个瘦高个一挥手里的纸片喊道。那些人一下子都不出声了,只听见各人手里的白纸刺刺啦啦。

我村里选举,没按这《选举办法》来,你说咋办,你管不管,咹?瘦高个涨红着脸,手在乱扬,嘴都哆嗦了,跟人嚷仗一样激动。

一听说是选举的事,我也高喉咙大嗓子说,请大伙放心,这次选举会按新的《选举办法》做的。

那咋没办呢,那些狗日的咋胡弄哩?大伙又是一窝蜂吼吼起来。

你没看,这报上明明说选委会要群众推选,他支书村主任一说就定了,咋一点王法都不懂?是人窝里一个低个子大眼睛的喊哩,他挤过来给我抖搂着手里的白纸。

我这才明白,他们人人手里拿的是复印的《陕西日报》,那上面登着《陕西省村民委员会选举办法》。

这可是省人大颁发的,是法呀,村上要的比省上还大吗?一个圆脸的中年妇女一边指着复印的报纸,一边塞到我面前。

我们是为讨公道,自己来的。一个年长的白胡子老者颤颤悠悠说。

对,是自愿的,自发的。又是一哇声吼。

这报是我在街上买的。

是呀,村上的都不知道拿去包他妈的×去了。

我是拿拉架子车钱复印的。

我是钉鞋钱复印的。

我是拿卖猪娃子的钱印的。

我是用买头发窝子的钱印的。

…………

大家你一言我一语嚷嚷着,都在说那手里捏着的复印的报纸。

我可是卖完菜,用那报纸印的,花了一块半哩,五斤青菜哩。那个长脸龇牙的中年人,我认识,是出名的吝熊,娃看书都嫌灯泡大了费电,和老婆闹。他肩上担着两个空笼子在晃悠着。

我挥舞着双手，又一次提高嗓门说，那是这样，大伙先回去，留下十个代表慢慢说，其他人都回去收苞谷喂猪打工摆摊子去，要是选举不公，各位拿我是问。

我说着，啪啪啪拍着胸口。

你还能向可怜人说话？整天在村干部屋里轰出轰进，吃吃喝喝，哄我们这些瓜熊哩。是那个快嘴婆娘在嚷嚷。为计划生育没"三查"，我上门找过她。

你胡扯熊哩，走，给我朝回走，书记是那号人？一个虎头虎脑的小伙子，扯着那女人的胳膊。我赶忙拦住，怕他们打起来。

咋？你张你妈的×，还是人来疯，在屋里你是龟孙子。女人言残口蛮地骂着，男的不言传了，只是拽着走。

都不吱哇了，听书记的，咱是来办事来，不是来寻事的。那位白胡子老人一说话，立马静下来。

他一口气叫了十个人名，说，这些留下，其余都回去忙去，该干啥干啥去。

行，有五爷，咱都回噢。一个挺着大肚子的女人吆喊着。

人们一溜带串走开了，把手里复印的报纸小心叠好，有的装在身上，有的别到袖筒里，有的夹在胳肢窝，有的放到笼子里，有的还捏在手里，骂骂咧咧走了。

我让文书打开会议室门，叫上刚从皂沟村回来的副书记侯满。文书给每人倒了一杯水，我给发烟。我开玩笑说，这烟是专门给你们买的，好烟蓝好猫，放开抽吧。

该不是谁送的吧？那个瘦高个说道。

你们谁给我送过？你们说说。我也笑着说。

狗日的胡说啥哩，好烟把你那臭嘴还塞不住。白胡子老人骂道。

副书记老侯是个农村百事通，他主持会议，说大家反映问题是好事，说明我们工作还有不到位的地方，可不能一溜带串来，哄哄成一片，听谁的呀，今后不准这样了。是这，一个一个说，最后了叫书记一锤子给定音，看，这样行不行？

行，没啥说的。大家异口同声道。

听了大家说的，我清楚了：原来是为选委会人选的问题。还有要清查村委会的账。

我认真地说，大家这种集体意识、民主意识，让我敬佩。选委会是在镇上指导小组指导下成立的，可以由上届村委会开会推选，支书可以任主任，老村主任不当了，可进可不进选委会，让村民自己定吧。村上经济问题镇上会派专门调查组清查的。

支书是个大软蛋，主任是个老狐狸。多少年了，主任一个人说了算。这次直选，他也反复斟酌，一怕选不上没面子，二也落个高风亮节，就提前给镇党委递交了辞职书。谁心里都有一杆秤，他葫芦里卖的什么药，一名净知。白胡子老人一板一眼地说着。大家也支起耳朵细心听着，不住地点着头。

老侯朗朗地说，老人家你说咋办好？

我的意思选委会主任还叫支书当，其他副主任、委员几个人叫大家推选去，这既符合《选举办法》，也体现党的领导、体现民意嘛。老人胸有成竹、总结性地说。

老人说完，老侯征求了大家意见，都说，他们要说的就是老人说的。

老侯说，没有啥了，都听书记讲，不要插话，有啥了等讲完再说。大家点头同意。

我说，首先给大家道歉，由于我们工作不细，害得大伙儿跑路耽搁事。请大伙儿把心放到肚子，这次选举谁说了都不算，只有这《办法》说了算。侯书记，你下午就带人进驻村上，走访走访，听听大家的心声，拿一个具体方案。先把选委会推选出来，做好服务指导工作。整个选举过程要民主、公开、透明。各位看这样行不行？

行，书记说的是咱心里话。

会散了，我又给大伙发烟，和老侯一块送他们出大门，还撂下一句话：有事儿就来找，不管公事私事。

没麻达。一片洪亮的声音。

二

一天中午，阳光灿烂，开完基层干部会，村干部一伙轰到我房子，各说各的难处，各叙各的苦衷。西塬村主任李顺势在门口透了好几次，叫他进来，他说等一会儿。又过了一会，他头又伸进门缝，我出去，他从西服内侧兜里掏出一沓纸，笑着说，书记，感谢组织多年的栽培，我也没给组织丢脸。如今年龄大了，身体又多病，脑子也僵化了，我就不干了，让年轻人干去，他们有开拓精神。我深情地说，老李呀，你可是咱西塬村的功臣，村上那几个厂子都倾注了你的心血，不能退呀！你不能退。

他又笑笑地说：那都是上级重视的结果，其实我没干个啥。几年前都说不干了。这回请领导放我一马吧。说话间，我房子那几个在喊叫。我说，那是这，你把身体当事儿，回头我到村上来再好好谈谈吧。

老李已经六十好几了，在村主任岗位上干了近二十年了。他脑子活泛，友善交往，先后争取区人大办、区政府办包抓，村里建起了饮料厂、轧钢厂、养猪场，农业税、"三提留五统筹"都是集体统一交的，群众不交钱，还分红利哩。他是市级劳模，该有的光环都有了，该办的事儿都办了，儿女们都安排到了党政部门。在村里他们的家族也大，里里外外把人都耍了。上级来人接待，一般不让别人插手，谁见了都要戏称他是个难得的农民政治家。

我到西塬村去和他长谈过几次，他在政治上很成熟，对问题的分析，对事情的判断，都有独到的见解。可走访群众，看法不一，有说好的，有说不好的，还有的在背后叫他老狐狸的，多年来一直有反映叫查账。第一次见白胡子老人，他问我想听真心话还是假话，我说当然听真话，他笑着说，人很有本事，私心重，太狡猾，慢慢你就了解了。有人叫查账，镇上前任领导也查过，屁都没查出来。

那天，我和镇长一块检查周元村水毁河堤工程，顺路来到西塬村李主任家里。他正和一位中年人喝酒,他介绍说是市农办的余科长。余科长笑笑,说,明年农业综合开发项目给西塬村列上,镇上报的没有。镇长也随话答话说:那感谢你,给我们又增加了一个村,来敬你一杯。余科长说,增加难,不行了镇上调剂一下。我说,来来,先不说这事,喝酒喝酒。

正喝酒间,科长腰上皮套里的手机唱起来了,是局长叫他哩,他说他正在路上走哩,就匆匆走了。

镇长说,老主任,我们还想让你再干一届哩。他莞尔一笑说,哎,大半辈子都给村上了,也不见得能落下好,如今老了,脑子也不活泛了,真心不想干了。我说,你是咱镇的大名人,真的,咱工作离不开你。他说,来,再干一杯。说着昂头喝了。放下杯子,说,不当了,不等于说就不管村上的事儿了,也算个顾问,顾上了问问。

说到选举的事,他很认真地说,选接班人太重要了,选不好就把村子的前途毁了。进选委会有人有意见,我就退出来,现在这人端上碗就好,放下筷子就骂娘,让他们民主去么,看能成个啥精?我和镇长交换了眼神,镇长说,那你说咱村上谁是最合适的人选。他闷了一会,像是思考又像是悠闲地摇晃着脑袋,手在椅子上轻轻地,一下一下敲着,突然睁大眼睛,像很兴奋的样子,说,要说人嘛,我也盯视了好几年了,李强民是个苗苗子,他高中毕业,又当过兵,还是村上的电工,人老实,干事有闯劲。哎,不说了,不说了,一切都看民意去,我只是冒撂几句闲话,领导别在意,来叫屋里人再弄几个菜,咱好好喝一场。

他说的李强民是他本家侄子,是村上的电工。人倒也实在,就是蔫不塌塌的,瞧不起人,不和凡人搭话,外号叫蔫蛋加张鸡×。

老侯在推选选委会成员问题上也费了一番心思。他征求了支书李益民的意见,又征求老主任的意见。告状的一方依然坚持要召开村民会议推选。最后决定选委会主任由支书担任,副主任、委员推选产生,正好按着白胡子老人的意思来了。

连续几个晚上,老侯带着几名干部在村上跑,先是村民一个小组一个小组开会，每个小组推选一名委员。小组开会时，镇上干部和支书组织，让村民画票投票。整个过程比较顺利，为了平衡村上两大姓的关系，让委员刘刚林担任副主任，村主任李顺势说辞了，也没推选他。他也放话说，这一下他一身轻了，啥也不管了，谁都甭找他了。

老侯说，农民政治家又给我们玩心眼了，得防一手。

选委会成员公告贴出之后，村上人像看耍社火一样，一拨一拨拥到学校门口公开栏上看，看过有人就骂：×××，那瞎熊样儿还能当委员，当他妈乃×哩。有人叫起来：×××，流氓小偷，×他妈把眼窝瞎了，选那狗日的。

叫骂声像一阵风过去了，说归说，骂归骂，村里人还照样各忙各的去了。

第二天早上，镇上院子又来了一伙男女老少，嚷嚷吵吵着，说不公平，选委会里为啥姓刘的多一个。

老侯让留下几个人，给大家说清楚当时推选的情况。他大不咧咧地说，这可是召开村民会选的，咋能不公呢？再这样说，把我可气得肚子都疼哩。老侯还给他们学习了《选举办法》，也说了一筐篮好话，都是邻里乡亲哩，说话咋恁不梨沟嘛。

有个年长的大鼻子大眼睛的说，走回，怪咱这瓷熊愣种肩西瓜上省，叫人指拨着转，跑路费鞋底，说话费唾沫。

三

刘刚林是个嘴快脚快的热心人，对大家的事儿很上心，四十多岁的人了，从来没当过村上的啥官官子，哪怕临时小组负责也没有做过，这次做了选委会副主任，他兴奋得一夜都没合眼，想象着咋样开展工作，咋样给主任做好得力助手，咋样在那些平时瞧不起他的人面前显摆显摆。

没等天亮他就起来翻箱倒柜，找到儿子一个没有用完的作业本，一支碳素笔，老婆骂他，把你咋不应心死了呢，半夜起来做皇上哩，选完了你熊都不是了，一看就是鸡毛压不倒粪笼的货。

天刚麻擦亮,他把笔插到西服外兜儿里,夹着本子出门了,走到巷子不知谁家的狗叫了几声,他自言自语:连狗都知道我当官了,一见就向我问好哩。他也向狗问了声:早上好。

来到支书家门口,门还关着,他摇了几下门闩子,支书老婆骂,谁病犯了,恁早敲门。他高声答道,我,刚林,我来给支书汇报工作来了。屋里再没动静了,偶尔有一两声狗叫。他在巷道转来转去。深秋的早上还有点冷,他只穿了件衬衫,外套了西服,嘴都冷得乌青,发抖哩。约莫两袋烟工夫,支书家楼门才开,支书婆娘皮笑肉不笑说,哎呀,是刚娃子呀,咋恁应心嘛,来,来,快进来,进来,你叔夜黑来改啥子方案哩,睡下呀鸡都叫了。你先坐,烟在柜盖上哩。他像受到首长接见一样,激动得都不知道是伸右手还是伸左手。

支书老婆倒完尿盆,在自来水龙头上冲洗,他在院子站着,支书喊叫,刚,你回来。他进到小屋子,支书已起来了,披着那件灰麻麻的西服,嘴里叼着烟,干咳嗽了几声,说,看来刚真是人才,干啥都是热情高,是这,你这几天把委员组织起来学习学习《选举办法》,之后按小组进行选民登记,等完了,我看一下,再张榜公布出去。他站在支书身边,边听边写在本子上,像领导身边的秘书,还像记者。支书接着说,这事儿就交给你了,也算组织对你的考验,我跟老村长到市里跑跑项目。

从支书家里出来,他仿佛接受了一项神圣的使命,先跑到村文书家里,文书一手提着裤子,一手夹着烟,急急忙忙往厕所跑哩。他立在厕所外面说,去,把办公室门开开,要开会呀。说话的口气是命令式的。文书说,你凭啥来指挥我,又没见支书村主任言传,我不管。他气愤地说,咋,我是选委会副主任,还没这权了。文书嘲笑着说,噢,咋把这茬给忘了,你升官了。他理直气壮地说,咋,不行吗?是支书叫来找你的,你要不开了,我给支书汇报去。文书不耐烦地说,你先去,我拉完屎就来了。

他又是跑东跑西,叫其他委员。兴冲冲地去叫人,可到人家门上不是叫狗咬,就是遭人家老婆的白眼。他们刘家的都是他的长辈,他心里不来回,就是那李双娃，还是同学哩，却一直瞧不起他，农业社时为队里分红薯差点打起来。李双娃老婆一见他先是挖苦，哟，哟，大官来了，都没远迎，赶紧请上座。他说，不坐了，叫双娃到办公室开会去。那老婆说，开熊会哩，没时间，麦还没种哩。他一听也没好气地说，是支书叫去哩，去不去随便。他拧身一甩门走了。

等把人叫齐，家家房上的烟囱都悠悠地冒烟了。他殷勤地给发烟，烟是他前几天到市里老同学那儿人家给的一盒蓝好猫。

他站着，一句一句念着，他上学语文学得不好，念得结结巴巴的。双娃坐在边上，眯着眼在摇头晃脑。他把"诽谤"念成"需旁"时，双娃叫道，错了，伙计，是"诽谤"。他说，还是你给咱念吧，双娃狡讥一笑说，我又不是副主任，凭啥给念哩。

还没念完，几个委员的老婆叫吃饭哩，都动身走呀，还说，把人名字都记下，看还给发补助哩不。

刚林也没生气，反正也到吃饭时间，反正他负责这事哩，反正他叫他们哩。想到这儿，他又兴奋了好一阵儿。

又过了两天，他利用晚上又通知委员学习。双娃说，一个烂选举，尽学熊哩，一看都知道咋弄哩。他还是又念了一遍。然后安排一人管一个组登记选民。他有意把人交叉开，也就是这一组的委员去登记另一组的选民，大家吵吵着嫌他胡弄哩，他说就这么办，我说了算，出了事儿有我哩。一个委员骂道，你能负个屁责。他也不管别人咋骂，反正得听他的。最后，他郑重地说，五天后，把选民名单报到我这儿来。

一天晚上，天上的星星多得跟挤游游哩一样，他心情也像这天，兴冲冲来到长命家里，长命他妈刚过世没几天，他说搞选民登记哩，问几个人，长命没好气地说，有几个人，你眼窝没瞎，还问哩，他勉强地笑着说，我问十八岁以上的哩，几个男的几个女的，噢，你妈不在了，就不算在内。长命一听说到他妈，就气急败坏地骂，你狗日的滚，你是来看你爹笑话来了。他被撵出来了。

他边走边给自己宽心，妈不在了，谁都会难过的。他又来到东升家门口，敲了好一会儿门，只听狗叫哩，不见人出来，他等了好一会儿，门才开了一个缝，东升他大伸出半个头，骂道，兹哇熊哩，我孙子还没过满月哩，有啥明儿说，嘭一声把门关上了。

他辛辛苦苦总算把选民名单搞到手了，各组也交给他了，他拿给村文书，文书说他又不是委员，又甩给他。他说，那你给写一下公布出去。文书指着他鼻子，一字一言地说，我——没——空。他一气之下跑到支书家里告状去了。支书说，这事儿是选委会的事儿，文书不管也说得过去。他一看谁也靠不住，就跑到商店买了十几张红纸，骑摩托到市里找他老同学去，老同学还是书法协会的副主席哩。他随手还给买了一箱子牛奶，老同学加班给他写啦。

等选民登记公布后，他很有成就感，总算为村上办件事了。可没等他回家坐稳，门口人就轰骂开了。李旭娃骂道，我妈都死了三年了，还选民哩，你咋不把你妈挖出来当选民来呢。刘敏学骂道，我女子才上初中哩，才十五，就成选民了，你狗日把法学到你妈×里去了。

他点头哈腰给大家赔不是，赶紧跑到支书家里请示，支书埋怨，我说叫拿来我审哩，你耍得大嘛。他辩解说，我给拿来你说你看过了呀。支书骂道，我看了，还没来得及审哩，你就鸡皮胡乱造地拿走了。他熬煎地说，那，那咋办呀，咋办呀吗？支书干咳嗽了两声，说，咋办呀，我请示镇上去！

支书请示后，把选民名单重新审了两遍，让他又买了红纸，又找他老同学给写好，重贴在墙上公布。

四

西塬村的选举总算像平常人过日子一样正常了。可村上人说话办事都离不开选举。瞎子来引一个人过活，也操心着选举的事儿。他一个人东村串到西村打听着。虽然看不见，可到谁家走多少步，拐几个弯，他心里都有数，从来没走错过，连上厕所都没听说掉到尿缸里，他操心的是救济粮款能不能给他。他摸摸揣揣到支书家里，说，叔，我也是选民，我推强民为候选。支书高兴地说，噢，看来我侄子眼瞎心不瞎。好。没事了你就转着说说。瞎子来引就把这当成自己的光荣任务，走到哪儿说到哪儿。可是大凡走到姓刘的人家门口，不是被狗咬，就是挨人骂。

候选人刘永涛是个十二能，四十七八的人了，看啥会啥，为人也大方。儿子在城里开了个汽车修理厂，他自己有摩托车，见村里有谁上街都会捎着送到地方。交往也大。市上的区上的镇上的头头脑脑，他基本上都认识，一有时间他就和城里的一帮子喝酒呀打麻将呀。经常在外包揽些工程，村上自来水用的一大堆PVC管子都是他给的。前几年他也想当村主任，为村里人办些实实在在的事儿，可老村长从来看不起他，于是他一心想着多挣些钱。这几年，他钱也没少挣，在村里想干一番事业的心也像风里的野火，越来越旺了。一有闲空，他就这家走走，那家转转。身上至少装着两盒烟。要是谁到他家，他会立马给儿子打电话，叫他从街上带几个菜回来。家里放了好几箱子西凤酒。谁要是喝多了，他会亲自送到家里，看着睡下才走哩。这几天，他很少走动，一个人窝在家里看书，看农业经营管理呀城市管理的书，边读边做笔记。

老村主任天天都在跑。他心急得一点也坐不住，到谁家先问家里有啥困难没有，再拉拉家常话。临走时才说强民是最合适当村主任的人选。他自己把握一个原则，姓刘的凡是他给办过事的，他才会上门。他给支书说过，一定要把握好，靠他俩多年的关系，给谁说话谁敢不听。可千万不能落下拉选票的嫌疑。

上级一位领导的亲戚也在村里，他的秘书给我打电话说，希望关心一下某某某，说这话是他的意思，与领导没关系。我说一定尽力，得看民意了，选举的事儿，谁说了都不算。我和镇长、副书记私下里也交谈，他二位也说，那人的人品很差，根本不可能，我说不管咋样，咱得给上面一个冠冕堂皇的回答。

西塬村坡塬上的柿子，就像挂着的无数盏小红灯笼。山性的老婆架拉在树夹权上，两手举着夹杆，稳稳地夹着。跟厚的老婆也站在她家的柿树下夹柿子，她俩拉话又说到选举的事儿。山性老婆说，妹子你心里想选谁？是选你的老汉吗，怕是你那相好的吧？跟厚老婆脸腾一下柿子一样红了，说，你胡说啥哩，我哪儿有相好的。山性老婆说，说正经话哩，永涛真是个人哩，你看他有钱，把谁都当人看哩，连瞎子来引他都给钱哩。可那狗日的瞎子是个闷良心的，还要给别人投票。

说永涛是跟厚老婆的老相好，那是有原因的。他俩是中学同学，也曾谈过，只是两家大人不愿意，说是错辈分着哩。按说永涛把她得叫姑姑哩，当然都是远亲。后来他俩各自成家后就各过各的日子，也少来往。

两个婆娘在山坡上一边忙着一边说笑着，嘻嘻哈哈惊飞了一群喜鹊，从头顶上飞过。山性老婆说，看咋样，妹子你有喜事了。跟厚老婆骂着，把你这挨尿的货，咋不叫狗受活去呢。俩人说得又嘎嘎地笑起来。

强军是支书的亲侄子，高中毕业就跑到深圳打工去了，他听说村里选举，在电话上告诉他伯说永涛才是现代型的村干部。他伯一听骂道，把你这吃里爬外的东西，不知瞎好。他电话里说强民哥是个好人，不一定能当个好官，人蔫得跟驴一样成不了气候……没等他说完，支书就把电话挂了，自言自语着：李家真是没人了，连自家人都替外人说话哩。

支书他大已是肝癌晚期，躺在病床上不能动了，还艰难地给儿子说，娃，娃子呀，那永，永是个能行的人物，你可要替你大投一票哩，支书一听这话，就不耐烦地说，好大哩，你安心养病，身体比啥都重要，少操这闲心。支书心里埋怨：眼看都快入土的人了，还想着人家的事。

到登记提名村主任候选人的时候，刚林和几个委员挨门齐过问，有一个人提名的，也有几个人联名写条子的。他叫委员中的刘康娃统计下来。又连续跑了三个晚上，等把名单一汇总，他傻眼了：光名单就有百十来个，气人的还有死了的长命他妈的名字，还有老主任上三年级的孙子的名字，更气人的是连在监狱蹲的刘老五也在其中。

他没法了，又去找支书，支书说，恁简单的事儿还用问，你把不是选民的人除去不就行了。他和委员们倒饬了半天，最后还有二十几个候选人哩。

这又咋办呀，一看手表已经夜里12点多了，也不能找支书了。他一个人背着手吼了一声秦腔：王朝马汉一声禀，大老爷坐在大堂中。

回到家里，老婆娃都睡得呼噜哩，他爬到被窝里，用手电照着，又翻开《选举办法》看着，一看心里立马亮堂了，主任候选人两个，副主任两个，委员五个。他激动地蹦起来，惊得老婆醒了，骂道，兹哇的狼吃呀，看你那熊势。

五

下雨了，天刚麻擦亮，刚林就打着一顶破伞，穿上胶鞋，脚底下走成泥锤了。他在支书门前山墙根，用竹棍搓掉鞋上的泥，敲了两次门，只有狗叫不见人来。他又蹲在楼门口抽了一支烟，门才吱一声开了，是支书老婆，见是刚林，说，好娃哩，把你咋不应心死了，下雨哩，多睡一会都不行呀，像鳖吵蛋哩一样。来，进来，把鞋上的泥弹净了再进。支书正在房硷子上刷牙哩，边刷边说，把大喇叭开开，叫委员到办公室开会。

他捣鼓了半天就是打不开，支书披着西服过来，说，你咋恁笨吗，一拧就打开了么，来，喊三遍，叫马上往大队部走。他照着指示喊了。喊过后支书叫他先去叫文书。

到文书门口，他喊叫着，文书老婆骂着：兹哇的吃得多了，啥皮子尿官把你张狂成这了。他笑着说，为人民服务哩，管啥官哩。他拿了钥匙，先去扫地抹桌子烧开水。一切都做好了，还不见人来。他又上门去叫，等人到齐了，支书还没来。他想：大领导常常是等人都坐静了才出场哩，支书就是村上的老大了。几个说着话，说这场雨太及时了，麦子刚刚种下，可刚林的地还没挖哩。

支书来了，雨也住了。他一来就喊，哎，把人都忙死了，为烂熊大棚菜又和农业局王局长电话说了老半天，电话费都不少钱哩，总算有些眉目了。来，都坐下，开会。是这，这次候选人提得太多，按《选举办法》第十八条说的，要召开大会进行筛选，按得票多少确定，看，大伙还有啥没有。

没有，大家一哇声说。他抽了几口烟，又咳嗽了一阵，说，没有了，时间嘛，就放在后天下午，放到学校操场。后天是星期天，也不耽误娃娃的课。发通知制票搬凳子由刚林负责，通知人按小组上门叫。到时候双扣计票，山性监票，刚林唱票，田娃汇总公布，看这样咋样？

好着哩，又是一哇声说。那就这，散会。支书说着，双手一抄背着走了。刚林叫委员再留一会儿，他还有话哩。双扣说支书都说完了，你还有啥吱哇的哩。刚林说，山性帮我写通知制票。山性躁了，说，我没空。刚林说，通知会可是大家的事，人到不齐，各人负各人的责。双扣说，都知道了，尽啰唆熊哩。走回去吃饭，老婆都催了几遍了，田娃说着，大家散伙了。

刚林哪能顾上种麦，让老婆叫来南山里娘家的几个兄弟帮忙。老婆骂他，狗官尿官，能当几天，把你咋没喜气死了。他的工作一件接一件，连跟老婆说话的空都没有，躁躁地说，少×干，我的时间是拿秒表掐哩，没空跟你磨闲牙。连走路都是一阵风的小跑，一会儿在村上西头，一会儿在东头，一会儿又在街里。山性老婆见他，笑着说，咋不把你扑死了呢。他边走边说，忙死了，把你摆到那儿，我都没空弄。弄你头个头哩，山性老婆骂了一声，他人早不见影了。

双扣在支书家、老主任家穿梭个不停，他计票可是个大事，老主任暗示他，有可能的话强民的票一定要上去。双扣说，叔，俭娃子心里有数。支书叮嘱：千万不能叫人看出了，看出来了就日塌了。两个晚上，他从老主任家里出来鸡都叫头遍了。

刚林做好一切，拿去交支书看去，支书还弹弹嫌嫌的，刚林又照支书说的拿回去再改，等支书满意了，他也累成一摊稀泥了。他自言自语，这官不是人当的，非日塌不可。说归说，一旦干起来就又不要命了。

临开会的前一天晚上，支书让他通知全体委员开会。支书讲，一要认真按程序办，二要防止坏人捣乱，要注意安全，不准发生打架斗殴。委员们纷纷表示，尽心尽力选好正式的候选人。

会议定在上午10点召开，刚林早上5点就扑到学校操场，他叫的搬凳子的人都没来，他就自己搬，等那些人都来了，他已搬了一大半了。搬完凳子，他又一一检查票箱黑板粉笔，还有话筒，又在大喇叭上喊了几遍。只有老里老汉来了几个，他心里急，又催促委员叫人去。山性说，急熊哩，没到点哩。

9点50多了，人才陆陆续续往操场里走，三个五个一堆，说着笑着骂着，男人抽着烟，女人有抱娃的有纳鞋底子的有织毛衣的。钉鞋的民娃来了，摆摊子的狗剩来了，包工程的山民来了，他们说着城里的新鲜事儿。瞎子来引、二杆子来娃，还有好吃懒做的治娃也凑过来听热闹。民娃说，选这能起熊用，是谁当早都内定了。山民说，不会的，是第一次海选哩，工地上再忙都要来哩。

都10点30分了，人还不齐。支书说，人数过半了就能开，先清点一下人数。说话当儿，又来了几个妇女，有抱娃的，娃在哭，娃要拉屎呀，狗摇着尾巴跑过来。

支书清了清嗓子，一手叉腰，一手端着麦克风喊叫着：请各位静一静，现在开会，这次筛选正式候选人也是大事，是为选举打基础哩，大家一定要公平民主呀。下来由刘刚林宣布画票投票的办法。刚林也学着支书的样儿，清了清嗓子，高声喊着，一要咋，二要咋，三要咋，念得也是结结巴巴。等他说完，支书接着讲，请李双扣宣布大会纪律，双扣很流利地一二三念完了。二杆子来娃站起来吼：要选就选，尽吱哇熊哩，时间就是金钱，耽搁着谁给发钱哩。

宣布完毕，开始画票了，有委托的可以代替画票，画好了分小组投票。

计票开始了，刚林给唱票，双扣给画"正"字计票，山性一眼一眼盯着监票。投完票有的去忙去了，多数人围过来看热闹。双扣计票时，把永涛一票记给强民了，永涛他外甥扑上去打，被他舅一把拽住了，双扣只好改过来。统计票数时，双扣给永涛少算了个"正"字，也就是少五票，气得永涛的外甥咬牙切齿地骂，他舅训着不要动乱子。等统计完了，唱完结果，永涛票数远远高过强民。人都走开了，永涛的外甥扑上去把双扣踢倒，在身上踩了几脚，在交裆里踢了一脚，拧身就跑了。二杆子来娃喊叫：不好了，打人了打人了，快叫派出所抓人呀。双扣躺在地上，妈妈老子喊叫疼死了。支书一看也急了，喊叫着，刚，刚林，快，快叫车，把人送医院。山性给派出所打了电话。操场上乱成一锅粥了。刚林倒沉稳，他先叫了车，支书、老主任陪着上医院，他等着干警来抓人。然后叫文书公布正式候选人，文书骂道，公布屎哩，都打成啥了。

派出所警车呜呜来了，人早跑得无踪无影了。

六

第二天一早，支书李益民就跑到镇上，先给镇长汇报，再来找我，吼吼叫叫着，妈妈呀不得了了，永涛雇人打人了，要不是我给挡非出人命不可呀。我详细问了情况，安排镇长开会研究去，我和老侯支书一块上医院。

到医院一看，双扣是鼻青脸肿，我安抚他好好养病，抓人的事儿有公安哩。又找了主治大夫，大夫说没大事，都是皮外伤，住几天就会好的。我让支书安排人伺候着。双扣拉着我的手说，谢谢领导，罪犯一定要判刑，不然我咽不下这口气。

我对支书说，看病有医院，抓人有公安，选举的事照常进行。支书为难地说，打人的事儿不处理，选举无法进行。我批评他说，有啥进行不下去的，按程序走不就完了。支书辩解道，反正不处理打人事件，群众不答应，我也没法干了。

老侯趴到我耳朵上悄悄说，咱走，不管他，看他还成啥精呀。我说，那你看着办，选举日是法定的，谁误了事追究谁。

回到机关，镇长已经带人到西塬村去了。刘永涛也来负荆请罪，他说，我这外甥不成器，这事我在场挡了几回哩，不是我指使的，当不当村主任是闲事，人品最重要了。我说，等查清了再说，要是真的当选了，你准备咋干呀。他说，要是群众信任我，我先把小厂子做大，再把村民的福利搞上去，还要盖一所新学校。我吩咐他，这段时间一定要低调，村子复杂，千万不要节外生枝了。他一拍胸口说，请书记放心，我会处理好的。

刚林跑到支书家里请示下一步咋办呀,支书斜倚在沙发上,静静地抽着烟,问了半天也不见言传。刚林又说,叔,咋了,病了?你不敢病了。支书凶呼呼地吼,吓得刚林也不敢说了,站也不是坐也不是。支书抽完烟,用右手中指一弹,烟蒂飞出老远,郑重其事地说,选举的事儿从今天起我不管了,谁能管谁管去。刚林不解地问,叔,支书叔,好好的你咋不管了,你不管了谁管呀,这可咋办呀?支书脸上堆起一股嘲笑,说,有啥咋办的哩,先撂下么,你回去忙你屋里事去。说着进了小房门,刚林只好蔫蔫地走了。

刚林又去找那几个委员,有的说,打人不处理,我也不干了。他一想:前头有支书哩,咱倒着哪门子急哩。刘姓的这边群众也坐不住了,跑去偷偷找白胡子老人,老人说组织几个人给镇上汇报去。他就势叫了几个人跑到镇上,找到侯书记,说了目前的情况。老侯说,你们先回去,我去找支书再说说看。

老侯和民政干事小张来到支书家里,支书还在床上躺着,说他感冒了。说到选举,他说群众情绪很大,不抓人不处理打人事件没法选。再说我也不想干了,谁爱干谁干去。他那态度惹得老侯也火了,狠狠训了一顿。他在床上侧了一下身,很不情愿地说,爱训谁你训去,反正我不干了。气得老侯一跺脚走了。

老侯回来说了支书的态度,我们都气得不得了,关键时候他给撂挑子。我让文书给下发文字通知,叫晚上来开会,他给捎话说,病了走不动路。

第二天上午,召开镇党委会专题研究西塬村的选举问题。大家意见也不统一,有的说鉴于目前的情况,先缓一缓,有的说把支书撤了,重新任命支书,选举不能再推了,全区都快结束了。大家讨论得很热烈,也很激动。

正在激烈讨论中,我桌上的电话铃响了,是区委办打来的,说西塬村几百名群众把市委门堵了,叫书记去接人去。一听这话,会也开不成了,我、镇长、老侯、纪委书记老李、民政干事,坐车往市委赶。

到市委门口,妈妈爷呀,人山人海,嚷着吵着骂着,比农村谁家过事还吵闹,叫骂声像丹江的浪一阵高过一阵。人人手里都捏着一份复印的《陕西日报》,有个瘦高个喊叫着:要民主——,要公开——,要选举——。其他人也跟着喊。我冲到台阶上大声吼叫道，乡亲们，静一静，我是镇上的书记，有啥咱到镇上说去。那个瘦高个跳起来骂，镇上软蛋无能，不回去——。大家也齐声喊：不——回——去。区上一位副书记喊叫着：乡亲们，这事我管哩，跟我到区委去说。大家一声吼：走到区委去，解决不了了，再来。

人如退潮一样散了，有骑摩托的，有骑自行车的，还有拉架子车的。等最后一个人走了，我们才走。

到区委会议室，我憋了一肚子气，又不能当着群众的面发，压下气，耐心地说，乡亲们呀，天大的事都有解决的办法，你们堵人家市委大门干啥呀？那是妨碍公务，是违法的。组织把我撤了是小事，可因堵门犯法把谁抓了，这可咋办。我先为我工作失职给大家鞠一躬，道个歉。我深深地鞠了一躬，会议室这才一片安静。我接着说，为咱村的选举，镇上已经全力以赴了，你说我们无能也罢，说我们徇私也罢。咱有啥坐下来商量着解决，到市里这不是给镇上伤脸哩吗，家丑都不外扬哩嘛！说得大家也不言传了。我和区领导商量，留下二十几个人，其余都先回去。明天镇上班子成员全部进驻西塬村。白胡子老人站起来，也很心疼地说，大伙这次上访太不应该了，我紧撑慢撑都没撑上，人就起了漫水了，没法了。镇上区上领导都在场，听我的了，我点的人留下，其他都回噢。

区委王书记说，选民代表一个一个说，不准起哄，大家的意见无外乎两点，一是叫尽快按法定日选举，二是清查村上的账目。我当场表了态，明天镇上领导全部到村上，不选完不撤离。查账的事等选举结束再进行。王书记要求，依法从快从严选举，给群众一个满意的答复。

七

群众上访主要是嫌选举没按法定时间进行。支书、老主任以打人处理太轻，没法给群众交代为由，不组织选举，上级不停地催促，我的压力很大。

开了两次党委会，我向党委委员表白了心思，大家反复商量，最后形成一致意见，再给支书做工作，他还是执迷不悟，那就重新推选选委会。可《办法》中没有明文规定的又咋办呀？难题一个接一个，无法破解，我也熬煎得吃不好睡不好。

接连三次通知支书到镇上开会，他都以疾病缠身不便出来为由不来。我决定把党委会放到支书家里召开，动之以情看咋样。有的党委委员不同意，认为这样太软弱了，党委的权威性严肃性哪儿去了。我说有意见先保留着，推进选举工作是硬道理，就这么定了。要是还不动弹，那只有不吃凉粉腾板凳了。让文书下发了正式通知，明天上午10点全体党委委员及换届选举领导小组成员准时在支书家里参加会议，任何人都不得请假。

消息一传开，又有一拨群众连夜来上访，说，党委太无能了，太宠支书这瞎熊了。我和几个领导一块好言相劝，告诉大家，不管采取哪种方法，只要能促进选举就行。听了解释，他们这才服气，骂着支书走了。

那天早上寒风刮得很猛，我们几个坐在三轮摩托上，脸都冻成木木了，青得像暖柿煮死了一样。

到支书家，他还在床上躺着，头上缠着一条纱带，额头上用瓯罐子瓯出两个紫青色的圆坨坨。他说头昏头疼快要炸了一样，一点都不敢动弹。又解释道，不是我不听党委的话，我实在是动弹不得。我安慰着说，那只有把党委成员，还有选举领导小组成员通知到你床前来开会。他假惺惺地说，这，我承受不起呀。

会议开始了。我主持，大家有挤在床边的，有俩人坐一个凳子的，人大主席老杨在院子抱了一摞砖坐下。我说，今天的党委会，也叫党委扩大会，只有一个议题，就是如何推进西塬村的选举问题。请支部书记李益民同志先说。他在床上坐起身子，咳嗽了两声，说，首先感谢镇上领导为我村上的事情尽心尽力，把会放到我屋里开，让我诚惶诚恐。选举的事情，不是我不组织，我实实没法组织了，选委会委员被打得住院，抓了人罚了款，赔了药费，处理得太轻，我没法向群众交代，被打的一方闹着要求对罪犯绳之以法。人大主席老杨说道，派出所依照《治安处罚条例》拘留十五天，没构成伤害罪咋能判刑呢？

支书却来劲了，说，反正群众不答应。镇长问，是哪些群众，一个还是几个还是几十上百个？支书焦躁了，说，全村群众，我就是他们的代表。老侯脾气不好，今天也压着火气，笑着说，李支书，咱也是吃党饭几十年的人了，说话做事要有大局观念，从大局出发，要为组织排忧解难呀，可不敢闷着良心说话。支书激动了，手挥舞着说，咋？我哪儿闷良心了，你说清。二十多年了，辛辛苦苦，家里事从来没管过，老婆骂儿女怨，一心扑在村上，我手搭在胸口，我觉得对得起组织，对得起党对得起老百姓。照这样说，我还有啥干头哩，我辞去选委会主任，不干了行不行？纪委李书记劝说着，不生气了，不生气了，气大伤肝，你这一躺下不干，就没法了，法儿他妈把法儿死了。他这一说，会场气氛稍稍缓和了些。所有与会人员都发言了，就是一个目的——劝支书尽快组织选举。大家从过去说到现在，从组织原则说到党的纪律，从人之常情说到依法办事，真是好话说了几筐篮，支书还是那句话：身体不适，无法向群众交代，无法组织选举。

为选举这一个议题，会议整整开了五个小时还没有结果，大家都用眼神给我鼓劲，尽快决策。我最后拍板：同意李益民辞去选委会主任一职，重新推选，再过五天，由镇上抽调三十名干部，挨家挨户上门征求意见，动员大家按时开会推选。

经广泛走访选民，九成以上同意重新成立选委会。镇党委专门给区换届领导小组办公室打了请示，我和人大老杨、民政干事小张拿上文件去找，区上同意我们的意见。回来马上召开党委会，要求每个班子成员带上十名干部，进驻一个小组，认真组织好这次推选工作，同时派得力干警到现场，搞好安全保卫工作，防止出现意外事件。

村上老主任连夜动员人上门做工作，不准参加推选会；支书照样躺在床上说病了。老主任的儿子从市里赶回来，劝他父亲说，爸，凭你几十年党龄，怎能这样做，再说你不干了，谁干与你有啥关系吗？老主任骂道，你懂个屁，这就是政治，政治就是有你没我，有我没你，去好好学去。支书的儿子在市里当秘书，也回来埋怨父亲，支书说，我还不能病了？咱惹不起人，还躲不起了？

推选选委会成员那天，天飘着雪花，大多数群众按时到学校操场了。有人就骂，恁冷的天，把人冻死呀；有人喊叫一个烂熊村主任有熊选哩，哪个龟孙子当都行。你骂谁哩？一个虎头小伙子扑过去要打，被警察制止了。又等了一袋烟工夫，人到得差不多了，按程序推选。老侯在台子上宣布会场纪律时，有人吼叫：还选他妈乃×哩，人都冻死了，走回去烤火走。一个胖小伙子一扬手，有上百人起来骂骂咧咧地走了，走的那一拨人中就有老主任。人大老杨问我咋办。我说照开不误。工作人员清点人数，超过了三分之二不影响啥。这些群众按要求画票投票，等推选结果，最后是那个瘦高个，也就是一组组长刘建文当选选委会主任。他当场表示，一定不辜负大家的期望，全力组织好选举。

那些群众一个个都成雪人了，眉毛上都结了霜，从他们起劲的掌声里能听出：这次推选是完全符合民意的。

推选会后，留下选委会委员进行培训，我叫镇上文书上街给大家买了盒饭，要求饭后谁也不准离开，下午边培训边落实责任，组织选举工作只能成功不能失败。刘建文说，请书记放心，有镇上领导指导，有这么多干部帮忙，选不成了我这老脸往哪儿放呀，噢，不对，我这脸还不老哩。说得大家哈哈大笑起来。

八

新的选委会成立了，委员们热情高积极性也高，一切都就绪了，我也终于能松口气了。岁末年首，各项检查验收工作也开始了。我合理调配了领导和干部，各负其责做好各项工作。但有一点，西塬村选举日，都得去帮忙组织。这是我在干部大会上讲的。有人说没那个必要吧，现在不会再出啥乱子了。我说，咱宁肯把问题再想复杂些，也不能让选举再泡汤了。发动群众、现场组织、统一制票、意外事故处置等工作都一一顶到人头上，心才安然。

那天中午从区上开完全委会，刚回到机关办公室，还没来得及喝口水，就听见大门口又是一片叫骂声,我心里咯噔一下,这又是咋了,赶紧叫文书去接待去。

过了一会,文书来说又是老主任那一拨人告状哩。他们说刘永涛是个大流氓,还能当候选人,还有公理没有了?

咋回事嘛,咋说永涛是流氓?我急急地问文书。他说五年前,永涛嫖娼过,被治安队罚过款,他们人人手里都捏着罚款收据复印件。

这又是哪根筋不对了?我去见上访的群众。一个中年妇女冲着我骂:你们这些混共产党饭的贪污犯把眼窝瞎了,能叫大嫖客去当村主任,咹?真真是在你祖坟里砌练哩,羞你先人哩。我压着火气,赔着笑脸听他们说着骂着。他们说累了骂够了,我才说,请大家放心,这事儿我们一定要查个水落石出,给大家一个满意的答复行不行?查屁哩,这是秃子头上的虱子明摆着哩,是想包庇吧?一个小伙子又骂起来。老侯气愤地说,你倒吱哇熊哩,狗日的几天个毛小子,书记都说了,过两天给大家交代。狗日的娃把大家叫回去。老侯骂的是他本家一个外甥,那小子一见他伯叔舅说了,就吆喝着,走,都朝回走,有我舅哩,两天后再不交代,咱到市里闹去。他这一说,那些人陆陆续续都走了。他还把复印的票据给他舅,说,舅呀,这是千真万确的证据。

我叫来派出所所长,由老侯带上,尽快去调查,看实情到底是啥。老侯和赵所长先跑到治安队,办案的人一个调到市局了,一个还在深圳出差。先到市局找到那位办案的干警。他说,当时接到举报后,出警发现有两个人喝醉了酒,在歌厅包厢里沙发上躺着,身边有两个小姐,问那小姐说没干啥,是别人把他们扶着送来的。他们又找到另一个男的,他和永涛是同学,在法院工作。他说,是别人诬陷哩,永涛说给交了钱,息事宁人哩,没想到还让人当成证据了,真冤枉呀。

等那位干警出差回来,他们又问了情况,说得一模一样。他说也没办法确认是否有那行为。

他们又费了好大功夫才找到当时开歌厅的老板,他在西安开了一家装饰公司。他们打听到电话,联系上约好见面地方。他回忆了好一阵,才说好像当年发生过罚款的事情，我敢拿人格担保，他们不会发生那事的，我那些小姐只陪跳舞喝酒不坐台的。有人举报，公安来罚款的。一说这事，他就来气，说，到现在都想不通，一定是一起蓄谋已久的陷害。

最后才找永涛，他一说起这事，就委屈地哭了。他说我也没得罪谁呀，咋这样整我哩。当时为了息事宁人，我主动交了罚款的。这事是一堆屎越搅越臭。没想到如今才真相大白。我非得找他狗日的李顺势不可。老侯说，你疯了，现在人家给你挖个坑叫你跳，你就跳呀。永涛说，侯书记呀，我比窦娥还冤呀。

他们调查结束，给我汇报了情况，我也觉得这事蹊跷，和几个班子成员交换了意见。大家看法也不一，有的说绝对是冤案，有的说那事情谁能说清干了没有，有公安上的罚款，就是没干咋说得清哩？我们没法决策，进一步研究，对照《选举办法》，对候选人条件界定面很宽，没有明文规定被公安机关处罚就不能作为候选人。再说，区上镇上村上在制定选举方案时也没有考虑到这一点，要是取消刘永涛候选人资格，这一方群众告状要政策依据又咋办。为此，请示了区上换届选举办公室，他们也没有明确答复。

一天，有位领导把我叫去，严肃地说，西塬村选举不要急，要严格按政策办，要多听老主任的，还明确表示，因有嫖娼历史，坚决取消候选人资格。我说，一是《办法》没提这事，二是调查证据不充分，三是毛主席老人家都说过，一个人犯点错误不要紧，改了就是好同志，咱不能一棍子把人打死吧？

我心情很沉重，在西塬村选举问题上，我一直是尊重群众意愿的，选谁不选谁，群众说了算。我给老侯说这事儿，他说老主任和人家交往很深。我说，不管那么多，只要群众拥护，我们就照办。

为慎重起见，我派老侯带人到省民政厅请示，人家明确答复，这不影响候选人的资格。这一下给我们吃了定心丸了。我召开党委会给党委委员们通报了调查情况和去省里请示的结果，最后决定，认定刘永涛西塬村村主任候选人资格。会议临结束，我说，请大家放心，要是上级来追究责任，我一个人承担。老侯说，这可是集体决定，人人有份，你凭啥独担哩？

镇上一决定，另一方又跳出来上访，他们进市上省，闹狂着。我们一方面做他们工作，一方面按部就班组织选举工作。我告诉大家，马上要过年呀，我们不能因选举让群众连年都过不成。

九

进入腊月天，群众都忙着办年货了，村里人一脸的喜气洋洋。西塬村选举搞得干部疲惫不堪，群众也不耐烦了。双方告状还在持续，接待解说讲政策，这一块有几个人专门对付着。

永涛来找我，痛心地说，书记呀，我干脆退出来，你看这事把大家搞得几个月都不得安宁，叫人家人上来干去。看把你都劳成啥了。我骂道，现在退，那不说明你就是嫖客，群众选你这号人把眼窝瞎了。永涛急着给我解释说，书记，我不是这意思，让你们受难肠，我真不忍心呀。我说，这是我们的本分工作，再说了我连一个村子的选举都搞不好，还能当这个书记吗？

干部大多都疲了，也有厌战情绪。有人在背后地里砸洋炮，说恁多领导连个村主任都选不了，还能干啥。针对干部的思想动态，党委会及时决定，召开全体干部会。我在会上讲，西塬村的选举阻力重重，有客观原因，也有主观上工作不力，我首先给大家赔情道歉。可是，事态发展到今天，我们没有退路了，只有坚决完成，否则，我们上对不起组织，下对不起老百姓呀。

镇上已经替村上做好一切准备工作，选票由人大老杨负责，已经印好。有粉色黄色大红色。

告永涛的一方见没起啥作用，又想着法儿阻碍选举，他们又组织一部分选民跑来说，由于村子大，选举采用流动票箱，不然的话，他们就不参加选举。人大老杨给大家讲政策，说，选举是每个选民的权利，不参加选举就是主动放弃你的权利。选举大会必须召开，不然选民怎么互相哩，咋能体现民主哩。他还半开玩笑着说，三年才选一回，你不参加多可惜呀。

主张流动票箱一方又跑到市里上访，我派一名副镇长带上干部去接人，做思想工作；另一方也有来镇上上访的，要求严格按照《选举办法》执行。我告诉大家，辛辛苦苦几个月了，不按《办法》选举早结束了。请放心，选举一定按法办事，还要办得漂漂亮亮的。

十

选举的前两天，镇上又一次召开了党委会，抽调六十名干部，十名干警，分成六个小组，每一个小组由领导带队，家家户户做思想工作，动员选民按时参加选举大会。

干部们黑来白儿都在群众家里跑，包组的领导给下了死任务，每人包的户少去一个选民扣月工资的十分之一，他们千方百计和选民们套近乎，有的给人家帮忙剥苞谷，有的给担尿水泼麦苗，有的帮忙在水池子上淘酸菜，他们算是煞费心机了。小妮是个宝贝蛋蛋子，在家里啥都没干过，为发动选民，她给月婆子山菊娃洗尿垫子。她委屈地说，为选举我把最恶心的活儿都干了；小伙子安治说，还不是不想叫扣工资嘛。她说，钱算个啥，我是不想让我包的户影响了选举，不想丢人嘛。

在外地打工的，谁包哪一户谁负责往回叫，他们三番五次给打电话。在深圳打工的宽喜回来了，他说公司忙得请不下假，只好叫扣工资了；在北京开公司的刘刚也回来了，他说正和一位外商谈合作项目哩，只有先放放，让副职先谈去，他说村上的选举也是大事，要不镇上干部一个劲给打电话；在西安打工的李文，回来时出了车祸，腿骨折了，在医院还说，我无怨无悔，人的命天注定，啥时出啥事这是天意，只好委托他二叔给投票了。

选举的前一天晚上，天下起来鹅毛大雪。镇上连夜召开会议，对第二天的选举再一次做了周密细致的安排，包括会场布置、方队的划分、要贴的标语等等，都考虑到了。我还再三强调：大家一定要细心，一定要尽心。

又是一个不眠之夜，没等天亮，干部们就到西塬村了，在学校操场上，扫雪的扫雪，搬凳子的搬凳子，抬桌子的抬桌子。在地上打线划方阵的是体育老师出身的刘强，他洒的白灰直溜溜一条线；爱说笑的赵建强笑着说，权当屋里过事哩，我们都是帮忙的人，就是没人招呼下苦的。

　　选举会一帮子也早早到了，他们也加入到布置会场的队伍中。白胡子老人还发动了一些选民来帮忙。他老人家心疼地说，咱的选举，叫干部们挨饿受冻，我们于心不忍呀。

　　方阵划好了，凳子也排好了，一个方阵前一个牌子，标明是哪一组。对所有筹备工作，细心的人大老杨又齐齐检查了一遍，见没啥漏洞了，他这才缓了一口气，掏出一包猴王烟甩给文书叫犒劳大家去。那些女干部拥上来说，拿什么犒劳我们？他一拍脑袋笑着说，咋把半边天给忘了，来，给钱，小妮子到商店去给买泡泡糖去。杨芳笑着说，杨主席给男人的是臭（抽）的，给我们的是香的，回去了多叫那口子香两口。说得女同志都笑着骂她。

　　老侯把我叫到一边说，书记呀，还有一点，咱得准备一手，候选人李强民是村上电工，到时候怕把电一停咋办？我说他不敢。那万一敢了呢，老侯反问我。没等我说哩，他说，是这，我在城里联系了一辆音响车，咱先叫来，以防万一。我笑着说，你这家伙都准备好了还给我卖关子。他又一笑说，我得替班长分忧解愁不是。

　　早饭后，选民陆陆续续到学校操场，男人们袖着手，嘴里叼着烟，女人们手里不是抱娃就是拿着活儿，有的背过身给娃喂奶。带孩子的女人身边总离不开狗，狗在等吃的哩。

　　选委会主任刘建文说他长这么大，没在恁多的人面前说过话。老侯说，你权当底下是一堆石头，照着议题单子念就行了。

　　11点多了，选民们都按组坐进了自己的方阵里。支书、老主任都来了，与他二位见面也说了些面子上的话，说只怪群众难说话。我也淡淡地说，没啥，只怪我们对群众教育不到嘛。

　　12点多，选举大会正式开始，操场上还吵吵成一窝蜂，支书站起来喊：都不吱哇了，开会了，听台上讲。他喊他的也没人听。老侯大声喊叫说，请大家静一静，先让选委会主任宣布会场纪律。为了保证选举顺利进行，派出所的干警全部出动,谁敢破坏选举,就收拾谁。他一说公安,人都不言传了。

选委会主任宣布了选举议程,通过了监、计票人。为了不发生组与组之间的冲突,用了六个教室,一个组一个投票处,还设了秘密画票处。喊到谁名字谁去领票画票。

到候选人发表演说了,李强民只几句话,说只要大家选他,他一定好好干,给大家多办好事实事。刘永涛说得一套一套,怎么领办企业,怎么融入市区,让大家过上幸福生活。最后他说,三年后人均收入达不到4千元,愿拿我的收入给大家补上。这话说得大家一片掌声。

到发选票画选票环节了,突然停电了,支书假惺惺地喊强民,问咋回事,强民说他咋知道。选民一片骚动。老侯站起来大声说,大家静一静,停电是正常的事儿,咱早备了音响车,把车发着接上大喇叭,不一会,话筒又响起来了。

这时,二杆子民娃站起来喊叫着:我还要演讲哩。他不是候选人,被警察从台子上拉下来。他一手提着糨糊桶,一手拿着纸,在操场边院墙上写着标语,他写道:要公开,要公平,要民主,要自由。

开始投票了,先验票箱,再封票箱,然后按小组一个一个到投票点投票。投完票,开票箱,检票,发出多少,收回多少,收回的比发出的少或等于发出的,都算有效。

唱票计票开始了,场上人也喊叫起来,各小组工作人员在小组方阵前巡视着,不准随便走动,男的坐着抽烟、说话,女的做着手里的活,管着娃,眼睛在场上飘着。年长的在一搭里说儿媳妇,谁和儿媳妇好了,谁和孙子争着吃奶哩;小伙子说着哪个姑娘胸口丰满,屁股翘翘的;姑娘说着哪个小伙子酷。大喇叭里播放了一首《走进新时代》,接着放秦腔《三滴血》,支书还跟着哼着:叫声相公小哥哥……他边唱边拿眼睛死死盯着黑板。刘永涛名字后面画了不少"正"字。老主任和电工强民他大说着话,眼睛一刻也没离开黑板。他心里叽咕着:这回一定是刘永涛了,这次真在政治上失败了。

票唱完了,统计完了,最后结果是刘永涛得票976张,李强民得票457张,刘永涛当选村主任。

没等选委会主任宣布结果哩，一阵掌声和欢呼声狂风一样起来了。有人跳起来，有人蹦起来。操场外不知是谁燃起了鞭炮，噼噼啪啪响成一片。

选举结束了，支书和老主任袖着手说着话走了。

太阳也红红的，地上的雪化了，走在上面泥泥的、软软的。

到村上去

那 日 早 上

最近总是念叨着早早到扶贫村上去，因工作一时又脱不开身。连上中学的女儿都说："老爸，看来你把那里当故乡了。"可真是啊，那里的一山一水、一草一木跟老家的一样亲切，时刻牵挂着那里的人们，操心着那里的一切。

4月24日一早安排好机关的工作，就坐车赶往那个村子。到了村委会，打扫房间，晾晒被褥，真像回到老家那样。做好这些，和镇干部一块儿投入到精准识别核实贫困户的工作中去。

第二天，天还没有亮，就被"吾儿，吾儿……"的鸟叫声惊醒了。这鸟叫老家也有，叫声很是凄凉，让我突然想到母亲，莫非是母亲她老人家的转世，来这儿看她的儿子来了？不然咋会"吾儿，吾儿"地叫着。我赶紧匆匆起床，没敢有半点偷懒。一看手机还不到6点，顺势走出小学院子（村委会办公室和小学共用一个大院）。

走上通村水泥路，路边是核桃树，有几只喜鹊在喳喳叫。记得母亲说过出门见喜鹊，这天必有喜事。这话不一定灵验，想着心里却舒坦。沿路向沟里走，一边是清澈的小河流水，哗啦啦地唱；一边是地，地里的麦子正在抽穗，几丛油菜花已经快凋谢，些许金黄的花还在努力灿烂着。洋芋苗也长得能盖住人的脚面，间套的玉米刚刚露土，小嫩芽上的露珠像小孩高兴的泪花。核桃树上有些才长出的淡紫色叶子，真像香椿。城里人不认识的会当成香椿呢。核桃的花，在老家叫它核桃穗儿，就像指头粗的谷穗，绿中带着黄，掉到地上过几天就变成黑的了。一个中年男子爬到一棵小碗口粗的核桃树上摘核桃穗。问他干啥用。他憨憨一笑，说："摘这吃呀。"我好奇地问："咋吃哩？"他说："用开水一焯，好吃，还能降血压降血糖哩。"

信步走了一段路，又见一位老大娘在地里拔草，把草和干树叶一块烧着，袅袅的烟线在升腾。我问候她，她站起来笑着说："好呀，拾掇地种豆子呀。"她那方言听着有些费劲，却很好听。地里也栽有核桃树。她边干活边瞅着我微笑，那份慈祥特像母亲。

河边有八九头牛犊，在漫步吃草，那额头上一片白的花牛咋那么眼熟，一想才记起，是养牛合作社的牛，去年在牛圈里见过。一位背上挎着一顶旧草帽的小个子老汉，从路上下到河里，在喊着，我没听懂，他在和牛们说话。那只白花牛昂头哞地叫了一声，它是不是也认识我了，跟我打招呼？

返回向下面走，过了刚修好的大桥，见河里水潭中有八九只鸭子、两只大白鹅。鸭子在嘎嘎叫着，惬意游着，还时不时把头扎进水里找虫子吃，两只橙红色的脚蹼在水下面乱蹬，水是浑浊的也看不清它们在水中咋样找吃的。鹅的叫声很难听，沙声破锣。洋芋地里有一位少妇边用手机听音乐边锄草，好像播放的是《最炫民族风》。她劳作的动作多少有点舞蹈的韵味。还有一位中年妇女在麦地里拔草，向她打招呼，她只是笑笑向我招招手，又俯下身子拔草去了，她胯骨上背着一个竹筐，熟练地把草一甩就到筐里，不用看，很准。一只喜鹊在另一块洋芋地里绅士般信步，一边走着一边瞅着地里，走出十几米了，在地上啄了几口，叼着虫子飞到对面红椿树上的鸟窝里去了。想必一早出来给儿女找吃的来了。路碥下有一片豌豆正在开花，紫心白边像一只只待飞的蝴蝶，很好看。想起上中学时放学后躺在学校前路下地里偷吃豌豆的情景，温馨极了。

山顶上紧锁的云雾渐渐退去，太阳已经照到那里。各种不知名的鸟儿叫着。"啾啾""哎哟""谷豆豆水"……有的想半天也没一个准确的字来表达。等再想时，那种鸟儿却再也不叫了，就像交响乐里某个乐器，只在某一小节出现。

回到校门前，有几个少妇用摩托车送孩子上学。那位小个女的，熟练地打着转向灯，让女儿下车，交代几句，又熟练地骑走了。在校门口核桃树下欣赏那刚刚结出的小小的核桃，有绿豆大小，两个一对，像双胞胎，头上还有小小的花缨缨子。一个妇女抱着一两岁的男孩坐在路边石板上，逗娃玩。有两个小男生一人推一个绿色垃圾桶出来倒垃圾，笑呵呵的，见我问了一声"叔叔好！"

走进校园，学生在上操，五六个老师，二十几个学生。有的跟老师差不多高，有的高不到老师的腰上，女孩子多。上早操在城里已经没有了。想起过去教书时，老师轮流叫过早操，很向往那时的生活。早操后是早读。郎朗的读书声盖过鸟鸣。

同事叫我吃早饭，他们做了稀饭、蒸馍。饭后准备去我包抓的那户。他是个硅肺病人，两个娃，一个还是先天性心脏病。听支书说也拆了石板房，楼房也现浇封顶了。我拿了一个月工资，算我的心意。还安排从外县买了丹参苗，让他致富。他去年从网上买了重楼种子，结果种下一苗都没出。我匆匆吃过，放下碗，朝老匡家走去。

去 老 匡 家

老匡是我包扶的一个贫困户。叫他老匡，其实不老，才四十来岁，脸上还有着些许红润。按他这年龄，两个男娃都在上学，两口子外出打工，日子也能过得去的。可他二十多岁在矿上打工时落下了硅肺病，妻子又是心脏病，日子就过得巴作。用老匡的话说："高血压又加上硅肺病，到哪儿打工都不要的。"在家种地、搞养殖，也没劳力，也挣不了多少钱，这不就自然成了贫困户了。

他家有五间石板房，还是老人给留下的。他父亲一次意外从硷上摔下去，人没了，他母亲高血压病也走了。老人在世时，日子还过得去，在村里算是中等人家。二老走了后，他哥成家，单另过了，自己盖了新房。现在娃也大了，在外打工，手里也有些积攒。他弟弟在汉中一个县的乡下成了家，有个男娃也十来岁了。这五间石板房还有弟弟两间哩。

今年春上，在镇村帮助下，他东拉西借，房子总算动工了。弟弟因脚上受伤成了跛子，也没法打工了，挣不来钱，妻子就和他离婚了。没出去，就又回来了。他和妻子在家盖房，正好让弟弟在镇上招呼两个娃读书。他想方设法、扣扣掐掐，买回了要用的砖、水泥和钢筋，前几天才给四间楼房一层封了顶。

这天一早，我就赶到老匡家。见到老匡正和妻子用推车推砖块。见面就像自己亲戚一样，笑笑招呼坐下。我歉意地说："听说你新房动工了，早早就想看你，忙得抽不开身呀，操心着房的事儿么。"他笑着说："知道你们忙呀，还要操心我，不好意思呀。"他说镇村干部关心，他买了三万多砖，七八千块钱的钢筋，二百多吨水泥。他掰着指头说："咱这儿偏远，一块砖的运费都要一毛多哩。"他妻子一直在镇上引娃上学，我还是头一次见面。她人微胖，高高的，话不多，只笑着搬凳子倒水。我拉着老匡的手问身体咋样。他笑着说："还是那样，去年查出来这病，医生说回来吃药也就是个十来年，再没办法了，说得人凉净了。"他说话的口气很轻松，一副无所谓的样子，仿佛在说一个不相干人的病哩。他抿了抿嘴唇，又笑笑说："小儿子还是心脏病都没钱治，我哪儿有钱吃药哩么。"

我起身到新房周围转，好奇咋开两个门呢。他说他弟弟现在回来了，也没钱盖房，盖好了让弟弟也先住新房。他认真地说："总不能我住楼房弟弟住石板房呀。等他有钱了，再说吧。好坏日子都要慢慢往前过哩么。"

看完新房，我掏出5000元，塞到他手里，说："你盖房我也拿不出多少，这点也算一点点心意，不要嫌少。"他推辞着，说啥也不要，我急了，生气地说："权当我借你的，等致富再还我么，你这人咋恁不杠活么。"他这才勉强收下，连连点头说："这咋好意思哩么，这咋好意思哩么。"

他也是个有头脑的人。去年从电视上看到种重楼能挣钱，就从网上买了种子，花了1万多块钱，结果种下去连一苗都没有出。让他告对方，他笑着说："人家电话都停机了，告谁呀？算了，自认倒霉么。"想想农民真憨厚，上了当，受了骗，也自认命了事。我也气得直骂娘了。今年种啥，他心里也没底儿，几亩地都翻过了，还空着。我说："村上不是正在种桔梗么，还叫技术员来培训了。"他说他不知道，也不会种，再说种了卖不出去咋办？他又是一脸茫然。说到养鸡养猪，他也无奈地说："活口东西，天天要吃，没钱，咋养哩？"他给我杯中添了水，笑了笑，说："上个月镇上给发了十几头猪，现在死的没几头了，有的连自家的猪也跟着一块死了。不知道咋回事儿。"说来说去，就是没好办法。我想了想，还是种药把稳。电话联系天士力老总，他说他们基地还有丹参苗子，给贫困户免费送来，免费指导栽植。丹参一般两年生，一公斤二三十元，一亩地收个五六百公斤，三亩地也收入几万元哩。只要种下，经管好，收的时候人家上门拉。当下就和老匡说好了，连咋样上底肥也在电话里问清了。

定好了丹参苗子，让老匡联系旋耕机，他说村上有几台哩，就近那户赶明儿能修好。他还说，去年冬里耕过，按技术人员要求再得旋一次，施好底肥。

中午，我和同事到镇上买了三十斤尿素、一百八十斤二胺、一百五十斤硫酸钾复合肥，按亩分好送到老匡手里，他两手在衣襟上不停地戳，说："这咋谢哩么，多少钱么？"我说："现在不说钱，等卖了药材再说。"他歉意地说："这，这，咋能行哩么？"

晚上9点左右，技术员小赵开着车把丹参苗子拉来了。小赵人很精干，把苗子拉到，又帮忙下到家里，还叮嘱着一定要把袋子口打开，别让捂着了。

第二天一早天麻麻亮，我和赵师傅赶到老匡家，他叫了几个中年妇女都开始栽丹参苗子了。赵师说："行距半脚板子，株距两手板子，把根部和叶子的结巴处要埋好。"他拿起尖嘴锄头在慢坡地里勾了一道槽，给栽了一行，直起身子，抽了一口烟，说："根太长了，用刀铡一下，铡下的也能栽。"老匡妻子回家拿了菜刀和木墩子，现场操作。我们帮着栽了几行就离开了。

回到村委会，和镇村干部一块儿对贫困户进行再次精准识别，也就是"清洗"。这时阴沉的天空飘起了雨花，我暗自高兴着：这回老匡栽的丹参苗子不用浇水了。天也来帮忙了，他的日子会慢慢好过起来的。

说不出的苦

离开乡镇也有十五六年了，那时催粮要款、刮宫引产（计划生育）是两大难事。当年工作中的艰难，现在想起来都像昨天的事儿一样揪心。如今的乡镇，不收税了，计划生育也有法了，脱贫攻坚、经济发展、信访维稳等却成了比过去难得多的事儿了。其实不是事儿难做，是现在的人都不太好说话了。用那位镇书记的话说"有时真到了叫天天不应，喊地地不灵了"。

我在一个县一个镇的一个村包抓扶贫工作。跟那位书记接触多了，也成熟人了，也许是我俩都直爽，也许都有乡镇的经历吧，反正是一见如故。每次驻村扶贫，我是尽量不让他知道，他总就知道了，再忙也要赶到这个村来看我。有次，我特别叮嘱村支书不要告诉他，过后他知道了，把支书狠狠臭骂一顿："你这狗东西，下次再不给我汇报实情，小心摘你的帽子。"他和支书的关系也是狗皮袜子没反正了。他骂支书是孙子，支书又说是他爷，骂起来那份亲切，哪里像上下级关系，简直成了一块儿玩大的同伴了。

他在乡镇一干就是二十多年，劳心劳力的，看着比我都苍老了，其实小我好几岁哩。头上已经谢顶，圆圆的脸，支书常说比灯泡亮。在正式场合，他俩都讲规矩的，该咋样称呼就咋样称呼。他曾悄悄告诉我，前几年本来要调回县城的，县委书记说高速路从这里通过，拆迁是个大事，他基层经验多，等搞完拆迁再走。这还没搞完，又要脱贫攻坚。按上级规定：不脱贫不准调离，他只好继续在这儿待了。他笑着说："哎，乡下的命，还得好好干么，再说半辈子在乡下了，到城里待不习惯的。"他有闯劲，有经验，点子多，县里不少现场会都放这里，县委书记的扶贫点也在这里。真忙起来了黑来白儿连轴转，像他说的：连尿尿的空都没有呀。他说过，有一天一早就到县上开会，回来又跑了三个村，都晚上12点了，为一户拆迁还说不下场。说政策，算补偿，又叫来那家男人到他办公室，自己买了西凤酒，边说边喝，说好也凌晨两三点了。那男的也喝得晕乎乎的了，也半醉半醒地说："人家——书——书记镇上的大官，为咱的事儿操——操心，钱有啥多少哩，来，我签字。"

去年冬里的一天，他冒着大雪跑了几个村子，现场解决了一大堆问题，晚上了还跑到这个村来看我。一定要陪我喝酒，我咋样也挡不住他，他在手机里说："那咋行哩，老哥来了，咋样都要来陪老哥整俩盅哩。"他一来二话没说，拿起铜酒壶盖，一口气喝下四酒壶盖，喝完一抹嘴，笑着说："算我来迟了自罚的，来，现在开始敬老哥。"我真心疼他的身体，让先吃点菜，他却说："老哥不喝敬酒，我咋能坐哩，咋敢动筷子吃菜哩。"我赶紧站起来，接过铜壶盖喝了，他这才坐下吃菜。菜是支书妻子给做的，酒是支书自家酿的苞谷酒。他半开玩笑说："一早就电话告诉我孙子叫准备好酒好菜，这孙子不听话，全是些土家伙。"我笑着说："这才是最好的，纯绿色原生态，花钱买不来的。"他连连点头说："是呀，是呀，老哥在城里啥没吃过，就是这无污染的东西吃得少吧？"吃着喝着说着，他还没吃几口，就嚷嚷着打关，撸起袖子划拳了。他还让支书在酒壶里加了土蜂蜜，再加热喝，下口利，味道美，喝得我话也多了，声也大了。最后我们俩是头抵头说话。说到乡镇的事儿，他大声说："老哥呀，如今的活儿咋这么难做么？不收税了，给发钱，有的还在骂政府哩么。"这话我也听到一些村干部说过。不知道都咋了，好的吃上，还要骂娘。最后，我们走出支书家门，勾肩搭背在雪地里蹒跚着。刚喝的酒经风一吹一下子就上头了，真是"见风倒"，我们在村委会门口分手后，我就啥也记不得了。事后，他抱歉地说："对不起老哥呀，咋让你给喝多了。"我笑着说："你也没少喝呀。"他笑着说："老弟是个粗人，老哥可是文人呀。"

那天，他又来看我，知道我最近不能喝酒了。他说："听说你病了，也不知道，没去看你，罪过呀。"我们一块儿看了村里的美丽乡村建设项目，他说："老哥是大文人，好好给我们参谋参谋。"我摇摇手说："哪里，哪里，也粗人一个么。"走着看着说着,他还特意让村文书把我说的话记下。比如说到那家旧石板房,我的意思是别拆,修复一下让城里人看,感受那种文化元素。他一拍我的肩膀说:"老哥真高人呀。"

说到脱贫精准识别一事,他对上级指导有意见。就拿我们包抓的村来说,我们和镇上包抓干部挨家挨户再次摸底调查,再按照九条底线要求筛选,把"清洗"过的户数,又召集群众代表评议,反复了好几次,已经张榜公布了,上面来人说这样的话,贫困人口低于百分之二十,不符合贫困村的要求了。不行,必须返工。气得他和人家吵起来。

事后,又得重新再审核。他无奈地说:"气归气,上级的话合理还得听么。"说着又点燃一支烟,猛抽了一口,说:"老哥呀,这就是我们的苦处呀啊。有苦也没法给人说,只得咽到肚子里去。"

是呀,他们的苦,只有了解的人才能体会来。你别看他们在一块儿说说笑笑、骂骂咧咧,心里闷着苦楚。他见我皱着眉,笑着说:"苦归苦,只要把百姓的事儿办好了,那份甜啥也比不上呀。"

从哪里来

传统的中国是捆绑在土地上的。

乡土社会是一个"熟悉"社会,没有陌生人的社会。

——费孝通

突然想起了寻家谱

初春的一个周末,突然想找我们李氏家谱看看。回到老家,村边那棵老柳树已长出嫩黄的柳絮。村里青壮年男女都外出打工了,只剩下老年人和孩子们,少了几许热闹,多了几分清静。

下河里书战大大是先生爷的小儿子,也会看病,懂些阴阳,他从木楼上的枋板底下翻出了一本《李氏长门宗谱》,棉纸,暗黄,线装,大十六开,竖排版,边上已卷成絮絮,棉纸被雨水浸得像小时候尿过炕的褥子,各式各样的尿点拓地图一般。他是从李坪鱼娃爷孙子手里夺过来的,他见娃要撕下来叠纸飞机。

谨慎地翻开《宗谱》,是咸丰十一年修的,里面是用毛笔写的中楷和小楷,字迹清秀隽美,简直和名家的字帖没两样。看来,我的先贤也是知书达理之人。从序文里知道,我们这一股李姓是从陇西迁徙过来的,《宗谱》封面右下角有"古陇西郡"字样。当时分两股儿，一股居棣花，一股住商南清油河。这是祖上十七世孙香敬老先生的作为。到民国16年十八世孙显荣先生又作了序文。

《宗谱》从祖上一世叙写到二十世，原配何女，生几子几女，儿娶何方妻，生几许儿女，交代得清清楚楚。祖上多是原配，有续配的，也说清原配不在了，可见他们还是坚持爱情的，没有妻妾成群一说。浏览祖辈的生存方式，仿佛与他们促膝而谈，我怀着十分虔诚、万分激动的心情听他们娓娓道来。是他们的血脉绵延出我们的，我们血管里汩汩流淌着先贤的思想。他们的品格，他们的风韵，令人仰止。瞬间，一群群鲜活的生命在这一页页棉纸上翩翩起舞。国有国史，家有家谱，先贤们留下同宗的历史，谱写下同姓的故事，这就是我们中华民族文明的基石。

我翻来覆去找我爷爷的爷爷，想和他说说心里话，怎么也找不到。书战大大说，看家谱要从后往前看，也就是从父亲"应"字辈看起，父亲算李氏家族二十世孙了，按辈分取名字时要有一个"应"字，父亲的管号就叫应芳。祖父是"佩"字辈，大名叫佩仓，婆是棣花贾塬贾家女。爷爷一辈子少言寡语，这个家是奶奶给当着。奶奶是小脚女人，可她敢说敢做，学啥会啥，别人绣花还要有个样子看，她想到哪儿绣到哪儿，绣出的花草虫鱼，栩栩如生。爷爷的父亲叫盛荣，生一女二男。一女就是我的姑婆，嫁到两岭子了，小时候我陪父亲去给拜过年，记忆中个子高高的，人很干净。曾祖父把他木匠手艺传给了姑爷，没给儿子传。姑婆好像是火烧死的，为此，父亲一气之下和姑表们再不来往了。二男，就是爷爷和他的弟弟。父亲从来没有说过他还有个大大，我还有个亲亲的堂爷哩。

回到城里，我问起这事，父亲说，咱家好好的光景叫你爸爸给动了，听你婆说你爸爸是十里八乡有名的木匠，一院子瓦房，十几亩地，日子滋润得太太，可叫人引诱得抽大烟，一抽就上瘾了，全部家当被抽得当的当、卖的卖，逼得奶奶带着年幼的伯父，借居在远处高达岭的亲戚家，一住就是十来年，更可气的是，他把小儿子卖去当壮丁。父亲伤心地抹着眼泪说，你那个堂爷长得啥样我都没见过，是死是活谁也说不清。父亲的爷爷一辈子就栽在抽大烟上了。翻着宗谱，想着父亲的爷爷，我心里悲伤、耻辱。难怪至今祭祖都不知道他的坟在哪儿。

找到家谱，让我认识了我的祖辈，也知道了父亲的爷爷给子孙留下的伤疤。可是不管怎么说，我们血管里流淌着他的血，那种尴尬无奈也是那个时代烙在几代人心里的伤痕。记住先贤的好与坏，用他们的历史观照我们的美好人生吧。

2011年5月21日

在故乡找到了族谱图

清明节前一个周末上午，回老家祭坟。

太阳亮丽，天空碧蓝，通村公路边坡上的野桃花、棠梨花，热恋似的衷情怒放。春天的情书被写成漫山遍野的热闹和绚烂，稍不注意碰一下，会流成爱的天河。

本家长辈只剩前院里娘和三娘了。三娘是三叔的屋里人，她帮忙做好凉面，堂兄、堂弟用百元人民币印好纸钱，等另一位堂弟两口子从县城赶回来，这才一块上坟。按照老辈子的习俗，女的不上坟，我们兄弟几个带上孩子们先给爷爷奶奶上坟，依次是伯父伯母父亲母亲叔父。曾祖父的坟，我们谁也不知道在哪儿。父亲在世时也不清楚，他说奶奶从来不让提曾祖父，奶奶曾严肃地对他说，提起你爷我就犯黑血，要祭他，等我死了吧。后来谁也不敢再提此事了。曾祖父因抽大烟，逼得奶奶有家不能回，差点家破人亡。三十多年前听村里的老爷说过，好好的光景，硬让大烟抽糟蹋了。后来我从家谱里得知，曾祖父是十八世族，名盛荣，行四。曾祖母李氏生二子一女，长子就是我爷爷，次子佩宝，我二爷爷，听奶奶说被抓壮丁了，不知死活，也许在台湾，谁也说不清。女儿也就是我的姑婆嫁到两岭村。也听村里人说了，曾祖父一辈子干着一手漂亮的木匠活，人也干净排场，愣让大烟给毁了。

曾祖母坟在漆树砭，奶奶说那是个苦命的好人，清明节祭坟，她叮咛着："谁的坟不祭，你爸婆要祭哩。"现如今只记得那块大石头跟前就是她的坟了。

上完坟，回来坐到院子说话，心里的阴沉也慢慢化开了。说起族谱图，柱哥、仓哥说有可能在黑房沟毛娃爷家，我说想看看，二位堂兄二话没说就拽我去找。

从王家碾子走过，碾子还是那个碾子，已经荒芜多年，像奄奄一息的老人。当年我和姐姐还有母亲一块推碾子，碾过稻子和谷子，还有辣子和做炒面用的柿皮子。母亲常说："牛可怜呀，犁地拉磨，推碾子人苦一下没啥。"绕着碾盘转圈圈，单调，厌烦，头晕。地边上的路还是一镰把宽，草淹没的用脚探找。前坡嘴子依然是崎岖的石坎，平台上一人都搂不严的松树，还有许多古柏树，在平坟造田的年代就被砍了。那座小小的土地爷庙是临时搭建的，祭土地，保康福，是家乡的美好愿望。

山腰的路还是过去的路，羊肠小道，只是走的人少了，树叶落了厚厚一层，踏上去"扑轰扑轰"，软绵绵的。过去连树叶也被扫得一干二净，背回家给猪垫圈，或是冬天烧炕。上工的人们把路踏得溜溜光。路边的棠梨树丛长出嫩叶，一堆一堆白花像雪片。柱哥说那片地练是娘娘砌的，他是说我母亲，又说忠记哥那年冬天挖疙瘩，滚到沟里，等人发现，早已经冰凉了。麻地沟过去种洋芋，层层紫花，有立体感，好看极了。

走到碥塄边，狗叫了，正在院子破柴的连婆，向我们瞅了一眼，又忙着干活了，我叫了一声"婆"，她这才揉揉眼睛看，赶紧起身，两手在前襟擦了擦，拉住我的手，大声喊："啥风把我娃吹来了，快坐下，给我娃倒水。"我说专门来看她的，她走过来走过去不知咋样好。平叔也刚从镇街上回来，坐在他家门口，身边坐着一个男娃，看着也不太灵性。这里原住着三户，曹叔搬走了，旧房也坍塌了一半。柱哥说我想给牙婆爷照照相。连婆说："去年新疆回来的也照了，我去叫你爷起来给我娃取去。"毛娃爷还在睡午觉。他起来，说："有啥照的，谁要了拿去还能卖两个钱。"柱哥说："祖宗哩谁敢卖？"

平叔和男娃上楼抬下了一根两丈长碗口粗的桐木轱辘子，多年烟熏火燎，都掉黑痂哩。仓哥用扫帚扫干净，这才认真拔掉一头的塑料纸，小心翼翼从桐木轱辘里抽出一卷画轴，又小心翼翼在扫过的院子展开，比电影银幕还大的一块布上画着五颜六色的男男女女，他们都是严肃地端坐着。身着清代服饰，有的画像脱落得只剩人头像了。

看着这些列祖列宗，我深深地鞠了三个躬，心里无限敬畏。想想啊，没有他们，也就没有李家这一河滩人，自然也没有我。我拿出手机恭敬地拍照，又让两位堂兄举起来站在台阶上拍照。我小心谨慎地拍照，生怕碰着了，碰醒那些沉睡已久的精灵。拍完，我这才细细地品赏：从九世族起，左边是祖父辈们的神主像，右边是祖母辈的神主像，他（她）们个个慈眉善目，脸上淡淡的微笑洋溢着对家族的自信和希冀。他们也有红缨冒顶的，大小也算做过官的先辈。从十四世族以降，只有神主牌位，没有画像，且先辈共有一个神主位，一直排到曾祖父这一辈，算来到十八世族止，祖父这一辈没有上族谱图。在灿烂的阳光下，先辈们长幼有序排坐一起，拉家常，话桑麻。我们晚辈在一旁洗耳恭听。当年从甘肃陇西流散到这里，他们不知吃了多少苦啊，要有多么大的毅力和决心呀！他们这也算大的移民搬迁，是朝廷之命，还是为生计所迫，我们不得而知，至少他们骨子里那股坚忍不拔，在我们的血管里奔涌。

"来，慢慢卷起来，装好。"柱哥的话打断我的沉思。毛娃爷说："谁要了拿去敬去。"二位堂兄商量，还是把族谱像请到瓦房村去。小心装好，二位老兄抬着要走了，连婆装好一小塑料袋辣面子塞到我手里，大声说："给我娃的，拿碾子碾的，香得太太。"我高兴地收下，她抹了一下鼻子，又说："我娃是婆的恩人呀。"我知道她的意思，那年她女儿被车撞死，是我帮忙处理的后事。

走在回村的小路上，仓哥一人扛着族谱图，我俩要换着扛，他不让，我们仨满怀崇敬，把祖辈们请回村里。柱哥开玩笑说："再过多少年，娃些个会说是我们三位爷保护下祖先画像的。"

村子上空已袅袅升起炊烟，像一炷炷香的缕缕紫烟，这缥缈的香烟也是祭祀祖先的缕缕虔诚。祖辈们风雨兼程,才有了代代传承。这个根,这份情,永世不忘。

上了一回坟,请回一群祖辈,慎终追远,祖辈的生活就是一部荡气回肠的创业史,就是一曲奋斗的交响乐,珍惜历史,珍重前辈,把他们的精华融入我们生命的每一分钟,让他们像山间的棠梨花,单纯洁净成永恒。

2015年4月20日

往事两种

看 拖 拉 机

　　小时候，第一次见到手扶拖拉机差点被吓哭，那庞然大物叫声像邻居二牛家发狂的狗，头小身子大，还是一身绿，就像放大了的螳螂。只是螳螂在草丛中蹦，它在大路上跑。我们一群孩子远远站着看，就像二牛他爷死了一样，平时扑在老人怀里听古经，等老人躺在灵堂上，我们几个调皮鬼谁也不敢接近了。

　　树娃叔当过兵，大队长伍爷叫他在公社里学了两星期。他驾着拖拉机进村时那洋洋得意的样，比领着漂亮媳妇在村里转还嚣张。拖拉机停在村里的麦场上，他从座位上蹦下来，嚷嚷道：哎，都来看，来看这洋家伙。喊着，他从尻座子底下抽出一把雪白的棉纱，小心翼翼地擦着机头。他一声吆喝，一下子就把我们的魂勾去了，一个个扔下手里的活，发疯一样跑到大场里，远远围了一圈，谁都想把铁疙瘩看个究竟，却没一个敢走上前去。树娃叔手上脸上抹得黑乎乎的，叫我们往跟前去，他高喉咙大嗓子喊道："没事，快来摸摸吧，说不定长大了，还能开，还能造呢。"他的话促使我们的脚往前移了一步，大胆的李虎比大家多靠前半步。树娃叔见我们既好奇又缩头缩脑，笑着说："一窝胆小鬼，这又不是狼，吃不了人，没看我在它身上摸来摸去的？"我们又往前挪了几步，一伸手就能摸到拖拉机了，可大伙规规矩矩站着看，都想伸手摸摸，谁都不敢带头。树娃叔见状，抓住高个子狗娃的手，嚷着："摸呀，看把你手吃了。"狗娃闭上眼，拧过头，挣着不摸，到底还是摸了。他高兴地喊："冰凉凉的，美日塌了。"他这一喊，大伙都跃跃欲试，霎时间，一个个都伸手抱住了拖拉机的头、身子，用手摩挲着，用舌头舔着，还想尝尝是啥味。大伙摸着、嚷嚷着，一肚子的问题都想让树娃叔给回答："叔，这家伙吃啥哩？""叔，它和牛一样能干活吗？""它咋拉屎哩？""它没家，可怜吗？"……大伙见问得树娃叔没法回答，只好学着他把机头上的黑油抹在脸上，一个个都成了"花猫"了。树娃叔看着也忍俊不禁，喊道："娃娃们，都上车，拉你们跑一圈。"要我们坐车，大家又惊又喜，胡跳乱蹦上了车厢，拖拉机在场里突突突奔跑着，我们在车上狂号着："噢，坐车喽——"在狂喜陶醉中，树娃叔猛一刹车，我们向前拥了一疙瘩，兴奋地喊着、怨着。心里想着明天上学给其他同学怎样炫耀呀。

深秋一天下午，太阳黄亮亮的光已经移到房后头半山梁上了，我们几个每人提着一笼子猪草，坐在门前二道地塄上，看拖拉机犁地，拖拉机突突着，铁犁在土里奔涌着，它一时时犁好的地，比两头牛一天犁的还多，大伙异口同声喊它"气死牛"。在地塄上，晃动着穿着布鞋的脚，那一个个鞋都张开了嘴，漏出踢伤的大拇指。大伙凭想象发问着："那犁出的四个沟咋不交叉呢？""这次犁一定能翻起那个苞谷茬？""这一犁下去比狗娃的尻渠子要深哩。""这回犁掉那个野菊花。"说着、猜着、笑着，谁要猜中拖拉机拉犁的路线，大家会啧啧称道："本事真大呀！"

看一阵，我们都忍不住脱掉破布鞋，光着脚丫子，跟在拖拉机后面跑。踩着软爽的泥土，嗅着芬芳的香味，看着翻飞的土浪，心跟着犁飞舞，飞向远方。只是树娃叔呵斥着，不让我们跑得太近，生怕伤着谁。

有一次半夜，我肚子疼得额头上滚着黄豆大的汗珠，村里医生看不了，队长爷就让拖拉机拉我到镇卫生院看病，母亲抱着我坐在车上，凹凸不平的土路把人肠子都能弹出来，等到了卫生院，我想上厕所，狠狠拉了一大泡屎，肚子一点也不疼了。母亲说是拖拉机救了我的命。

后来，拖拉机坏了，村里也没钱修，再后来土地承包到户，集体的东西也没人管了，听说坏了的拖拉机被拆了卖烂铁，用这钱买了高音喇叭给乡亲们听秦腔了。我回老家再也没见到那台拖拉机，也再没人说起拖拉机的事了。

2006年6月11日

撵 野 兔

吃不饱肚子的日子，对正在长开的柱子来说是最难挨的，比娶下媳妇睡在身边炕上，却不叫人碰还火烧火燎。

饭时了，生产队放工了，他背了半背篓草，一咬牙拧身小跑着回家，饿得眼发花头发昏虚汗出满一鼻尖。撂下背篓，跑到厨房，掀开磨盘大的木锅盖，舀了一老碗稀溜溜的糊汤，猛喝一口，烧得他蹦起来嗷嗷叫，还把多半碗饭也撒了，他边叫边爬到地上舔石头上的饭，真可惜啊！他妈看着儿子那样，心都疼烂了，赶紧在锅台上给娃凉了三碗饭。四碗饭稀流下去，柱子的肚子像扣了一口锅，饱嗝一个接一个地打。下午，上工，对他是按妇女劳力给工分的，他就在女人窝里干活。他上过中学，肚里有墨水，前朝后代知道一些，也能编古经，边干活边说古经。常常是说得他两嘴白沫，公鸡打鸣后得意，听得女人们笑得肚子疼，揉成一疙瘩。可今儿吃的稀糊汤只想让他尿尿，他得跑过地前面那个山头去方便，为这还挨队长的白眼，以为他在偷懒。三场尿，四个响屁，一下子腾空了肚子。那屁不能当着女人面放，多没面子，再说随后要说媳子，可不能落下把柄。他站在山头看着落下的黄黄的太阳，想啥时能美美咥几碗肉，那才受活哩，嘴里口水都流出来了。

天麻擦黑，还没放工，他已饿得连话都不想说了，跑到地边的小河边，爬着喝了三回水，女人们说他饿了吧，他却大模大样喊："晌午吃了不少肉，渴了。"快言快语的二牛嫂子，说："柱娃子吃尿来，肚里熊干捻子净了。"

说得他连笑的力气也没有了。

晚饭又是酸菜就糊汤，几大碗下肚，晚上睡在炕上翻身都困难，半夜又要多起来几回。梦里全是大口吃肉的场景，清早起来肚里饿饿的，嘴上仿佛油乎乎的。

初秋的一天下午，队里安排女劳力上门前坡地里翻红薯蔓子。柱子中午多吃了两个红薯面蒸馍，美滋滋地早早上工去了。他手脚麻利，小心翼翼地翻着已经扎根的红薯蔓子，还把老鼠偷吃剩下的半个红薯急急忙忙偷吃了，等妇女们到工地，他已经翻完了一行子了。大伙夸他真能干，他却为吃了那半个红薯沾沾自喜，偷地乐着。

大伙正干得起劲时，三狗嫂子喊："哎，野兔，一只野兔。"大伙抬腰起来看，一只灰色的野兔箭一般从红薯窝行子蹦跑了。柱子一声："快撵！"大伙放下手里的活，追着野兔跑，柱子跑在最前面，山羊般紧紧撵着野兔，女人们追到坡顶，一个个上气不接下气了，看着柱子追，她们又回去干活了。柱子这时想，我一个人撵上兔子，好把她们眼气死。他跑得更快了，劲儿也更大了。兔子也像逗他玩一样，奔跑一阵，放慢速度，等他快撵上时，又飞奔了。就这样，他一座山又一座山撵，看着野兔肥囔囔的后腿，仿佛闻到了香喷喷的烤兔肉，他咬咬牙，使出吃奶的劲儿撵着，差半步他就抓住了，只见那灰野兔，哧溜一下又蹿得老远了。

他终于没有撵上野兔，像下了磨的驴，一瘸一跛返回工地，女人们见他回来了，都围上来问他，他这会儿来了精神，得意扬扬地说："只差一蝇子尿呀，那尻子肥乎乎的，比二牛嫂子的还肥，我都闻着釅釅的香味了。"说着，他眯着眼，咂巴着嘴，像真吃到野兔肉一样。气得二牛嫂子照他尻子踢了一脚，嚷道："你吃野兔×去。"队长吆喊着叫大家快点干活，还凶凶地说："柱子听着，都是你搅和了大伙干活，后晌的工分扣二分。"柱子还想辩解，队长反抄着手，摇摇晃晃走了。柱子盘算着：这二分工到时候要分几两粮哩，哎，倒霉，放屁都砸脚后跟。

柱子弯腰刚一拉红薯蔓子，头嗡一下，栽倒了，他什么也不知道了，等几个女人掐人中、灌娃尿，势翻了一袋烟工夫，柱子醒了，他艰难地说："刚，刚，我撵上野兔了，饿，我饿呀。"队长叫来几个小伙子把柱子抬回家，母亲借了一升面，给他擀了长长的一碗面，他狼吞虎咽地一口气吃了三碗，他美美地说："比野兔肉还好吃呢。"

2006年6月17日

春天，在老屋的那个日子

房子旧了，就像人老了，不是这儿有毛病，就是那儿耍麻达。我家的老屋有三十多年了。父母被我接到城里居住后，亲戚们都说把房子卖了，我和弟弟也有点动心，父亲坚决不同意，说那是咱的根，卖了就等于把根拔了。后来，就让三娘住了，叔父去世得早，三娘一个人把几个堂弟妹拉扯大很不容易，给老大儿子结婚分家，她和两个弟弟就没处住了，住我家老屋也权当给帮着看门。

刚过完年，父亲就唠叨，老屋后檐躺了、椽也朽了，你娘住着叫人担心。他和母亲商量好，不让我弟兄俩管，我们能不管？这房是父亲三十多岁上盖的，是他的心爱之物，也是他这一生在最艰苦的年代干的一件大事。他把修补老屋看得很重要。

回 家 路 上

父亲让书战大大看好动工的日子，他和母亲买了不少东西，有招待左邻右舍的烟酒瓜子糖、牛肉烧鸡蔬菜，还有给亲戚邻里送的礼物，大包小包十来个。回家的那天，春雨朦胧着，车子送到棣花街，几个堂弟背着背篓，早早在姐姐家等着，他们已淋成了落汤鸡，见面总是十分高兴。装好东西，个个头顶一片塑料纸，背上就上路了。进沟的路有一段是胶泥，人走上去，被滑得像老太太扭秧歌一样，常常是走两步鞋就陷进泥坑了。小时候，我们经常是光着脚走的，滑滑的，软软的，真叫舒服，只是有时被刺扎了疼得难受。因工作忙，我没能同老人一块回去。

周末，我和弟弟回老家。路还是过去的土路，只有一车宽，凹凸不平，有的地方还是泥潭，被拖拉机碾成深渠，车子尾巴被滑得拧来扭去，人在车里上下颠簸着，心里却温暖着、亲切着。这条路曾经留下我多少脚印啊！路上哪儿有个坑，哪儿有块石，闭着眼走我都知道的。也正是这条坑坑洼洼的土路，锻炼了我坚强地走好曲折的人生路的能力。路边一户人家房山豁一棵桃树，桃花灿烂芬芳着。记得小时候上街赶集，背着半背篓萝卜去卖，背篓底部撞疼着屁股，只有靠在地边歇息时，看见那家粉色的桃花，心里才美美的，痛痛快快放飞着理想。穿着母亲给做的布鞋，心里热乎乎的，即使脚后跟磨出了血泡，也不当回事，索性脱下鞋抱在怀里，光脚丫子继续走路。看见前面有人拉着架子车，我真想躺到上面享受享受。想归想，咬咬牙，路还得自己一步一步走。

修 缮 老 屋

到家了，太阳已照遍山沟的角角落落。门口用麦草和了一大摊泥，匠人们饭后歇着、说笑着。他们之中有的我叫爷，有的叫伯，有的叫大大，有的很老了我却直呼其名，因为他辈分低。还有小时候一块耍尿泥的伙伴，现在看着比我老了许多，我心里一阵凄凉。

我给大伙发烟，他们都站起来双手接过，脸上木木一笑，我很不安，坐下来和他们拉家常，说两句话，又都沉默着抽烟。没一袋烟工夫，他们又上房干活了。他们穿得破破烂烂的，干活时脸上洋溢着喜悦。挂木椽，钉连檐，铺垫板，吊泥包，摊泥，撒瓦，谁干啥，分工明确，整个工序安排得有板有眼，特别是地上人给房顶上人抛瓦片，那才叫绝活呢。谁也不看谁，只听咳一声，一摞瓦不偏不倚、一片也没散被甩到房上人手里。他们大声说笑着,手却没停一点。

厨房也要收拾,几个堂弟在锯橡锛檩,干得认真到位。娘笑着给我说:"这树都是你小时栽的。"是啊!那时放学后,我揣上一块红薯,背上背篓,拿上镢头,跟母亲和三娘上山栽树,五寸长的松树苗子,一镢头掰一个缝子,插进树苗,用镢头后脑捶两下就好了。瞅着砍倒的已经成材的树,我心潮澎湃,时间过得真快呀!树苗都成材了,人能不老?

我前后跑乱着,想帮他们干点什么,他们都说,你好好歇着就行了。我还真帮不上啥忙,就陪老人们说说话,心里也滋润。

书臣叔的心思

书臣叔有文化,当过兵,娃也大了,日子也过得平稳。去年女儿结婚送汤时,婶子在国道上被车撞死了,家一下乱了,他除了自己承受痛苦,还要开导儿女们,苦水只有往肚里流。二弟书堂前年病逝了,芳婶子拉扯几个娃,他还得帮着操心。

干活歇息时,他把我拉到房后面桃树下,面有难色地说:"你芳婶子一个人日子巴作,儿子考上大学,没有钱,这学期借够了,下学期咋办?"我忙说:"没事,我给想想办法,联系救助资金。"听了我的话,他那皱折的脸上绽开笑意,结结巴巴地说:"有你这句话,叔就放心了。"他叫来芳婶子谢我。芳婶子边抹眼泪边说:"好娃哩,婶子的苦咋得到头哩吗?"说着,又抽泣起来,我急忙劝她,一切都会好起来的。书臣叔把婶子拉到一边嘀咕什么去了。

不大一会儿,芳婶子扛了一蛇皮袋子东西放到车旁,我说啥都不要,她却红着脸说:"看不起我,婶子给你拿些洋芋、萝卜,你还嫌瞎。"她的话噎住了我,我只得笑着说:"那好,那好,我就拿上。"

吃饭时,我给乡亲们敬完酒,书臣叔拿过酒瓶,红涨着脸,说:"叔拿你的酒替娃好好敬敬你。"我真不敢当,他却双手端着酒送到我面前。

后来,我听说大家都希望书臣叔这孤男和芳婶子这寡女能走到一起。他们彼此心里也有这个意思,只是没人给说穿,不好把事说破,书记叔说在适当的时候,他一定帮忙促成,使两个残缺的家组成一个圆满幸福的家。

临走时,书臣叔站在车边,诚恳地说:"娃的事全靠你了。"眼里流露出丝丝哀求。我想,就是拿自己的工资也要帮这个忙哩,不然咋对得起我的长辈呢。

书芳大大的心愿

书芳大大比我大三四岁,小时候上山割草,玩打仗,登台唱戏,他都是我们的头头。晚上去上沟里看电影,他都会很负责地把我们一个一个送回家。

去年,他被群众选为村主任,他心里很着急,村里穷,集体没有一分钱,道路不通,学校又是危房。年前,他曾给我打电话,说给我准备了木耳和猪尻把子,我坚决不要,我说:"你要是拿来了,村里的啥事我都不管了。"就这样他没给我送来。可我知道,他把改变村里面貌的希望寄托在我身上,我很内疚,我虽然吃着公家饭,为父老乡亲办实事,但能力太有限了。

这回家里拾掇老屋,他就是组织者,早早就叫好匠人,前前后后,安排得很扎实,自己还带头干最苦最累的活。他能说会道,匠人们跟他一块干活,也是一种精神享受呢。

吃饭时,我给匠人们每人多敬了两杯酒,给书芳叔要敬四杯,他笑呵呵地说:"你给大大敬多少杯都行,咱村里的事只要你肯帮忙,喝醉我都高兴。"他爽爽快快喝下去,又拿起酒瓶,给我倒一杯,给他倒一杯,说:"娃呀,大大没本事,乡亲们看得起,不能啥都不给干呀。"说着,他和我一碰杯,一扬脖子,干杯了。这样,说着,喝着,不知不觉,他就话多了。他拉着我的手说:"小时候,大大就看你有出息,你一定要把老家的事当事,给大大促脸。"说着,他打了两个响响的饱嗝,我知道他高兴,喝得有点多。我认真地听他说。说着，说着，突然，他哭起来，泣不成声，断断续续地说："娃，呀，大，大大，不给群众办，办点事，我，我都不是人。"大伙劝他不要喝，他一抹眼泪，说："喝，我高兴，就要喝个痛快。"我不能喝酒，在这种场合又不能不喝，最后，也觉着自己走路都有点飘了。

　　太阳落山了，我要走了，城里还有一摊子事等着我去做。乡亲们把我送到一里外，我真心谢谢他们的厚爱，心情却是沉甸甸的。为家乡，为老百姓，我要竭尽全力去工作，去说我能说的话，去办我能办的事，去帮我能帮的忙，这就是我的能力了。

2006年4月15日

老　家

夏日的早晨

十几岁离开故乡，后来也时常回去，只是住下来过夜的时候很少。自从母亲被接到城里住，回去得就更少了，这也正应了"父母在，故乡在"那句话。常常是早上回去待几个小时，不等天黑又回到城里，故乡的季节变换只在记忆里了。只是五年前父母相继辞世，这才断断续续在老家住了几天，那时人在事中迷，也无心顾及故乡的一切。

这次堂兄去世，我回老家住了两天，最后送老兄一程。堂兄还不到六十岁，听前院里娘说好几天了都没见人，是他女儿打电话问哩，她才叫人去家里看，去时楼门关着，去厕所的后门开着，在房后面阳沟里发现人仰面朝上躺着，一手捏着手电筒，一手攥着树枝。人走近要扶时看见蛆都从耳朵鼻子往出滚哩。说明死了好几天了。我得到消息后，赶忙让妻给置办所需的东西，匆匆赶回老家。等设好灵堂，烧了纸糊的送上路的轿轿子，已是深更半夜了。我也未脱衣服在前院里娘家的土炕上倒头就睡了。

还是老家的鸟叫声吵醒了我。早早的，人们都在各忙各的，挑水的，烧火的，背沙的，搬砖的。大家很少说话，偶尔说上一两句，就又默默地干活去了。我跑到老柳树下河里洗脸。老柳树已经倒了，只是树桩上长出一簇柳枝。

河水很清，小鱼逆水游着，还有蜉蝣在水面闲散游动。河边的草也有一人高了，小时候见到这样的草，高兴地乱蹦哩，有时候为谁先抢到长得凶的草，小伙伴还要争执呢。谁家的公鸡在一棵槐树上打鸣，脖子伸得很长。

我到王碾子看给堂兄拱墓。臣杰哥先在地里敬土地爷，然后在堂兄种的那块洋芋地中间挖一镢头，四个角里各挖一镢头，再让人先挖了洋芋。洋芋是堂兄亲手种的，个不大也匀称。挖完了洋芋，放线挖坑。我和他们说说话，给每人发一根纸烟，也帮不上啥忙，就走开了。太阳已经照到门前寨子顶上了，我从老爷庙后面上棉花地谷堆。这一片松树是我和母亲一块栽的，已有老碗口粗的了。路已被齐腰的草盖得找不着了，我拽着树枝从树林里爬到山顶，树遮得一点也看不见村庄了。过去每到春天雨后，我们都会爬到这里拾地软。看见家家屋上升起袅袅炊烟，肚里也咕咕叫了，想起了狼吞虎咽吃母亲做的稀糊汤。太阳已经从树缝里筛下斑驳的光影，地上有一片黄芪，紫花闪耀成紫光了。再往前走，到了李坪鱼爷屋后了，这里上山的路有人走过，路面还光光的。鱼爷已经去世一二十年了，几个儿子也搬到河那边了，和我家房子不远，老屋看着也成废墟了。

沿着小毛路爬上一段山，又平着进到南岔里。路过的这片松树也是我和母亲还有弟弟栽的，最小的也能做椽了。到了南岔里，阳光从对面山上慢慢移动下来，山间一片寂静，只有鸟儿叽叽喳喳在叫，像是在对话，知了也在聒噪，阳光照耀的草丛里有蚂蚱在吱吱叫。小时候，奶奶教我们用麦秆编蚂蚱笼，各式各样的笼子里放进自己逮的蚂蚱，再放些嫩草芽，挂在屋檐下比赛谁的叫得更欢。我发现了一株红彤彤的山丹丹花，真是花开红艳艳，如少女的脸一般。一台台梯田里栽满了矮化核桃树，结的青皮核桃一嘟噜一嘟噜。一片白色的野花，让我兴奋得也在花丛中来了个自拍，看着手机上的照片，像是一头老牛误入了百花园了。阳光如油一样在树叶上、草尖上滑动。对面地边那棵柿子树是堂兄的，我仿佛看见他在树上夹柿子，笑着喊我吃蛋柿……身边的草没过胸口，要在过去不要一袋烟工夫就能割一背篓。看着这些花花草草，想必是当年花草的子子孙孙，有一种似曾相识的兴奋感。

有人喊叫吃早饭了，我从南岔里返回。门口桌子凳子已摆开，坟上干活的也回来了，他们手也不洗就抓着蒸馍吃。这时的男男女女才有空说说笑笑，笑声在山村里飘荡。

2016年7月30日

南沟夹柿子

晚秋的一个周末，是个朗晴天。一位本家叔父出嫁堂妹，电话叫我们一定要回去吃宴席。一大早，我和妻子、弟弟、侄女一块往老家赶。路上见到家乡的一山一水、一草一木，如久别亲人般亲切。山脚下一棵棵柿子树，叶子已经落光，红彤彤的柿子像热恋中姑娘的脸，每颗柿子想必心里都埋藏着甜蜜的爱情故事吧。

到村里了，人们都在叔父家吃早饭，我们也一同坐下吃饭，和乡亲们拉拉话。老辈子见面叫我小名，像母亲在喊我，那份亲热让我眼睛湿润。饭后，侄女嚷嚷着要去夹柿子。

良哥扛着夹杆走在前面，弟弟背着背篓跟着，侄女拿个夹杆，不是一头栽到地里，就是一头架到树上，我要过来自己拿着。她好奇地问："伯伯，你咋拿得恁顺当呢？"我笑着说："伯伯六七岁就上树夹柿子了。"毛路路子被草罩得严严的。妻子和侄女走得战战兢兢，我却如履平地。我自豪地说："想当年背一背篓上百斤柴火都走得稳稳当当的。"走到竹苗娘娘家的冒坤柿树下，见树上全是软蛋柿，我激动地屏住呼吸刚夹住一个，还没来得及拧夹杆就掉下来了。我飞也似的扑过去趴在地上用嘴吸，良哥跑来拉我，笑着说："兄弟咋恁不嫌脏么，蛋柿多得太太。"妻也讥笑我好吃嘴，没出息。我给她和侄女讲过去的事情。小时候，到这个季节散学后，漫山遍野跑着寻蛋柿吃。有一次，好不容易在邻居家柿树上发现一个蛋柿，同伴夹的时候不慎掉下来，摔在乱石堆里，成稀巴烂了。同伴从树上扑下来趴着用舌头舔，等我到跟前，他已经拿着最后一块石头在嘴里吸溜,还不好意思地说:"哥呀,太饿了,对不起,全吃了。"看着他满脸的泥土,我心里酸酸地笑了。

路过枣树下那块地,良哥说:"过去娘娘在这里种的红薯,结得多,长得大,还好吃。"他说的是我母亲,我忽而看见母亲割红薯蔓子时,回头叫我的笑脸。如今,地不知给谁家了,全种上了核桃树。

沿着南沟小溪而上,快到小溪的发源地,那里就是那棵大重台柿子树,树已经死了,倒了,根上生出一丛小枝条。当年,到收获时节,父母亲、三叔、三娘和我,还有几个弟妹一块儿去夹柿子。父亲上到最高处,靠在树股上,用皮绳系着笼子捆在脚下树枝上,他夹得稳当自如,让我羡慕。夹满一笼子吊下来,母亲在地上小心倒进背篓,然后他再吊上空笼子继续夹;三叔在另一股上夹。我在低一点的树股子上夹。父亲告诉我:"要瞅准,快夹,慢慢移动。"我照他说的一会儿就夹满一笼子。其余时间,我们很少说话,都在忙着夹柿子。偶尔,父亲提醒我:"站稳噢,别滑了。"最后树顶上还要留三五个柿子,父亲说:"得给鸟儿留些过冬的粮食。"每个冬季老家所有柿子树上都有三四个红红的柿子。孩子们再饥饿都不会去抢着摘着吃,大家知道那是大人留给鸟儿们的。夹满好几背篓了,三娘和母亲轮流朝家里背。

那棵小重台柿子树挂满了柿子,我准备上树去,可雨下得树身上长了青苔,滑得不行,良哥喊着:"不敢上,小心摔了。"我们就在地上夹。我和良哥夹,妻子和侄女从夹杆上卸。弟弟用镰刀砍爬到柿树上的藤蔓。太阳照得柿子亮亮的,得好一会儿,才能夹住一个。等夹满一背篓,这才从阴坡朝回走。

走到前面一片松树林,树已经能做椽子,这是当年我和母亲栽的。母亲已经离开四年多了,松树却依然青翠着。

书盈叔家那两棵冒坤柿树已经不见了。良哥说树都死了好多年了,边上一棵冒坤柿树有镢把粗,上面结了十几个柿子,我跑过去,用手够着摘了一个蛋柿,叫侄女吃,她笑着说:"都吃不下了。"

我们家的柿子树很多,每年到这个季节,家里像过喜事儿一样热闹。父亲利用周末回来,和三叔叫上亲戚邻居,白天上树夹柿子,屋里柿子堆成小山，多是冒坤柿子（有的地方叫干柿）。晚上，邻居们从家里扛来旋柿饼的木制机子，在家里一溜摆开旋柿饼。把柿子插在机子一头的四个铁钉上，机子另一头是摇把子，插好后，用柿饼刀子从柿子顶上旋，慢慢摇摇把子，旋出的柿子皮像长挂面一样旋下来，柿饼就旋好了。柿子皮用笼子接着，柿饼倒在院子的席上。女人们用笼子提着往屋檐下的筐箩上倒。娃些个高兴得一会儿递柿子，一会儿揽柿子，跑前跑后，好不热闹呀！大家边干边说笑，我们干活是应心奶奶和母亲还有三娘给做的白面吃哩。已经到后半夜了，我们眼皮子都打架了，这才等到香喷喷的面条。吃完了，等把一切拾掇好，鸡都叫头遍了。亲戚邻居们都打着饱嗝回家去了。

从南沟回到院子，想着过去的热闹，看看今天村子里的冷清，父辈已经走得没几位了，同辈和年轻一辈的大都到城里打工去了。娃娃们也随父母进城或到镇上上学了。三娘说平日里村上静得很，只能听到狗叫鸡鸣和麻雀吵。只有谁家过红白喜事，打工的才被叫回来，才有几天的热闹。是呀！农村过去的热闹再也找不回来了。人们吃得好了，也算富裕些了，咋找不回当年那份热闹了呢？

2015年11月14日

想拾掇老屋

一天上午刚开完会，弟弟就打来电话，说想见我商量事情，我说："那就快来吧，一会儿还要出去检查。"弟弟和我都在小山城上班，说来也就是几分钟的事儿。

他敲门进入我办公室，坐下好一会儿才木讷地说："哥，我想拾掇老家房子哩，你看行不？"我说："前几年爸不是都抹掺过么。"他说："不是的，是想把屋内收拾一下。"我懂他的意思了。母亲搬到城里后，就一直住到现在。原来说好让三娘和堂弟住，母亲当时说："房子空着也是空着，让你娘娘住着也是个照应，人养房哩么。"父母过世已经五年了，如今，堂弟在镇上买庄基盖了楼房，三娘和堂弟一家搬到街道住了，老屋也闲下了。弟弟说："想买些白石灰把屋里墙搪一下，回去了住也亮堂。"我说："这样行，屋顶啥的不要动了，地上也不要铺地砖，土地接地气好。"他又说："还想把妈睡的炕拆了，怕时间长了，塌了。""那不行，坚决不能拆！"我态度生硬地抢白道。

停了一会儿，我才温和地说："妈是从医院拉回来，在这炕上走的。再说，咱小时候就跟妈一块睡在这炕上。"弟弟看了看我，也点头说："是呀，我也想着不拆，听一位堂弟说炕洞烧得烟溜子很多，一烧就不好灭了。"我说："这不是啥事儿，炕必须原样，一块儿土疙瘩都不能动！"弟弟很理解似的说："这行，尽量保持原样，咱回去看到，还有个念想哩。"

老屋是20世纪70年代初盖的，土木结构，椽和檩条有一些是从舅舅家自留坡里砍的，多数是父亲从沟垴里买的。当时父母亲自揹椽，还叫了不少亲戚邻居帮忙，我和堂兄曾经抬了一根摇摇晃晃回来。盖房在农村是件大事，在父亲手里盖起来，他每次回老家都要围着房子转几圈，像看他的儿女一样上心。父母住进城里后，我也曾提出过把老房子卖了，父亲一听就急得满脸通红，吼着说："要卖，干脆把我和你妈也卖了。"后来再没敢提说了。慢慢地，我也意识到老屋是连着老人血脉的。2006年，父亲说要维修老屋，我和弟弟也是全力支持。现如今老屋雨天也不漏，土墙住着冬暖夏凉。二老已经不在了，亲戚朋友也建议让我把老房子扒了，盖两层小洋楼，我是坚决反对的。回老屋住，原样原貌，原汁原味，就像我们刚从城里回来，知道父母还在地里干活一样。我们随便拾掇拾掇院子，下河担上两担水，感觉和二老又在一起了。真要推倒了，那种感觉也倒了，再也找不回来了。

弟弟见我沉思，他闷了一会儿说："要不用黑房沟的蓝土，挖回来水一泡刷墙，和妈当年过年时刷的一样。"我一拍大腿说："好呀，太好了，咱就挖蓝土刷白墙，原生态，无污染。"弟弟也高兴得脸上笑出俩小眼窝，他说："那这个周末我回去找找，看现在还挖得出来不？"我说："记得好像在黑房沟台上半腰里。"

我也想起了20世纪80年代初，一年腊月二十三，我从单位回到家，门上锁，听前院里娘说妈到黑房沟挖蓝土去了，我二话没说，就背上背篓去接母亲。等我赶到黑房沟台下，大声喊叫，母亲这才从洼洼子走到半梁上应声，大老远看她已经成蓝泥人了。我急急忙忙爬到她身边，母亲兴奋地说："都挖了一背篓了，回去给你前院里娘，你麻麻（伯母），你三娘家刷墙都够了。"见她都抹成了"花老虎"，我是又心疼又好气又好笑，说："妈，咱买点石灰一刷比这好多了，让你受这罪做啥呀。"母亲笑着说："哪有这好哩，人经几辈都用蓝土，对人没啥害处。"我夺过母亲手里的镢头在水津津的地上挖，母亲忙挡说："你挖不来，也认不得，你给咱把蓝土往背篓装。"等我们母子二人背着一背篓蓝土下山时，母亲高兴地说："面都给起好了，回去了给烙饦饦馍。"我下山时没注意脚下一滑，好在及时抓住一棵树，这却吓了母亲一跳，她在我后面扑着抓我的背篓，这一下子连人带背篓滚坡了，好在不远处有一块儿平地，母亲滚到地里了。我甩开背篓，扑过去拉起母亲，她脸上擦了一大片子，血流不止，我急得差点哭了，她起来拍拍身上，笑着说："没事，人好着哩。"她从地里抓了一把面面土往伤口一抹，说："没事啦，这比红药水都好。"她把散落在坡上的蓝土一块一块装进背篓，和我有说有笑地走回家去。

．．．．．．．．．．．．

"哥，你是不是又想爸妈了？"弟弟问话打断了我的思绪，我抬起头，感叹道："是啊，一想起和二老在一块儿的点点滴滴，就像刚刚发生一样。"说着我兄弟俩都偷偷地抹眼泪。弟弟一扭头，说："不说了，哥，这周日我就回去找蓝土，拾掇老屋就按你的意思办。你不操心了，一切都有我哩。"

弟弟坚毅而匆匆地走出我的办公室，到楼梯道了撂了一句话："蓝土挖回来了，刷墙时你回来指导。"说着扬长而去。

2016年4月23日

亲人们

血缘是稳定的力量，是身份社会的基础。

——费孝通

飘雪的日子

这个冬天雪早早就来了，轻歌曼舞，惬意盎然。晚上加完班回家时，站在雪野里，任飞雪扑面狂吻，幸福着，诗意着，就是脑子里蹦不出一句美妙的诗句，只是孩子般傻傻地兴奋着。

明天，父母就要搬到我所住楼房的楼下住，这里有暖气，他们再不受冻了。老人在城里住了十多年了，叫一块住，他们觉着不方便，我也不好强求，人老了，心思多，就随他们去了。就这样同住在一个城里，冬天我暖和着，父母却受冷，心里很不是滋味，老想着给他们换有暖气的房子，恰巧我住的楼里有家人搬新房了，我就给搞下了。今后，我住楼上老人住楼下，也就在一块了。

走到楼下见二楼房里灯亮着，我敲开门，父母正在为明天搬家做准备，母亲见我淋成雪人了，心疼地给我拂去身上的雪，埋怨着："看淋成啥了？"她那手的感觉依然如小时候放学回家为我拂去身上雪时那般温暖。我说雪下得大，不行了改天再搬，母亲却认真地说："那咋行哩，看好的日子下刀子也要搬，人多得是，你忙你的去，不管了。"为搬家母亲叫阴阳先生给看了日子，这些也是图个吉祥，就随老人愿。

　　第二天天没亮，母亲就在屋里放鞭炮，说是给土地爷招呼一声，我急急跑下楼，她说她和我姐去老房子做饭去，叫我别去了。我走到院子，雪下得很厚，踩下去没过脚脖子，咯吱声清脆得如清冷的空气，我做了个深呼吸，感受着雪给大地带来的妩媚，带来的灿烂，带来的宁静和端庄，仿佛在欣赏着凡·高那幅贵妇人的画像。我信步登上金凤山，茫茫雪野中，初醒的山城在晨曦中美丽着。一群上学的孩子背着书包在雪地里疯狂着，碰撞出一串串幸福快乐的笑声，在幽静的山野荡漾着。我想起了我的童年，想起了我的儿子，他正躺在这座山坡上，那份快乐和儿子一样永久地冬眠了。突然想起女作家迟子建的一句话——"我的世界下雪了"，我用手指把这句话写在雪地上，地下的儿子一定能读懂我的心。

　　早晨上班了，我和同事上街扫雪，还要开会，忙得不亦乐乎，父母搬家的事就顾不上了。过了有一会儿，母亲打电话说叫不到出租咋办呀。满街都是雪，出租是不好打的，我给朋友打电话，他把自家的车开去帮忙了。等我忙完公事，打电话问，妻说一切都摆得停停当当了。中午到父母新家吃长面，亲戚开玩笑说："干活没人影，吃好的了就来了。"母亲笑着说："胡说啥哩，我娃给公家干活，也没闲着。"说得笑声溢出窗外。

　　等把一切收拾好已经到晚上了，突然母亲打电话说："你爸把保险单丢了，跑出去找了，你赶紧去看去。"我匆匆跑出去，撵到街上拉住他，他说要到收破烂处看看，怕夹在烂纸堆里卖掉了。我把他拽回家，说："丢了算了，我想法给补。"他这才放下心来。

　　和老人同住一幢楼，在外忙碌一天，晚上回家时看到父母家里还亮着灯，我不由自主就敲开门，进去坐坐，说说话，这样才能睡个安稳觉。哪怕只和老人打个照面，一句话也不说，心里总是踏实的。

　　农历十月一日那天，我喝醉了，跑到父母家里，抱住母亲痛哭不停，父亲劝我，母亲却泪流满面对家里人说："叫娃好好哭，哭了好受些，我娃心里苦。"过后，我特别自责：活到这个年龄了，该叫老人高兴、快乐，咋能还让他们操心呢。

现在再忙，每天晚上回家看到父母家里还亮着灯，我都要去陪陪他们，不管给他们带去的是快乐还是忧愁，我就想见见父母，不然我睡不好觉的。

2009年11月22日

父亲的一封信

周末早上，我在书橱里翻寻纳博科夫的那本《独抒己见》，无意中发现夹在书缝里父亲亲笔写的一封信，是写给堂兄的。信封是由土黄色牛皮纸糊成的，有手掌那么大，面值8分的邮票上是淡蓝色的万里长城。我小心翼翼打开信封，慢慢抽出信纸。两页，父亲用圆珠笔写的。看着父亲那隽秀有力的笔迹，我感受到了他右手腕跳动的脉搏，仿佛看见他在伏案疾书。

我想起来了。有一次本家一位堂兄过三年，我忙得没顾上去，让妻去了。她回来带的，说是堂兄让交给我，好好珍藏。

信是1986年元月6日写好邮出的。信里主要是劝堂兄春节回家过年。当时堂兄在一个偏远的乡卫生院工作。堂兄有一次回家听爷爷说了几句闲话，就和母亲吵嘴了，一气之下就再不回家了。

父亲对堂兄的爷爷，也就是他常叫九娃伯的，像对我亲爷爷一样。每次从单位回家，不管迟早，都要去陪九娃爷坐坐；每次都不空手，不是捎上一斤红糖，就是一包点心。和老人一拉开家常，就没完没了，公鸡都叫头遍了，母亲来催促，这才回家。

在和九娃爷说话时，父亲知道了堂兄好久不回家的原因。看着九娃爷熬煎的样子，他不忍心让老人受折磨，就提笔给堂兄写信了。九娃爷一辈子没儿子，给姑姑招了女婿，堂兄自然是九娃爷的"心头肉"。堂兄工作再忙，周末都要回家陪爷爷睡一晚上。记得小时候，我和堂兄就是九娃爷的跟屁虫，白天跟前跟后，晚上睡在老人身边不回去，听爷爷说古经，操心着爷爷柜里的点心和红糖。只要我俩听话，他舍不得吃，也要给我们一勺半块。长大了，我俩要是一同回家，晚上一准陪九娃爷睡。九娃爷给父亲说得想必是老泪纵横，不然，父亲不会急切地给堂兄写信。

父亲在信中写道："你母是你爷的亲女儿，你是你母的亲儿子，是亲都不应该见怪。""你爷、你母都盼望你春节前早日回来过年，若不回来，你父母在三十、初一会步行到花园找你，那就太不好吧？"父亲的话有商量的口气，也有强硬的非回来不可的意思。

父亲知道堂兄也是个九头牛都拉不回来的犟人。父亲对他像对我一样，从上小学到中学到中专，一直都关心着，时不时给邮东西、寄钱。九娃爷知道只有父亲能叫动他。当然了，那个春节，他回来了，一家子高高兴兴，过了个开心的年。

在信中，父亲还提到我要调到外地一事，说这也是我在家过的最后一个年。那时我一心想调到大舅那里去，在河北张家口。我这事也让父母伤透了心。

那时真不懂事儿，一个劲儿想去城市工作。父母的话当了耳边风。我是家里的长子，竟然忘了自己的责任。父亲耐心劝我："娃呀，在哪儿都不是过日子哩，咱这儿有啥不好的，非要跑出去。"对父亲的话，我只是淡淡地回一句："我知道了。"依然我行我素，一门心思往外调动。父亲见说不下，就让母亲劝我，我拉着母亲的手，说："我舅那里好，我在他身边也像在你身边么。"母亲摇摇头，偷偷地抹眼泪。父亲见说不成，就给我写了一封信，先是劝说，再就是告诉我，不管到哪儿，做人处事是第一，把身体搞好……

后来我终于没有调动出去，也把父亲的信弄丢了。在这一点上，堂兄比我有心多了。如今想想，父母离开我们已经五年了，父亲留给我的，我都没好好珍惜，只有名字里这个"善"字，算是他的血脉传承。做人做事处处"善"为先。

记得有一年春节，我和好友为复习参加成人高考，一对儿小狂头，愣是不回家过年。父母亲朋好友谁劝都没用。我俩就在破庙里那所中学过年，自己做饭，自己组织两人春晚。气得父亲撂下一句话："小心把你饿死了。"其实，细心的父亲把做好的菜、卤好的肉放在篮子，挂在他单位房间的顶棚上，还留了张纸条，告诉我咋样做。这件事儿，我在那篇《父亲那张纸条》里已经忏悔过。

再次读父亲给堂兄的信，我不由得热泪盈眶，泪水打湿了信纸，我把信紧紧贴在胸口上，感觉到了他老人家的心跳和体温。

今天是腊八，再有二十几天就过年了。父亲，你和母亲在那吃腊八粥了吗？你还能给儿子写封信吗？儿子想给你们写信，却不知往哪儿邮递？

叠好父亲给堂兄的信，装进信封里，捧在手心，站在办公室窗前，面对朗朗的冬日阳光，我在心里默默祷告：父亲，请您转告母亲，今晚在梦里我会带上我的书信来拜见你们，把无限的哀思和忏悔统统说给您们听。别忘了，让我妈给我做我爱吃的腊八粥……

2016年1月17日

您在那边还好吗

周末午休，梦见母亲在敲门，我一骨碌爬起来，扑去开门，却什么也没有，这才灵醒是梦。返身回屋，给母亲上一炷香，坐下来陪她。

这一去快一年了，您在那边还好吧。

这一年里，我工作忙忙奔奔，也故意没给自己留空闲时间，生怕独自一人，不由得想起您和父亲的点点滴滴，一想起来就暗自落泪，甚或泣不成声，我知道您最不喜欢我这样，您常说是爷们就要像屋里的柱子。无论多么忙碌，您的七七斋斋我都会抽空回去给您上坟的，我想您也像以前一样，一准在硷塄边上等着我。给您烧过纸钱，再把好酒一杯一杯敬上。父亲一辈子不沾酒，逢年过节，您还能和我们干几盅哩。前年春节，您肝上得了大病，没敢让您喝酒，您却急了，嚷嚷着："有好酒把妈也忘了，一个个狼心狗肺的。"我们只好强装笑脸给您敬酒，您喝着咂巴着嘴，那个香哟，一抹嘴又跑到厨房炒菜去了。

每到周末，只要没有公务缠身，我都会和弟弟一块回老家，到您和父亲坟上坐坐，陪陪您们，哪怕一句话也不说，心里也滋润。在村里人面前，我照样又说又笑，您们托付我的事情也照样尽心尽力，权当您们上山给牛割草去了。其实，您们健在的时候，同住一个小城，我好久也顾不上去看望，老说忙，如今想着了，只剩下上坟的份儿了。

女儿在家一打喷嚏就嘟哝：奶奶又在念叨我了。我故意说你奶奶咋从来没念叨我呢。她不屑一顾地说："嫌你不是听话的孝顺儿子么。"我知道她是说我没听您的话，还喝酒。您不在的这一年，我尽量没醉过，有时喝得飘飘忽忽，看见您拉下脸训我，我常想在这种境界里见到您，仿佛依然在您的身边。

我大舅二舅经常打电话问候我们，按理是我电话问候他们呢，我怕的是一拨通电话，不由自主哭起来，我不想让他们为我担心，这样就尽量少打了。二舅前两天还打电话了，他说您周年快到了，回不来，让我替他们给您多烧点纸钱，说着他先哭起来，我只好安慰他。几个堂舅家的事情，我也没敢马虎，我们姊妹都走动着哩。我书振舅舅得了肝癌，我给找专家，到病床前看望。他说他肚子鼓鼓的，我安慰他说针打了就没事了，和您的病一样，一点办法也没有。

那时早晨锻炼回来，给您和父亲捎上早点，我心里舒坦，您老埋怨："剩饭一堆，糟蹋钱弄啥呀？"我知道您节俭，嫌我花钱了。您走后，有段时间我变懒了，好久不写文章了，也不上山锻炼了，一心扑在工作上，啥也懒得想了。听到这些，您一定会唠叨："没出息，妈总有要走的那一天哩。"于是，我振奋起来，不能让您在那边丢脸。在我心里，您一刻也没离开过。我那本《山里的事》，我爸给您念了吧，那里面有我的一切思念。您不识字，却把儿子的书当成宝贝，记得第一本书出版后，父亲拿上看时，不小心把茶水滴上了，您骂了好几天哩，最后自己动手用报纸给背上封皮。

有一回在梦里，梦见我和您上山砍柴，您不小心连人带一背篓柴滚坡了，我急得直哭，您都摔成血头羊了，还说没事叫我别害怕。我从梦里哭醒了，才想起那是在鸽子洞崖那一次，看您滚出几十丈，我连爬带滚扑去救您……

我小时候感冒了,您做的雪花拌汤,让我一吃就好了,胃的记性太好了。我在那篇《雪花拌汤》里认真描述过。一次到酒店吃饭,我点雪花拌汤,服务员说厨师不会做,我就让她拿笔记下该怎么做,让师傅照做就行了。那家酒店已经上到菜谱上了,还要给我知识产权费,我说产权是我妈的。说得我满心的自豪,就像当您的面被老师表扬一样。

再过几天就是您的周年了,我们分开也快三百六十五天了,到时我们姊妹都会回去的,戴孝的亲戚也要来。立秋了,天凉了,您胃老不好,记着添件夹袄子,您和我爸在那边过得好,我们这边的也都安心了。

2012年8月11日

那不是母亲么?

这个周末值班,我和平常一样,一早就从工农路走到丹江公园。这里晨练的人们在行道旁、草丛中、大树下、广场上,认认真真地做着各自的运动。我恨自己没有丹青的天赋,不然每天从这里走都能画出一幅生机勃勃的图画来,日久天长,说不准能出一卷生命运动画册呢。

在丹江边大道上徜徉,知了仿佛吊嗓子一般专注地吼叫着,我却旁若无人般想着心事:明天就是母亲的二周年忌日,下午抽空得回老家上坟去。猛一抬头看见前面走着一位老大娘,那背影不就是母亲么?我心里一惊,匆匆跑上前去,差点叫了一声"妈",那位老大娘冲我点头一笑。我愣在那儿,静静神,清醒清醒,刚那一幕如梦境一般。

这两天,我身上总是无缘无故这儿疼那儿不美。那天晚上打完羽毛球,浑身发痒,胸口憋闷,我回家歇了歇,心想:该不是母亲念叨哩吧。我给母亲上了一炷香。过了一会儿一点不舒服也没有了。昨天上午打完球回机关,心慌无力,上台阶都没力气,我以为饿了,到办公室急忙喝下一盒牛奶,还是心慌慌得不行，赶忙给医院的朋友打电话，去查了，也没有查出啥来，他给打了点滴，也就好了。他说："没有啥，运动过量血糖有点低。"我回家又看着母亲的遗像说了好多话，我们两年没见面了，想必母亲也有一肚子的话要对我讲。这天中午，我午休又梦到母亲了，她缓缓走过来给我盖毛巾被，她微微笑着说："小心凉着，你小时候肚子就不好。"

醒来真光着肚子。后悔干吗要醒来，不然和母亲还能说不少话哩，还能知道她和父亲在那边情况呢。

回想起母亲当生产小队长那会儿，她简直就是个干活狂。早早起来吆喊上工，常常是她第一个到工地，最后一个才离开。奶奶埋怨："一个屋里人当啥子队长哩么。"她给奶奶说，她也不想当，组织叫当，她也没办法。她忙着队里的活儿，家里管娃做饭喂猪养牛，样样都没落下过。她把自己安排得满满当当的。别人才上工呀，她已割满一背篓青草；歇晌时，她又跑去给猪寻草；放工时，她背上是一背篓牛草，手上是一笼子猪草。

母亲一辈子从没想过占人便宜。一次，生产队搬苞谷，在路上掉了两穗，我捡到后，偷偷用衣服包住拿回来给弟弟妹妹烤着吃了，她放工回来得知后，狠狠揍了我一顿，她当是我偷的，等弟弟妹妹说明情况，她抱着我的头痛苦地说："娃呀，偷东西是犯法呀，拾下的也要交公的呀。"后来她从我家自留地里掰了两穗交给队上，还说是她在队上地里拾到的。

前几天二舅打电话，说他读了我那本《山里的事》，他原以为我不知道他和父亲之间不愉快的原因，他要给我解释，其实我早知道，为这事，我还说过父亲。他说是那年父母一块去他那儿，母亲才告诉他原因的，他才知道他每次写给父亲的信好几年连封也没拆，为这母亲和父亲也吵过，可父亲的倔强母亲比谁都清楚。说到母亲的一点一滴，电话那头的二舅已经是泣不成声了，他是母亲一手带大的呀。

母亲在临终的前一天，突然从昏迷中醒来，问我今天是几号，我说是农历六月二十八，她艰难地露出微笑，说："是我甜甜的生日，枕头下有钱，去给娃买好吃的去。"说着她又昏迷过去，就这样，她坚持到第二天中午离开了我们。我想：她是想给孙女过了生日再走哩。

今天是女儿的生日，女儿也叮嘱下午一定要回老家给奶奶上坟，母亲也真会安排日子呀。前一天是女儿的生日，第二天是她的忌日。她是怕我们忙得忘了女儿的生日，还是怕忘了她的忌日呢？

我多想在街上再看到像母亲背影的那位老大娘呀，其实那些像母亲一样的老人在我心中就是娘亲啊。

2013年8月4日

思念在雪花纷纷里

早上，送五岁半的女儿去学画画，天上正飘着雪花，见到久违的雪，我和女儿一样兴奋，我思绪翻飞，她却高昂着头在路上狂欢着。路湿湿的，路沿上雪已积成白花花的，我让她走进雪里找感觉，她一噘嘴说："太残忍了，那么漂亮的雪，我不忍心糟蹋。"说着蹲下身子，轻轻地抓起一把雪，在红润的小手里把玩着。一会儿，雪融化了，她把那雪水甜甜地喝了，我说那不干净，她却高兴地说："雪在我肚子里变成了白雪公主给我说话哩，说我喝的是她的灵魂。"她对白雪公主的故事太熟了，于是就说出了大人般的话。

走到学校门口，一阵风吹过，几片雪花飞进女儿嘴里，她激动地说："雪妹妹吻我了，我好开心哟！"

我回到办公室，静坐着看窗外的雪花，像欣赏一群美丽的少女在翩翩起舞，又像是一群娃娃在雪地里玩被妈妈召唤着狂奔回家。街边树上墨绿的叶子上染了淡淡一层霜花，它们在彼此悄悄地诉说着衷肠；窗台上枯藤在抚摸着雪花，在追忆着逝去的那段青春年华。我忽然想到了他，我那离去的儿子，他那个世界是不是也在下雪，他这会儿是坐着思念家人呢，还是在雪里狂放着他多彩的童年？

那一年大年初一，大雪纷纷，我要到单位值班，七岁的儿子闹着要跟着去，我带他去了，机关偌大的院子很寂静，我房子前那片空地上雪已经厚厚的了，我在房子整理文件，儿子在院子里兴奋地玩着，他自言自语说着，叫着，唱着，把院子闹得热烈很。不一会儿，他喊我："老爸，快出来看——"我出门，只见他在地上堆了雪人，有鼻子有眼的，还真像回事。他跪在雪人边上说："你看看，我也是个雪人了，她就是我妹妹，像不像？"他浑身落满了雪，可不真成了雪人了？他堆的雪人还真是个女娃娃的样子，难怪说是他"妹妹"呢。我问他："你哪儿有妹妹呢？""我叔叔家的不是妹妹吗？"他抢白道，他说的是我的小侄女。我叫他回房间暖和暖和，他却说："我得陪雪人妹妹，她不冷我也不冷。"他又从身上掏出一块糖给雪人喂，然后又认认真真地给雪人讲起了《白雪公主》的故事。

....

妻打电话让我去接女儿。外面的雪更大了，看着雪，想着雪，想到的是永远也见不到的儿子，我现在早已没有了悲痛，只有一种苦苦的思念，就像窗前那串枯藤在思念春天的美妙一样，只不过我那份思念是遥遥无期的。或许儿子的魂灵就在雪花中飞舞，我走在大街上，张开嘴巴，一朵雪花飘进去了，那就是儿子的思念吧，我在雪的世界里慢慢去解读他成长的烦恼和思亲的苦痛，他在那个世界成长着，也在我的心里成长着。

牵着女儿的手在雪地里走着，女儿依然兴奋着，她说她画了一幅画，是她和她的哥哥在堆雪人，我心里一惊：莫非是心灵感应，她怎么知道她有个哥哥？这事从来没有告诉过她。我忙问："你哪儿有哥哥呀？""我舅家的表哥呗。"她答道。噢，原来是这样的，我那份惊奇也凝结成了雪花，在我心的世界里开始飘飞。

女儿说让我陪她堆雪人，也唤醒了我的童心，她在雪地里跑前跑后，忙碌着，还不让我插手，自己一手堆出一个大大的雪人，她说那就是她的哥哥，当然她说的是她的表哥，而在我心里却定格成她从来没有见过也永远见不上的、给爸爸妈妈心上留下伤疤的哥哥。

2008年1月12日

夜晚，去学校接女儿

女儿已经上初中二年级了。从她上幼儿园到中学，我几乎很少接送她。细想想，自己是个极不称职的父亲。

这几天晚上在单位加班，也能赶上接女儿，我就说接她。她只是淡淡地说："随便，谁接都行。"我兴奋、激动，像接受了一项神圣的任务。

这天晚上，我急急忙忙处理完公务，8点40分赶到学校门口。按照妻的盼咐，站在大门东边邮政储蓄银行门口台阶上。这时街上，灯火辉煌，车水马龙，人行道上三三两两的人在行走。中年妇女想暖和，又想把她们的俏丽露出来给人显摆，自然想暴露的身段都不能藏住；老年人几乎成了"套中人"，口罩帽子手套齐上；那些小青年男女穿得单薄时尚，有说有笑，勾肩搭背，年轻漂亮，在寒流中飘荡。有一对小男女竟然旁若无人般靠在街树上热吻，爱得肆无忌惮了。

校园门口一辆警车，有两名警察在认真执勤。靠东边一溜儿摆着好几辆流动小吃车，上面有玻璃罩，一个小案板上啥吃的都有。地上蹲一个煤气罐，夫妻二人有人买时，忙乎一阵，没人买了，收拾一会，袖着手，缩着头，在车边转悠。卖的烤面筋烤饼麻辣条夹馍，全是学生爱吃的东西。放学了，校门口一窝蜂拥出来。我睁大眼睛在人窝里找女儿，像在海面上找不一样的波光。看着那些溢满青春喜悦、又说又笑的孩子，我的青春也死灰复燃了。一个男孩把女孩的书包撞到地上了，女生睁大眼睛，大声吼："捡，捡起来。"男生还嬉皮笑脸，女生过去揪住男生的耳朵喊："捡不捡，不捡老娘扯下你耳朵。"那男生赶紧乖乖蹲下捡，还用手拍拍书包上的土，给女生套到背上。其他同学嘲讽道："美美，嚓嚓，西瓜瓢。"

我想起我上初中时，男女同学几乎都不说话。我的同桌是个白胖的女生。她一开学就在桌上用笔画了一条竖线，也就是我们戏称的"三八线"，平时谁也不许越过这条线。一次，我写作业，不慎把右胳膊肘滑到线那边了，她咚一下，用左胳膊肘把我的胳膊撞回到自己的"地盘"。这一撞，钢笔戳破了作业本，我正想狠狠骂她，但见她瞪着"牛眼睛"，我只好心里骂了。就这样上了两年学，谁也没跟谁说话。现在想起来那时多么幼稚可笑呀。

校门口的学生不太多了，小吃车边拥了不少。男的打开煤气灶，女的架油锅操作，动作麻利，不一会儿，学生个个手里拿着自己爱吃的走开了。

女儿还不见出校门。门口接孩子的家长已经陆续接到走开了，只剩下四五个家长了。我赶忙给妻打电话，她说让我到一楼东边教室看一下，我到教室门口一透，有几个男女生，就是不见女儿。我急得额头都津汗了，又给妻拨电话，她说问问看书包在不？我问了一位男生，他说："刚才还在这儿，噢，书包在哩，可能出去了。"我这才把心放到肚里，在楼梯走廊等着。不一会儿，她拉着一位胖女生从外面跑回来。我问她跑哪儿去了。她说："去商店买作业本了。10点才回。"过一会儿，她从教室出来对我说："你到外面转转去，走时我出来找你，别在这儿待。"我知道她不想让同学见我。记得一次回家她说老师说和我是同学，她心里很不舒服。她告诉她妈："我爸有那么老吗？"其实我和她老师是同学，还是同龄，只是我们要她很晚的原因一直没有告诉她。

我一看手机才9点10分，于是在校门口转悠，又看看卖小吃的，有几个收摊回家，有一家人力三轮车上的玻璃罩被男人擦得很干净。他们能让学生们吃得放心吗？我心里犯嘀咕。我又溜达到校门西一家书店。店只有一间房，里面几乎都是学生用的功课辅导资料。女店主站在门边看电视。我一人在店里浏览书籍，我先走一圈，然后站到文学类书架前看，贾平凹、王小波、余秋雨，还有琦君的书，我家里有，也都读过。我随手抽出一本汪曾祺的散文集，那些作品也是烂熟于心。又抽出学生版的马尔克斯的《百年孤独》。这书我也读过，只是学生版本没见过。我在店里翻了好一会儿了，不买一本书觉得对不起店主，就买下《百年孤独》。在店里读了一会儿，又觉得不合适，那女店主收了钱，又专心看电视了。我走出店门，又到教室门口偷偷看，女儿正在低头写作业。我这才安心到外面等。边转边看书。数九寒天，感觉脚和腿冻得麻麻的。卖小吃的那个女的看我在路灯下看书，一脸的怪异相，我俨然成了另类了。我见身后邮政储蓄自动取款机有个电动玻璃门，不停有人出出进进。我也趁势钻到里面，靠在东北角墙上看书。这里不太冷，也亮稍。我专心读着吉普赛人咋样给马孔多人介绍科学发明时发生的故事。有学生警惕地瞥我，他们取钱时尽量挡住摁密码的键盘。有个高个的男生出玻璃门时嘟哝："该不是盗密码的强盗吧？"我听见只是笑笑，继续读书。一位女生小声说："该不是疯子吧，要么精神病？"看来我站野外读书不合时宜啊！

晚上10点20分，我收好书，在外面等。女儿和那位胖点的女同学手挽手出来了。她俩又说又笑，我紧随其后。她们开始说的好像是道数学题咋解，后来说来生、外星人什么的，我只逮了一两句，也听得糊里糊涂。

到东街口，那同学朝东，我们朝南。我和女儿要送她，她先是不让，我还是坚持送。她俩又高高兴兴说她们的话题了。

我和女儿一块朝回走时，问她刚说啥哩，她说说外星人。我又问晚上都写啥作业。她说："就是数学语文英语么。"我问一句，她答一句，像审犯人一样，看来和孩子交流太少了。

接着我连续接了好几次，她和我的话也慢慢多起来，这才多少有点亲生女儿的亲近感。

夜晚，外面依然很冷，街上行人也少，商店也都打烊了，路灯也困了，睡眼蒙眬般。女儿和我说话，老师让她写一句励志的话，我提醒"梅花香自苦寒来""世上无难事只怕有心人"等等。她说："从动漫人物口里找一句得了。"她对漫画情有独钟，还时不时很专心地画漫画。我们父女又一阵子沉默而行，我们的影子在地上一会儿在身前交叉，一会儿在体侧并肩，在灵动地跳跃着。仿佛在默诵一首《父与子》的长诗。

2016年1月10日

书平姨夫走了

今年正月二十八是个周末，一早起来，我突然有个念头，想到医院去看看书平姨夫。

他是我姐夫的姨夫，所以我也叫他姨夫，和我算是远亲了，可他一直没把我当外人。当初我只身一人进城工作，他和姨经常叫我去他们家吃饭。

我几天前曾去医院看望过书平姨夫。他当时睡得正香，姨说他昨晚一夜没合眼，我就没有惊醒他。姨还说，他的身体虚弱到极点了，大夫给她说了，她也做好了后事安排。我说不可能，要想尽一切办法，能治好的。临走时，姨说："你姨夫一直念叨想见你哩。"我说过几天我再来看他。

这天，我刚走出门，接到母亲的电话，说书平姨夫夜黑来走了。我心里咯噔一下，咋走得这么快呢，前几天还好好的呀。

书平姨夫在一家大企业做经营工作，经常是走南闯北，人长得高大魁梧，身体强壮，连感冒都很少。为了厂里的事情，出差在外，白天陪人喝酒，晚上陪人打牌。一次，为讨回货款，人家说喝完多少酒就给钱哩，他二话没说，一口气灌了好多杯，钱要到了，人却醉成烂泥了。几年下来，他身子成了糟糟了，血压高了，血糖高了，心脏也不好了。

他心肠好，对姐夫一家操尽了心。姐夫的二老去世得早，兄弟五个，从吃饭到上学到盖房到成家，都是他一手给经管着的。我的大外甥上师范，是他和姨给张罗着上的，又是他给垫的学费，还让娃吃住在他家里。毕业了，他跑来给我说："你姐你姐夫农村人没门道，娃的工作就全靠你了。"他特别喜欢女孩，时不时给姨唠叨："当初再要个女孩多好呀。"他弟弟的女儿在城里上学，他对姨说："兄弟的女子也权当是咱的，见了叫人很喜欢，娃上学吃不好，你就给娃多做好吃的。"姨也是这个意思，于是家里多了个女儿，他整天乐呵呵的。

男大当婚，他攒钱给儿子买了房子，又自己忙乎着给装修好，可儿子的婚事迟迟定不下来，成了他的心病，看着和他年龄差不多的朋友同事都是儿孙绕膝，他心里多少有些失落。姨安慰他说："娃的事咱不管，随他去，咱吃好喝好心情好比啥都重要。"

姨的母亲已经高寿了，他对老人比亲娘还要亲。工作再忙，周末都要抽时间回乡下看望老人。有时出差在外，也要叮嘱姨买些软点的好食品叫老人吃。他自己都住院了，还操心老人，他对姨说："我没事，你多回去看看老人，说句不中听的话，九十多的老人，是有今日没明日的。"

他是去年腊月二十三住院的，当时高烧不退，姨叫出租拉着去，他说："不用花那钱了，咱说说话，慢慢走着就去了。"路过我的单位时，他给姨说："咱去把娃看看。"姨埋怨说："娃忙得太太着哩，他父母几个月都见不上，咱别给娃添乱了。"他遗憾地点了点头说："那等娃闲了再去吧。"姨告诉我，好几次他们在街上转，姨夫都嘟哝着要来看我，都是她给挡了。

好好的走进医院，咋就没能好好的回来嘛！我十二分地后悔，最后也没能和他见一面，也没能和他说上一句话。

木木地坐在他的灵堂前，我在心里和他说着话。才五十多的人，就这样匆匆离去了，看着他安然地躺着，我依然当成他还在熟睡之中，就像那天在医院里看他的样子。

姨夫突然离去，姨也渐渐想开了。她对我说："你姨夫说走就走了，把苦痛留给活人，咱再想不开，把人活活就气死了。娃呀，人一辈子身体是最重要的，健康是自己的，钱财是别人的，荣誉是社会的，把身体一定当事啊。"

天下起了小雨，书平姨夫是踏着细细的春雨走的。

2009年3月1日

大 妗 子

大妗子快八十了。去年摔了一跤，走路腰拾不起，但说话办事的干脆麻利胜过年轻人，高喉咙大嗓子，底气十足。

因表弟公司债务纠纷，那里的人找碴子，我接他们回老家暂住一段时间。她一到家就感慨：哎哟妈耶！新房子，吃的喝的应有尽有，比在家丰富多了，哎，真给添麻烦了。

她是从银行退休的，财务管理是个内行，给表弟的公司做过一段时间会计。表弟是个豪爽人，随便把钱就借给客商，有时竟然不要手续，她说人家不听，一气之下就撒手不干了。上班那阵子，经常是早出晚归，把她那个营业所管得有条不紊。几十年了没出过半点差错。20世纪80年代我打算调到她们那儿，她张罗着给我找对象，在她们系统介绍了一个，姑娘胖胖的，人也聪明，见面没几天，她就买好东西，让我上人家里去。后来父母不同意我到外地，人家老人也嫌远，就了结了。

大妗子是大舅单位领导的千金，人长得漂亮，追求者也不少，她却偏偏看上大舅这个秦岭山里的穷汉子，她现在说起当年的选择依然很自豪："你大舅人实在，心善。看来这辈子没选错呀！"

大妗子和大舅都是国际事务"专家"，他俩最喜欢看中央四台。一次看到菲律宾的阿基诺三世，她竟然知道他祖上在福建。说到南海局势她分析得头头是道。她也是铁杆足球迷，只要遇到世界杯，她几乎场场不落都要看，有时深更半夜她就把电视声音调到最小看，某某球星怎么样，连私生活也了解得一清二楚。大约是1986年吧，我放暑假到他们那儿。大妗子下班回来常常是边看电视边做饭，我记得只是一个很小的黑白电视。她站在那儿，包着饺子，看着电视，看到关键处又是跺脚又是喊叫："妈呀，又一个臭脚。"包好的饺子扔到地上也不知道。现在依然热衷足球，看到激动处，两手在沙发上乱拍乱打。她闲下来和我拉话，提到外公外婆，她惭愧地说她是不称职的儿媳妇，没在身边侍候老人。一点点欣慰的是，20世纪50年代末，二老到他们那儿，那时计划供应的全是高粱面，她通过熟人才换到十来斤白面给老人吃。回到老家时，老人总是把她当客人，啥也不让做。想起这些她总有些心不安。

表弟两个孩子，女儿五岁，儿子两岁，都是不懂事儿的年龄。俩人玩一会就打起来了。她就跑过去拉开大的，批评大的，孙女委屈得直哭，她仍然严厉地教训。她对孩子的爱，在生活的点点滴滴里融化着。

在老家住了一段时间，他们这儿走走，那儿看看。她说："咱这儿太美了，有山有水，有树有花，公园里还有县里的文化，比我们那儿好多了，那个全国园林城市不够格。"我笑着说："咱这儿才争创省级园林城市呢。"

一次，她和三姨一块儿拉话，她叹息地说："哎，没想到快入土的人啦，还能在老家住一段时间，只是给你们添麻烦了。"她也告诉大舅，有时间去看看那些堂舅家里人。周末孙女不上幼儿园了，她们带上孙女就跑到乡下。这不，今儿又去看一个堂妗子，堂舅不在了，操心着。听说我弟媳妇病了，她催促大舅要去看看。

说到表弟公司的事儿，她义愤填膺地说："让我回去找那些王八羔子，我就豁出这条老命，拿刀子和他们拼个你死我活。"她骨子里那股刚毅让我都汗颜。我只有好好劝他们，安心在这儿住，事情总会有结果的。

每一周我至少去陪一次二老，大妗子见我就高兴地问："回来了，想吃啥给你做。"一次我真没吃饭，她高兴地跑前跑后，给我做鸡蛋挂面，热花卷，我一口气吃了四个花卷。我仿佛感觉就在母亲跟前一样自然、温馨。有时坐着没有多少话，心里也暖暖的。

2015年6月7日

平淡中飘出童话香

女儿快五岁了，活泼调皮，啥都要问个"为什么"，是我们家的问题专家。身边发生的一切对她来说都有着无穷无尽的童趣。

一日上街，她上完公厕，歪着小脑袋问我："爸，这里的苍蝇为啥比咱家的大？"我说："不是一家子吗？""不，不对，是没人打它们，玩得快乐，才长得快。"没等我说完，她就冲我嚷嚷着。她反背着双手，学着我的样子，摇头晃脑着，慢条斯理着，讲着苍蝇的童话："很久很久以前……"

"五一"假回老家，她好奇地指着路边的洋芋问："爸，这是什么花？"我说："是土豆花。""那开花咋不见结土豆呢？"她急切地又问。我说："土豆结在根部，在土里。"她皱起眉头问："那草莓咋结在开花的地方？"我说："土豆是茎部植物。"她噘着嘴想了一会儿，兴奋地喊："噢，我知道了，土豆一定是嫌它长得难看才埋在土里，把好看的花长在绿叶上。"瞧，她又给土豆编出了一个美妙的童话故事来。

周末，她总是嚷着上奶奶家玩，我故意说："在咱家我和妈妈陪你玩多好呀！"她不屑一顾地说："和大人玩，真没意思，和小朋友玩，那才叫乐呢。"没玩几下，小弟弟和她就打起来了，把她额头抓破了。完了，她告诉我们："没事的，我和弟弟讲道理了，不能随便打架。"平时干什么她都想当第一。每次吃饭，她都是边玩边吃，为了让她安然吃好，我们比赛看谁能当第一。有时她没当第一，她却像大人一样说："那是我不想当第一，才让给你们的。"说着还顽皮一笑，像真是那么回事一样。小小年纪，装着大人的腔，说着大人的话，也是大人化了的一出天真的童话。

她喜欢兔子，便从老家给她逮了一只白兔子。她给兔子说话，给兔子唱歌，给兔子跳舞，每天从幼儿园回到家，她都会跑到阳台看兔子，向兔子问好，把她在幼儿园的快乐给兔子分享。她妈妈讨厌兔子，嘟哝着："要给吃，要给拾掇，把屋里弄得臭乎乎的，不如杀了吃了。"女儿红涨着脸，叫道："不，不能杀，兔子是我的朋友，把你的朋友咋不杀了呢？"说着，她拉出了哭腔，我赶忙说："妈妈和你说着玩哩，没人敢杀的。"在家里养了一个月，兔子长了一大截子，女儿越发喜爱了，她把《龟兔赛跑》的寓言变成了女儿和兔子相依相伴的真实生活童话了。最后，她妈妈给她说："兔子和你一样，很想妈妈，咱把兔子送到它妈妈身边，兔子更高兴。"在大人们的耐心劝导下，女儿同意把兔子送到它乡下妈妈那里，但是，必须要她也一同去送行。她给兔妈妈说了好多好多话，见兔子在妈妈身边那股兴奋劲，她又抱起兔子，轻轻地抚摸着软软的兔毛，用耳朵吻了吻兔子，又一次给它讲了《兔子学种萝卜》的故事，依依不舍地和兔子拜拜了。

初夏的周日,我带她到我办公室玩,看见窗户上袅袅飘荡的爬山虎藤条,她高兴地说:"真好看,像绿窗帘。"她的话平添了几许诗情画意。我顷刻感到平日琐碎的工作就像真在诗意盎然的氛围中完成的,自己享受的美妙自己都不知道,真麻木了。女儿看了看电脑,又看了看调皮的藤蔓,她甜甜地说:"那绿叶一定想家了,想上家里的电脑玩。"是啊,有家真好,在这个世界上,谁都想有一个家,谁都应该有一个家。

平淡如水的日子,时常让人品不出什么味道来,经女儿这么一"忽悠",生活中到处都能飘溢出动人的故事馨香,这个世界真成了童话世界了,我们也有了几份鲜活的天真幼稚。

桂 花 香

忙完公务也是掌灯时节,走到家属院花园处,被一阵淡淡的奇香扯住脚步。噢,是草坪中一棵伞状的桂花树。正是桂花盛开时,香味溢满整个院子。抬头看看月亮,广寒宫里想必也是桂花香飘吧。"不是人间种,疑从月中来",这树桂花莫不是月亮闲步留下的串串脚印?

一次意外,我失去了嗅觉,好久没有闻到香味了,自然臭味也不知了。生活中遇到香美的东西,全凭记忆来感受了。突然一下子闻到桂花香,激动得差点流泪。我站在远处静静地享受,墨绿的叶子间星星般洒落着小米粒状的白花,仿佛一群美少女在风中窃窃私语,她们莫非是嫦娥的孙女下凡,是精灵?突然打开我嗅觉之门,一定是神仙派来的。我不由自主走近桂花树,伸手摸摸,就像抚摸女儿的小脸,满心的幸福。小时候听母亲说,人死了会托生的,这无数的小花该不是大观园里一群群美女重走人间了吧?又仿佛听到她们在嬉戏打闹,我陶醉在桂花香里……

噢,再过两天就是中秋了。自从父母走后,我最害怕过节了。"每逢佳节倍思亲",对我已经是无限的痛苦了。我常常一个人独处,静坐几个小时,要么自说自话,要么沉浸到甜蜜的回忆里,思绪一旦碰到现实,又是伤心落泪，俨然一条流浪狗在无人的墙角舔自己身上的伤口。

　　记得那年中秋夜，母亲收工回来，就忙着和面。面一半是黑的，一半是白的，是苞谷面和红薯面。把卖给供销社剩下的、仁儿发霉变黑的核桃仁，放到铁锅里干炒，然后取出来晾凉。从瓶底掏出黏着的少量的红糖，还把从邻居家门外拾到的花炕干，加在馅儿里，给我们烙饦饦馍，也就是自制的月饼。母亲很神秘地说：“我从月亮里借了青红丝，今年的饦饦馍比供销社卖的点心还要好吃呢，等着吧。”我们姊妹几个守在锅台周围，眼巴巴地看着冒热气的锅。不一会儿，一阵扑鼻的香味勾得个个直流口水。等母亲一边吹着手，一边从锅里拿出饦饦馍，还没放哩，我们就扑上去抢。母亲凶凶地嚷："都别急，小心烫着，人人有份。"我先抢了一个，一口咬成半个月亮，烫得在地上乱蹦，吐也不是，咽也不是。那从来没有过的香味让我忘了烫伤的嘴巴，和姊妹们一块叽叽喳喳说笑着吃着。

　　母亲把做好的第二锅饦饦馍用盘子端给邻居家。邻居婶子家日子也紧巴，四个孩子在院子疯跑着，到处在找月亮呢，见到饦饦馍，一下子扑上去抢着吃。婶子一边骂，一边跟母亲说："好姐哩，能烙多少，都给我拿过来了。"母亲说："多亏了你家树上的花，才叫娃们吃得香喷喷。"

　　那一夜，娃们吃得饱饱的，又跑到小河里捞月亮去了。

　　…………

　　"爸，在这儿发啥呆哩？"女儿站在我身边喊着。她刚放学回来，背着书包，怪怪地瞅着我。我长叹一口气，给她说："闻到桂花香，想起你爷爷奶奶了。"她不屑一顾地说："那回家好好看看他们的照片不就得了。"我说："特别想吃你奶奶做的桂花月饼。"女儿似乎理解我的心思，蹲在草坪里找什么去了。不一会儿，她攥了一把小米粒般的桂花，得意地说："走回，爸。"我不解其意，被她拉回家里。她跑到厨房把桂花洗干净，用盘子装好，又取了一个盘子装月饼，恭恭敬敬地献到她爷爷奶奶的遗像前，还鞠了一躬，说："让爷爷奶奶先吃饱，然后给你做桂花月饼吧。"我给父母上了一炷香，袅袅的烟丝里飘出淡淡的桂花香，仿佛又回到当年了……

我和平凹兄长

一个伟大的人有两颗心：一颗心流血，一颗心宽容。

——纪伯伦

我们是乡党

我和平凹兄长都是棣花人。我在山里苗沟瓦房，兄长在川道棣花贾塬。

我是读兄长的文章才学着用笔书写家乡的山水人物事情的。后来写出了东西，相继出了两本散文集都是兄长给作的序，他一般不为人作序，两次给一位名不见经传的业余作者作序，至今我是第一人了。在序文中对我做人做事作文的肯定，让我温暖。见面常说的一句话：写吧，不要停！才让我有了坚持写下去的自信和勇气。

他是老师，更像兄长。记忆里小时候一定见过他的。20世纪70年代，他在我老家苗沟修水库，印象中在寒风里踮着双脚，用粉笔书写黑板报，那手指冻得红萝卜一样。那时我有十来岁，只记得他头大个子矮，字写得好看，文章也好看。冬天天不亮去上学，就能听到门前底下河边有一队走路说话的人，到下午太阳落山时，见一个个背着柴火艰难地走着，那个背篓不停地磨屁股，在石墩上歇时，还得踮起双脚的，一定就是他了。那时，我们谁也不认识谁，如今我们已经成了师生，成了朋友。每次回家乡，他只让我知道，还再三叮嘱：不要给领导说。怕给添麻烦，其实他见领导也不自在。我陪他到小吃摊吃浆水菜稠糊汤，还有酸菜糊汤面，他那个高兴劲，一吃就吃多了。一次，因公被宴请后，说还想吃某条街的洋芋扁食。到那里他就要了满满一大碗，吃得睡不下，又在丹江公园走路。人们都知道他话少，和我们一块走路时，话多得像溢出来了，说的故事和他的文章一样精彩。

兄长不讲究吃也不讲究穿。一次回乡下，他硬是用一身新西服换了一位朋友的旧西服，他说旧的穿着心里滋润。他在书房写作，有时候一天也不下楼，到饭点了，不是煮一碗挂面，就是热一碗浆水搅团。他书房楼下的小吃店没有不熟悉他的，都了解他的习惯，吃素饺子、菠菜面，还有羊肉泡，啥调料重，啥调料轻，店老板一清二楚，跟自家人一样。

兄长已过耳顺之年了，可写作的劲头赛过80后的小伙子，一两年就有一部长篇，高质高产，让我们常常惊讶，他脑子里咋能装下那么多故事？一次见面，我是心疼也是半开玩笑说："你这样写，还让别人咋活呀么？"他只是猛抽一口烟，笑笑而已。每完成一部长篇，他都会不由自主地到农村走走，他说没啥目的，可回去又是一组分量不轻的写底层的美文。

兄长是个大名人，可把父老乡亲看得很重，有人到省城寻他，他都要给管吃管住的。回到村里，他也没架子，这家走走，那家坐坐，孩子上学，娃寻工作，他都会说想办法的。村里人见面喊他小名，他觉着热乎，像吃一碗糊汤面。

家父过世时，他前后就跑了两次，送上一幅"慎终追远"书法吊唁，让村里人大开眼界，让朋友们羡慕。临下葬时，他看着封了墓口才离开。我很感动，我只是他的一名学生，能享受如此厚遇，终生难忘啊。

兄长是扎根于人民的一棵文学大树，他一直在为人民抒写，为人民抒情，为人民抒怀。我忽然明白，他之所以有写不完的美妙故事，就因为深深根植于人民之中。我这个业余作者，只想做他文学大树下的一棵小草，也为故乡添一丁点绿。

2014年11月2日

陪兄长祭坟

那是十年前的事了。兄长的母亲还健在，父亲已仙逝多年了。

那天夜已经很深了，春雨还在淅淅沥沥絮叨着，把藏了一个冬天的童话说个不停。这时，平凹兄长打来电话说回家祭坟，我给安排好房间，找吃饭的地方，酒店大都打烊了，只有几处夜市还热闹着。兄长一行到了，带他们在西门口小吃摊将就吃点，兄长爽快地说："糊汤䐗两碗。"糊汤端上来了，他抱起碗呼呼噜噜一口气就喝完了。放下碗，他摸摸肚皮，笑着说："还是老家的饭好吃，饱了还想吃。"

到宾馆后，我又叫人送来专门从茶场买来的商南毛尖茶，给每人沏了一杯，清香馥郁，淡淡飘浮，润目养心。兄长微微闭目，悠悠地说："这茶一闻都知道是好茶。"接着，他深深吸了一口烟，轻轻端起杯子，淡淡抿了一口，说："噢，好茶，好茶，好久都没喝过这么好的茶了。"说着，品着，轻松，从容，享受着清清爽爽。

第二天一大早，按兄长的要求，我们跑到菜市场，买来大白菜、蒜苗、豆腐，还有刚出锅的一个香脆的锅盔，在家里给他们做家常饭——白菜煎豆腐，整个做法完全是老家农村那一套，盛上一碗，吃得兄长连连叫好，同行的画家王先生风趣地说："啥叫受活，这才是真真的受活呢。"

吃完饭，准备好上坟用的纸香蜡和鞭炮，一瓶西凤酒，一条中华烟，便驱车去棣花街，陪兄长祭奠父亲。春雨依然绵绵下着，淡淡的哀思在心里飘荡着。车子到了棣花街，停在街后面312国道陈家沟桥东边，沿公路北边斜坡爬上去，再从麦田边一尺宽的泥路小心翼翼向西行，路一边是麦田，一边是砭塄，老贾大步流星、稳稳当当地走在前面，边走边不停地招呼大家，说，泥滑，小心。

他先头一个赶到坟地，打开酒，铺平火纸，拿一百元票子用手在纸上打印着，很认真，也很诚恳。点燃蜡烛插在坟头后，大家跪下烧纸，他肃穆，用心，把纸一张一张送进火堆。这时，雨突然不下了，画家王先生轻轻地说："一定是老伯高兴了。"兄长认真地说："这就是天意呀！"烧完纸，兄长给老父亲敬酒，他嘴里念念叨叨，让老人借酒消去思念的愁苦，让父亲保佑着母亲健康长寿；又放鞭炮，他叽咕着，让老人在那边也过得热热闹闹的。最后，他给老人敬烟，拆开那条烟，拿出一盒，在未燃尽的纸灰里敬上几根，又抽出三根在蜡烛上点燃，自己再猛吸几口，等烟燃旺了，再一根一根插在坟头那簇蜡烛的右侧；另外再燃三根，分别插在左边。这一切，他做得都极其仔细，极其认真，极其真诚，极其尽心，像他写小说一样，对每一个细节都不马虎，不轻易放过。剩余的烟，他拿在手里，淡淡一笑，说："这些烟放在这儿可惜了，只有咱拿走，老者一定会说人家给我的，咋叫你给拿走了？"说得大家都微微一笑。临走时，他站在父亲坟前陷入了沉思，妻子柔柔地叫了一声，他这才回过神，深情地摸了摸坟头那块砖，缓缓走下那段山坡。

祭坟的整个过程，兄长一直很平静，很安详，很虔诚，没有半点苦愁，就像好长时间没有回家看父亲一样，专程回来看看，和老人说说心里话。他把对父亲的思念化作对世人的美好祝福了，把博大的心胸交给这个世界，用他的丰富多彩的情感滋润神圣的文学。

他要回西安了，我们留着吃中午饭，他不肯，说还有一大堆事等着去干，便轻轻地挥手作别。春雨又蒙蒙飘起来，回到书房，我梳理了自己的思想，这份祭父的诚挚的每个细节，我会好好珍藏在自己的灵魂深处，用来滋养人世间浓浓的亲情。

陪兄长上鞑子梁

去年5月的一个周末，兄长回商洛公干，抽空上了一趟鞑子梁。

兄长走遍了商洛的山山水水，唯独没有去过鞑子梁。我们一提议，他就满口答应："去。"

天阴沉着，兄长脸上却泛着兴奋。从洛南县城东北行，车子走个把小时，就到了石坡镇李家河村。老刘说从这后山上路陡，陪同的余主席就让把车开到东边半梁上，人这才下车走路。天飘了几点雨星，山路崎岖，隐在草丛里，紫色的马兰花，可爱得都不忍心踩。兄长边走边感叹：小时候背一背篓柴草上山都如履平地，如今空人走都气喘，看来城里把人养懒了。走到一处台田边，那一层层用石板砌得整整齐齐的梯田，已经废弃了，长满了野草。兄长激动地说："过去跑很远也割不到草，现在一看到这一人高的青草就激动得不得了。"

爬到一个小平台上，满眼是绿草，各色小花散布，俨然是一大块绿底碎花布，有几棵核桃树茂盛着。塄边上那棵核桃树有老碗口粗，有两只喜鹊在树上喳喳叫，见来人也不飞走。兄长风趣地说："那是在说'欢迎，欢迎'哩。"走进第一家石板房院子，齐腰高的草让人看不到院子的原貌。一边的石板房已经坍塌一半。一位中年妇女在石板房边上放牛，一头大牛边吃草边甩着尾巴，两头牛犊在孩子般嬉戏着。问她，说是在上面梁上住，这家人搬到山下了，她就把牛圈在这里。仔细看，院子是石板铺的，墙是石板砌的，屋顶是石板做瓦的，门框、窗子清一色石板做的。

从石板房下面一个水潭边走过，沿山梁缓缓而上，见一大堆石板横七竖八，镇上同志说原来是一所学校。当年梁上住着上百口人呢，现在只剩下三四户了，娃都到山下去上学了。一阵夏风，仿佛送来朗朗的读书声。走到一户人家，正房已经倒了，厦房还完好，一位妇女正在打扫院子，一看，她就是刚才放牛的人，门上的对联红得耀眼，字也写得好看。她笑着让坐，忙着给倒水。和她拉话，得知她有两个儿子，一个在外县教书，一个在西安打工，孙子都五岁了。新房盖在山下，老伴守着，她住这儿清闲，不愿意下去住。她笑着说："你可别小看这石板房，冬暖夏凉，美得太太。"走进屋里，靠左手是一个大土炕，一个界墙子隔着，那边是锅灶，一个大环铁锅，边上一个小铁锅，像是大人拉个小孩。做饭时捎带着把炕也烧热了，大锅底下的火从一个小洞窜到小锅下，这样省柴火，也算够节能了。她又笑着说："这里到处都是石板，随便一挖，就够盖房。石板天石板地，没有石板没处去。"看来石板真成了他们的命根子了。

又顺山梁往上爬，庄稼地，树林，草坡，花儿，石板房，恰是一幅绝美的山水油画。来到一处石板房多的村落，石磨子、石碾子，还有一口青色石牛槽，只是已经荒废了，全是疯长的草。一个小男孩手里提着塑料袋，里面是半熟的樱桃，边走边吃，问他，说在山下上小学三年级，和爷爷奶奶一块在山上住。走到一个大院子，这里也满是野草，听说有位画家带着妻子住了几十天呢。住过的棚架子还在那棵大核桃树下，想来他一定是想把这里石头的魂儿勾走哩。走过石板房挤出的一个窄窄的巷子，大家争相与兄长合影，我开玩笑说："把兄长当道具也得给费用吧。"他只是笑笑，说："免了，谁想照多少就照多少。"过了窄巷子，一家石板房门开着，正好是男孩的家，屋里小得站不下几个人。男孩爷爷下地干活去了。过一会儿奶奶回来了，人木讷、安静，在忙着收拾东西。

　　走到公场上，空空的草丛里有一个石碌碡，边上有公房，也是石板房。当年收麦时，这里一定是热热闹闹的。到一户石板房门前坐下歇息，县政协的余主席说这家女人是从丹凤蔡川嫁过来的，前年来还给他打荷包蛋吃来。他想让给我们也打荷包蛋，人却不在家。我们吃洛南烧饼，喝矿泉水。房子边上石板砌的鸡圈，圈里石板上放一个碗，一只母鸡正在啄食。硙磴下的石磨子很特别，文兄问："磨子咋是三扇子呢？"镇上人说："磨子上扇轻，又给加了一层子么。"这时天又飘雨星了，镇上那位女副镇长给我们讲了鞑子梁的故事。这里是当年元末蒙古大军打仗过来留下的残部。相传那位首领把山下地主女儿抓来做压寨夫人了。后来女的生了娃，地主无奈，给了山上的地，还给了男女家丁，这样几百年繁衍生息，才有了鞑子梁村。

　　下山时，我们直接从近道走，路很陡，兄长却走得很稳实。刚到山下，大风刮起，大雨来临。兄长幽默地说："看来是鞑子叫听完他们的故事，才让天下雨的。"大家在村子屋檐下笑成一片。

也是一种尊重

　　这一天是商洛五十多年来最冷的一天。这是从《地方志》上得知的。阳光灿烂,碧空如洗,寒风却像鞭子一样在脸上抽。从香港和东北来的几位研究贾平凹兄长的客人,偏偏在这时候来看兄长的老屋。兄长很高兴地陪着客人回老家走一趟。

中午12点多,兄长和客人们在棣花街老家的巷口下车,我赶紧迎上去和客人握手。那位戴眼镜的女士握着我的手,笑着说:"是贾老师的弟弟。"我赶紧摇摇头说不是,兄长也笑着说:"不是弟弟胜似弟弟。"他们走进兄长家的大院,对什么都好奇,对什么都有兴趣。就连兄长曾经用过的农具、坐过的板凳,他们都视为宝贝,不停地用手抚摸。一个劲儿用手机照相,和院子的梨树拍照,和兄长的弟弟、弟媳合影。一下子整个院子就热闹了起来。香港来的林教授,长期在马来西亚生活,来时连秋裤都没穿,冻得小脸发青,像个缩头乌龟。我心疼地问:"冷吧,不行给买件衣服。"他却爽朗地笑着说:"没事的了,大师老家的文脉人脉让我心里暖融融的了。"

兄长和张学昕教授(中国当代文学评论家)出门朝宋金街走了。我们以为他们到刘高兴家去了,就和兄长的弟弟一块儿陪其他人走到高兴家。高兴头戴翻毛帽子,正在厨房忙哩,裤子上沾了不少泥巴。客人们得知他就是小说《高兴》里的生活原型,一个个激动地上前和他握手,他伸出粗糙沾泥的手,笑着大声说:"你不嫌脏了,随便握。"那位女教授对高兴家院子的啥都感兴趣。在一串串莲蓬前留影,在刘高兴办的宣传栏前兄长写的"哥俩好"边照相。刘高兴带大家到他的书房,也就是东厦子房里。墙上挂满了他和各方面名人的合影,还有书法作品。他写的毛笔字也是有模有样。来的客人一个斗方50元,内容不是"高兴人生",就是"人生高兴"。大家见到他出的那本《我和平凹》,很是震惊。一个拾破烂的还能写书呀。那位女教授一下子买了五本,还让高兴给签了名。她风趣地说:"人家高兴也是有心人,给先生们签'健康高兴',而女士签的是'漂亮健康高兴'。"一同行的小马提醒大家说贾老师催促哩。那位女教授说:"赶紧走,不能让贾老师等咱。"

大家一块来到"荷喜人家"农家乐吃饭。张教授感慨地说:"这是贾老师的家宴,大家开心地吃,开心地喝吧。"自然先是兄长敬酒,其次是弟弟敬酒。喝酒时他们争先恐后和兄长合影，劝先生少喝，他们却都是满杯一饮而尽。每道菜上来，他们总是让兄长先动筷子。兄长笑着说："到我家了，大家好好吃吧，随便噢。"一盆清炖土鸡上来，服务员先给香港的林教授盛了一碗，他却恭恭敬敬地端给兄长。兄长笑着说："我本来是不吃鸡肉的，教授端来了我得吃呀。"兄长认认真真吃完了。一盘炒土鸡蛋上来，兄长笑着说："来，来来，鸡肉不吃，鸡蛋却是我的最爱。"林教授先给兄长夹了不少炒鸡蛋，兄长有滋有味地吃着。

饭后要去看清风街，他们说外面太冷，让兄长别去了。我们就陪客人去。他们看到老街的一切都特别兴奋，总要不停地问："这儿是不是贾老师说的李白当年住的客栈，是不是杜甫喂驴的地方，是不是白居易给村妇吟诗的大槐树下？"我开玩笑说："这里你稍不注意就能撞着唐代一位大家，他们的音容笑貌就在那尘封的土墙里。"

从清风街返回，兄长陪他们看二郎庙，我才发现他们总是让兄长走在前面。

来到贾平凹书院，张教授非让兄长陪他看不可，兄长只是笑笑走开，回到老屋院子去了。张教授这才领悟："噢，自己是不愿再看自己的过去的。"

在西厢房烤火。兄长说一会儿就回省城。他问弟弟有没有纸。弟弟理解意思，说："过几天就年三十了，那时再上坟。"兄长又抽了一口烟，笑笑说："回来了，又从老人家那里过，不去不合适。老人的魂灵还在哩么。"他说的是要给父母上坟。他对我说："都回来了，不去看看，使不得。"我太理解他那份尊重了。

车子开到312国道边停下来。上坟时他不让大家去。大家却都跟着去了。烧完纸，张教授让大家一起给老人磕头，大家都虔诚地磕头了。

从坟上下来分手告别。他们回西安，我回市里。忽然我感悟到了一种特别的尊重——客人对兄长的尊重，兄长对客人的尊重，兄长对二老的尊重，客人对兄长老人的尊重。

长大后

那时候，我的老师们

9月10日，在西安的一位同学发来短信，说她有个心愿，很想约上同学一块去看望上师范时的老师们。我见女儿正在家里画画，说是给老师的礼物，才突然明白：今天是教师节呀！我们毕业参加工作都三十年了，大家一天都忙着，忙教书，忙工作，忙恋爱，忙成家，忙着杂七杂八的事情，忙得没有去看老师。现在想起来，我们敬爱的老师，他们现在还好吗？什么时候，我一定要把积攒了三十多年的祝福和问候对老师们全说出来！

一

我是在丹凤县棣花苗沟老家上的小学。

那时候，学校就在一座老爷庙里，课桌是用胡基垒的土台子。到了三年级才换成木桌子，桌面粗糙，还有不少小坑，写字时稍不注意就把本子戳个窟窿。教室的后墙上还有不少神像，吓得我上学不敢第一个到教室，坐下来也不敢抬头看，生怕那神把我的魂儿勾走了。奶奶说过神是很灵验的。

老师知道孩子们害怕，下午放学后，他一个人顾不上吃饭，跑到黑房沟挖了许多蓝土，和成灰水，搭木梯子上到半墙上，用笤帚蘸白灰水把神像给涂掉了。

我们学校有两个班,一三年级一个班,二四五年级一个班,是典型的复式教学。正式的老师只有一个,姓许,是川道里人,国字脸常年都是紫红色的。讲课瓮声瓮气,就像我们趴在家里八斗瓮上喊叫一样。他很能喝水,每次上课时都要提上一电壶开水。先给一年级讲完算术,布置好作业,这时他已喝了三四杯了,再猛一口喝完一杯,才给我们三年级讲语文,声音依然沙哑洪亮。

许老师喘气如拉磨的牛,呼呼噜噜的,又像外婆抽水烟一样。后来我才知道老师得的是哮喘病。我作业老做得快,一没事就想用手戳小同学,老师看见了,停下不讲了,拿眼睛瞪我,我赶紧拿起笔装作写作业,等他开讲时,又捣乱起来,气得老师把我拉出教室,我还抢着喊:"凭啥拉我哩?"课后,老师耐心地说服我,要做听话的诚实孩子。家访时,他只对母亲说我怎么怎么好,从不提我调皮捣蛋的事儿,我心里很过意不去,从那以后,上课老实了许多。

课余时间,他带我们大些的同学到学校后面的山梁上开荒地,种瓜种豆种药材,收获后卖到供销社,给我们买来了大三角板、算盘,还有酒精灯。这事儿被别有用心的人告到公社,他在全公社教师大会上做检讨,气得我们要跑到十几里外找公社领导论理。许老师拍着我的肩膀说:"你们不懂事,别胡来,这对老师不好的。"听到对老师不好,我们也就只在嘴上骂骂。

有一年秋天,全公社学生进行红小兵大比武,老师请来我的叔父带了一帮徒弟给我们每人做了一杆红缨枪。他利用下午不上课时间,教我们练队列、拼刺刀。临参赛的前一天,我激动得一夜没睡着,我从来没去过中学,想着那操场一定比大队里的打麦场大多了吧。

天不亮,我们就到学校集合,一人还揣了一块黑馍,沿苗沟河向公社走去,天黑心又急,过列石时我不慎掉到水里去了,裤子湿完了,老师把我叫到树林深处叫我脱了,使劲拧干才让我穿上走路。

我们深一脚浅一脚走了两个多小时,太阳露出山头时,我们赶到了公社中学操场。其他大队的学生也到了一些,看到那么大的操场,那么多的学生,我心里发慌，只想上厕所，又找不到，我看许老师向中学后面走去，就跟着去，老师见我脸憋得红红的，问："尿憋了吧？"我急急点头"嗯"了一声。"跟我来。"老师说着一扬手，我像犯人一样低头紧跟着老师。到厕所我急不可待地脱裤子尿尿，见老师也在一边尿哩，我纳闷：老师咋和我一样也尿尿哩。我以为自己发现了一个大秘密，很想告诉给同学，又没敢开口。

…………

小学毕业，我随父亲到夜村公社上初中。从那以后再也没有见过我的许老师。

前年忞大大去世，我回老家吊孝，见到现在小学的老师，他也姓许，问他许老师的情况，他说许老师是他父亲，人已经去世好多年了。我这才想起当年许老师身边带的那个小男孩不正是现在的许老师吗。我问他还记得当年不，他笑着说："咋能不记得？你从家里拿的暖柿还给我吃来哩。"

二

父亲在商县夜村邮电所工作，我和姐姐就在那里上初中。

那天，父亲骑着绿色的邮政自行车，一前一后带着我们姐俩，到学校后把我们交给门卫的刘老师，他就上班去了。刘老师负责看门发报纸、打铃，他红脸驼背，给我们办完手续，交给班主任，笑着说："朱老师，娃就交给你了。"

班主任朱老师给我们教数学，我那篇《数学老师》就写的是他。他面冷人严肃，很少见他笑过，对学生却很好。我人小，他就安排我坐第一排，并认真地对同学们说："大家都要友好相处，谁要欺负小同学，小心我收拾。"

那时经常劳动，给学校农场抬尿水时，他给我专门挑了一位高个子的同学，他叮嘱道："你走后面，把尿桶朝你跟前多偏一些，要帮助小同学噢。"那同学憨憨一笑，说："行，没麻达。"那次抬尿劳动，尿水洒了他一身，他没吭一声。

老师见我对数学有兴趣，就给我"吃偏碗饭"，我也没辜负老师的期望，在全区拿了第一。他让我在全校大会上交流经验，把稿子写好叫我上去念，我胆小又固执，说啥也不上台，没办法了，他让别的同学代替我发言，狠狠地说："真是个没出息的东西！"

语文老师也姓朱，圆脸短脖子，上课时老爱把一只脚蹬在讲台下的抽斗里，讲上十几分钟课，就要给我们说他在城中教过的学生怎么怎么能行，让我们对城里的学生羡慕死了。他都四十好几的人了，还是独身一人，听说他是个孝子，找了几个对象，他妈都不愿意，就这样耽搁了。后来找了个大个子女人，结婚前，我们几个同学晚上给他拿报纸裱糊房子，他在边上指挥。我心里想：咱将来结婚也有学生给糊房子，那算活成人了。

教物理的是王老师，中等个子，白脸，穿干干净净的中山装。他给我们讲阿基米德浮力时，领我们到学校的池塘边，在木板上放块石头给我们讲原理，还用脸盆盛满水放进黑板擦子计算排水量。

化学老师姓赵，国字脸，人很帅气，话不多，上课时一字一板，边做实验边讲解。他教我在全校迎国庆晚会上，表演手帕上喷酒精燃烧后手帕完好无缺，还有把水变成蓝水，用来写字。

教生物的李老师，一个眼睛大，一个眼睛小，身材高大魁梧，说话声粗得像老牛。他经常带我们到学校周围的田野里采集标本，这才使我懂得了茧怎样变成美丽的蝴蝶，公鸡和母鸡是怎样谈恋爱的。他从来没给我们发过脾气，就连爱捣蛋的同学给他椅子上偷偷放了大头针扎了屁股，他都幽默地说："哎哟，我的椅子咋还咬我哩，都不认主人了。"说得大家哈哈大笑，那位干了错事的同学羞愧得脸红如猪肝。

邵老师教音乐，他是城里人，干练精明，每次上课，胸前都挎着一个棕色的手风琴，把歌曲抄在一张大白纸上挂在教室。他教我们学会了识谱。他是高二文艺班的班主任，每遇节目彩排，我们都趴在窗台上看得入神，连上课铃声都听不见。

李老师教体育，他手把手教我学会打乒乓球。后来他考上西安体育学院，毕业后又在商洛师专教体育，我上师专时，他又是我的老师，这真是缘分。

美术老师是同学的父亲,他一上课就带我们坐到操场边画远处的山,我画的像个M,他还鼓励说我画得好。

校长叫张自成,黑脸矮个子,戴的眼镜圈圈套圈圈。他是关中人,他讲话时脸上有一股杀气,开大会时才能见到他。

后来,我考上高中的同时也考上了丹凤师范,在高一念了一个多月,班主任苏老师让我继续读高中、考大学,还有其他几个老师也都给父亲做工作。父亲考虑再三还是叫我上师范,他说:"山里娃先吃上面面粮比啥都好。"苏老师现在见面还不无遗憾地说:"当初要是上高中,说不定上北大成了科学家呢。"我笑着说:"干啥都一样,只要活得踏踏实实就行。"他也笑着说:"对呀,人活得实实在在,过好每一天比啥都好。"

三

我在丹凤师范上了两年,毕业后便参加了工作。

给我们带语文的是贺老师,我在那篇《我的语文老师》里写过他。他低矮而粗胖,声音洪亮。板书时是一笔一画,上课认真仔细,从不浪费一分一秒。他曾把我写的第一篇作文当成反面案例在课堂上剖析,对我刺激很大,我暗暗发誓作文一定要超过别人。后来,我下功夫练写作,至今在各类报刊发表了好几百篇文章,还出了散文集子。我发自内心要感谢我的语文老师,要是没有那个刺激,也不会有今天的出息。

教数学的张老师,也是低个子,但矮得匀称,干净利落,老是笑眯眯的。一走上讲台,就跷起脚后跟,两脚尖着地,用粉笔写要讲的标题,那姿势如舞蹈一样优美。写完,双手交叉在小腹上抑扬顿挫讲开了,一节课的内容,他十几分钟就讲完了,同学们也容易懂。然后讲他的故事,讲他学生的故事,还有国际国内的事情,让我们在愉悦中不知不觉学到了做人处事的知识。我那时喜欢数学,对几何中一题多解很感兴趣,他给我许多资料,鼓励我好好钻研。我光练习本就厚厚一摞,他幽默地说:"要是出书,可以给同学们做教材的。"

教化学的是雷老师，瘦而驼，上牙龇着，说话声音沙哑。每次上课他都提前到教室，一手提个小黑板，一手托着教案，教案上放着实验用的酒精灯之类的东西。他把要讲的内容提前写在小黑板上，上课后先挂起来，然后边讲边在黑板上写，一堂课下来，工工整整写得满满的。他老觉得时间不够用，拖堂是常事，大家也老是没听够的样子。

陈老师教物理，他还给我们当过一段时间班主任。他高挑而清瘦，立眉长脸，讲课从来没有多余话。牛顿定律、万有引力，他像说评书一样讲得一嘴白沫，我们听得津津有味。他脾气大，训人时训得你都睁不开眼，过后像朋友一样关心你。那时，学校正在建设，我们在周边村的一个地主家旧房里住，晚上睡在二楼的木板楼上，楼上放了一副棺材，大些的同学老给讲鬼的故事，吓得我整夜整夜睡不着，他知道后教训了那同学，还让陪我睡一个被筒。

教政治的是巩老师，说话有点黏糊，讲哲学能讲到一分为N。他有个女儿正上初中，人长得文静清秀，我老想着能搭上话，到毕业也没有那机会。

校长姓李，老戴着一顶蓝帽子，一副近视镜就像酒瓶底一样。他是老革命，文化不深，说话有点结巴，对同学像对自己的孩子一样心疼。有一次，食堂里打饭时，一个同学饭盆里发现一只老鼠，同学们罢饭罢课，他在大会上给同学们赔情、鞠躬，给管后勤的处分。打那以后，每到开饭前，他都要亲自检查。

还有黑铁塔一样的体育老师，他为了给我教三步上篮，晚上不回家，在月光下手把手地教。

音乐老师和贺绿汀是同学，"文革"被打成反革命，平反后已经两鬓斑白，唱歌的激情却不亚于青年人。

教美术的刘老师，画的毛主席就像照片一样，我对绘画没一点悟性，到现在连个鸡蛋都画不像，让女儿嘲笑：当年是咋样混出来的。

四

我师范毕业教了四年书又考上商洛师专,也算进了大学门了。

我学的是汉语言文学。自己底子差,把每一节课、每个教学细节都很当事,生怕老师哪句重要的话没记下来。到现在,老师讲课的一幕幕依然鲜活在脑海里。

教文学概论的王老师是北京人,个子不高,人瘦脸窄,讲课时眼睛不停地眨着。他读的书多,像《拉奥孔》里的经典句子,他顺口道来。讲课时声音不大,我边听边记,忙忙奔奔。有时正记到关键处,他咽炎发作,不讲了,痛苦地用手示意,叫我们自己看书,有什么问题问他,便站到边上抽烟喝水去了。课后我劝他少抽点烟,他幽默地说:"才靠烟熏灵感哩。"我和他说得来,到他办公室去,他都会给我找一摞子书让看。毕业时,他和教外国文学的耿老师一块给我送了一个精美的名曰"艺舟"的日记本,上面写着:勤奋、散淡。 育善同学勉之留念。后来,他调回北京,在作家出版社当编审。我已在那本日记里写下了许许多多的感恩。

刘老师教古代汉语,他体弱多病,经常带病上课,他讲的全记下来就是一篇没有一个多余字的文章。我们毕业不久老师就仙逝了,我在心里永远为老师祈祷。

教古代文学的刘老师和我年龄差不多,是深度近视,眼睛鼓得像金鱼一般,上课边讲边板书,字很阳刚。写满一黑板等我们抄完,擦了再写。他对张岱《陶庵梦忆》的篇章分析,听得我们如痴如醉;讲《牡丹亭》杜丽娘的命运,听得人恓惶。他调到陕师大后还时不时打电话、写信问我们的学习情况。

教外国文学的是方脸厚嘴的耿老师,讲《伊利亚特》时,说那时的战争大多是女人惹的祸。他爱下象棋,就连课间休息也不放过,找对手杀两盘,直到上课铃响了,还要落下最后一个棋子。他这人邋遢,后来到省教育出版社工作,把一位青年作家的书稿弄丢了,差点吃官司。

牛老师简直就是唐诗卷的活化石,他也教古代文学,讲课从来不拿教案,脑袋一摇晃唐诗就吟出来了。人就像活菩萨,连生气都在微笑着。他喜酒,上过两节课就得抿两盅,酒后讲课更诗情画意了。他对本土历史也了如指掌。

教美学的陈老师爱憎分明,只要你不对不管你是谁,他都敢当面反驳,黑脸上飘逸着江湖气。他从鲍姆嘉通到狄德罗到朱光潜,如数家珍般讲美学的发展史。常常是下课了,我们还不让他走,想多听几句心里高兴。他后来辞职去搞雕塑了,我知道他是个很艺术化的人,他把对生命的美丽诠释凝结成一座座雕塑。他曾对我说:"做成一座美的雕塑,心里那个美呀,赛过盛夏吃冰棍。"

梁老师教现代文学,他人高马大的,讲课脸上没多少表情。讲到鲁迅和周作人,他认为后者在文学艺术成就上是不逊色于前者的。阴差阳错,他后来也搞了行政,还和我在一个单位。

逻辑学是李老师带的,他是留校生,学历不高,很勤奋,教书也认真。他让我爱上了这门课,在全校逻辑知识比赛中我还获得二等奖,得了一套人民文学出版社出的四卷本《红楼梦》。他现在是商洛学院科研项目的负责人,编的《商洛学院学报》被评为优秀社科期刊。有闲暇时间,我们也小聚,说说项目,聊聊文学,也是好友了呢。

余老师教党史。他人憨厚,讲党在延安那段讲得绘声绘色,百听不厌。他利用课余时间组织我们写论文,还出了《大学生论文集》第一集,不过是油印本。他一个人刻蜡版,校对印刷,装订成册发给老师和同学。我和一位同学写了《振兴商洛经济,急需一张地方报》。从搜集资料到列提纲到组织文字,他都给把关了,让我很感动。后来,他到市重点中学当校长了,见我不无幽默地说:"连过去都写不好论文的,现在都出书了,这世道咋成这样了,这人还真没看出啊。"

拜见恩师

从丹凤师范毕业已经三十六年了,许多老师未曾见过面,有的已经驾鹤仙逝，成了我一辈子的遗憾。我的第一任班主任张发友老师也是踏出校门后一直没拜访过。几回回梦里见到他，还是那件洗得发白的蓝中山装，干干净净，风纪扣紧扣着，讲课总是踮起脚尖，姿势舞蹈般优美。3月18日，同学李姐在微信里发了通知说：同学们，我和张发友老师联系上了，咱们一起去看看张老师和贺老师（贺贵德）吧！这几天我在会峪，后天（周日）去，愿意去的报个名。李姐是我们班的美女大姐，在西安住，老家在商州的会峪。她已退休，很热心组织有益活动。我第一个响应大姐的号召报了名。

3月20日，一早电话就来了，她说她开车去接同学老王，让我拉上同学老张，在商镇街道会合。我叫了一辆车接上老张，在车上，我们说起上学时的事情，真是历历在目，像是昨天才发生一样。那时，我们还是懵懂少年，如今已是两鬓苍苍了，想来老师也已是老态龙钟了吧。贺老师四年前见过一面，说话依然是笑呵呵的，弥勒佛似的。说到张老师，同学老张说，有一次上课时，老师讲到得意处突然一用力，用废布条做的裤带断了，他猛地抱住肚子蹲下了，急匆匆跑到厕所，一会儿才回来继续讲课。同学们还以为老师闹肚子，后来才知道是裤带的事儿。这档子事儿，我咋一点不知道呢？

等他们都到了，我们一块朝后坪方向走，大家谁也没去过张老师家。走到冷库门口，电话联系老师说从冷库斜对面那个巷子进。刚进巷子口，老远就看见老师一边打电话，一边小跑着过来，他那步子矫健赛过小伙子。老师头发全白了，穿衣依然那么笔挺，说话声音还是那么洪亮。他拉着我们的手，都能说出每个人的近况，他笑着说："育善上学时数学学得好，没想到现在文章也那么好，报上发的我都看过了，好得很。"听老师这么说，我眼睛湿了，三十多年了，都忙啥哩，从来没有拜见过老师。

他领我们到院子，师母笑笑地在台阶上打招呼。老师说，这两层楼是2003年盖的，俩儿子一人一半。进到屋里，客厅茶几上早早摆好了瓜子、苹果、哈密瓜。说话间，师母忙着给倒茶。老师一一问了我们工作家庭儿女情况，他这才放心地说："都好着哩，把工作干好，把家庭搞好，就好得很了。"说到他的情况，老师很淡定地说，当年为了给娃们农转非，他从丹凤师范调到铁峪铺中学教书，随后又到商镇，到农中。两个儿子，一个在县医院工作，一个在龙驹街道办工作。他也很满足了，退休后一直在老家，日子也舒心。他让师母给做饭，我们不让，他又让给每人冲了一碗醪糟，很甜。这么多年都没看望老师，心里很内疚。他却笑着说："我知道你们都很忙，我现在能吃能睡，身体好着哩，不要操心。"说好中午在县城一块吃饭，他硬说晕车，不去了，还是李姐厉害，连说带推叫上了。

到县城花庙西边找贺老师家。这里正在改造，拓宽江边道路，找了半天，等我们都站到水文站家属院门口了，贺老师才一摇一晃从西边走过来，他早早跑出去迎接我们去了，跑岔了。老师已经谢顶，头上不多的头发也雪白了。他说话依然是高喉咙大嗓子。到家里，洗好的苹果摆在茶几上，老师拿着一个一个让。他腿脚不便，又要给我们倒水，李姐不让，她主动帮忙了。贺老师笑着说："给张老师写了一首诗，开始写成'老师美名陕西冠'，觉着不妥，才改成'商洛冠'的。"他起身又一摇一晃地从里屋拿出一个黑色笔记本，上面密密麻麻写着东西，全是给熟人朋友学生写的诗。问老师腿咋了，他笑着说："关节炎，没大事儿。"他问了李姐的情况，马上陷入沉思，即兴一首《春蚕——赞李芝引君》："君似春蚕将叶食，低头只为长身体，待到昂首做贡献，苏锦杭缎天下丽。"字是一笔一画的正楷。

到酒店坐下点菜之际，贺老师又让同学老王说说他的情况，要生活工作家庭的亮点哩，老师又在低头构思，用笔写了。开始吃饭了，贺老师依然沉浸在诗的世界里。我给贺老师敬酒时，他笑着说："当年批评你最多。""没有您的批评，他现在还能写出那么好的文章，还能出书？"同学老张抢白道。我连连点头说："真是的，真是的，没有您的教导也就真没今天。"贺老师放下酒杯，又一次陷入沉思。一顿饭下来，他给几个同学都写了赞美的诗。同学老张说："您给我写的，让书法家写成条幅挂在家里了。"其他几个同学也表示要好好珍藏老师的祝福。

分手时，我们共同的心愿是：祝恩师健康快乐，我们每年都要拜访老师。李姐笑着说："我现在有的是时间，就常来拜访了。"老师笑着说："你们都忙你们的吧,这一见面啥都有了。"老师啥时候都在为学生着想,而学生呢?三十六年了,才来见老师,人生能有几个三十六年啊!偶然想起张爱玲的那首《一别,就是一生》。是啊!还有多少老师一别真是一生了,等想见时,真是没有机会了。珍惜吧,这份浓浓的师生情。

老周的心事

两年前春上的一天,周兄的女儿给我发短信说她爸得了大病,咋办呀。我匆匆赶到省城医院,问了情况,老兄笑着说:"没啥大不了的,胃溃疡,吃点药就好了,老弟甭操心。"我偷偷拿着CT片子,托朋友找了几个专家看片子,都说只有化疗了。一化疗掉头发,老兄就会知道是啥病,一知道怕受不了这一重重的打击。我反复思量,还是忍着内心的悲痛,以一副无所谓的样子和他商量治疗的过程。他支走妻子和女儿,点上一支烟,抽了一大口,认真地对我说:"兄弟,女子能叫你来,我就知道情况不妙,我一个人偷偷哭过,我的命咋恁短么,连弟兄们一个都陪不到底。可又一想,人一辈子没啥样,活长活短都一样。他们不让我知道,我也装糊涂,好让他们存个希望。唉,娃的事情没交代,老大没成家,老二今年高考,对娃影响大,这才揪心呢。"

他积极配合医生做化疗,病情稳下来了,他还坚持去上班,上班也好,和大家在一块,省得一个人胡思乱想。

周兄大我四五岁,我们交往二十多年了。有一段时间还在我们单位开车。他人勤快,总是把车内外擦得干干净净。每天上班,他第一个到,扫地抹桌子,然后摆置车子。他常对人说:"车就是咱的办公室,干净了,心情也好。"他也是个热心肠,谁有啥难处,他只要知道,就跑去帮忙,就是插不上手,说几句宽心话,他自己心里也踏实。我痛失儿子那阵,他几乎天天在我身边，默默地陪着我，见我想说话了，他也难过地说："兄弟，娃和咱只有这十年的缘分，把你痛苦死了，娃也回不来了，二老咋办呀？"

周兄人心细。有一次下乡，走到半道上我内急，他马上停车，我扑到桥下面的苞谷地里。蹲下舒服了，一摸身上没带卫生纸，他急急跑来给我塞了一沓子。他笑着说："我知道我兄弟忙大事，把这些小事都忽略不计了。"我也幽默地说："我才准备找个石头蛋蛋子，找回儿时的感觉呀，叫你给破坏了。"他一听说："哎，怪我，说不定用石头蛋蛋子还来灵感，又有一篇美文哩。不过兄弟放心，生活上老哥操心，你只管把单位的事儿干好就行了，这就叫干啥的操啥心么。"

有一年除夕，我值班，单位有急事，我让他马上赶过来，他拖延了几分钟，我狠狠地批评了他，他惭愧地说："家里有点事，都怪我，下不为例。"其实几分钟也没碍大事。事后我才知道，他是给瘫痪的母亲做好饭，给老人刚喂了几口，就跑来了。我很内疚，很后悔，向他道歉，他却笑着说："没啥，没啥，单位的事才马虎不得。"

有一次我意外摔伤在家休养。他利用周末带了几个朋友到乡里买土鸡。他跑了好几个村子才买到一只公鸡，回来他半开玩笑说："全村就这只公鸡，所有母鸡都指望它哩，我高价买了。给我兄弟补身子，比啥都重要。"他一个人从杀鸡到拔毛到清炖，谁都不让插手。等吃上香喷喷的鸡肉，叫我感动得眼热。

我平时工作忙，他也很少打扰。有时电话问一下他的病情，他总是笑着说："兄弟好着哩，一时半会儿没事，你忙你的，闲了我叫娃到你那儿拿些书，一看书，就钻到里头了，啥也不想，蛮快活的。"年前他再次住医院，我去看他，他还埋怨："忙得跟啥一样，跑来干啥呀，都好着哩。"我问了情况，他说这次化疗在西安开好药，回来在咱这儿看，能省不少钱哩。他一会儿坐起来，一会儿又躺下，我问是不是疼得很，他说不太疼，就是浑身不舒服。他苦笑着说："兄弟呀，我现在才知道啥叫坐卧不安。"我们又说了一会话，他郑重地对我说："兄弟，老哥有个心事儿，只有给你说了。"他坐起来一会，又躺下说："我看我的日子也不多了，你嫂子人家还年轻，大女儿成家了，小女儿也上大学了，我也不操啥心了。我走后，火化了，骨灰撒到丹江河里去，也不拱墓，让你嫂子不牵挂地再找个人家，娃些个好好过他们的日子。人死如灯灭，啥都是遮活人眼哩。"我半开玩笑说："老兄和伟人一样，太伟大了。"他又坐起来说："这是老哥真心想法，不是想留啥名哩，这话只有你能给你嫂子和娃说。"我说："老哥想得太多了，好好养病，开开心心过好每一天，其他都别想。"他又一次用乞求的目光看着我，说："这事儿算哥这辈子求你最后一次。"我也痛心地说："老哥，好好看病，说不定奇迹会出现。"他也苦苦地笑了。

　　坐了一会儿，他催我走，说："赶紧忙你的去吧，哥暂时没事。"我还想再多陪他说说话，他见我不走，说："走吧，兄弟，哥累了，想歇歇。"我只好走了，临出门还叮嘱我："哥求你的事儿别忘了。"我只好点点头。走出门，我泪眼模糊了。

　　老哥啊，你都没几天日子了，还操心着嫂子和娃。

　　我的好老哥呀，我在心里默默祈祷，给咱多活些日子吧。

2013年2月24日

同　学

丹　哥

丹哥是我三十多年前的同学，至今还经常来往着。不忙了，相互走动走动；忙了，捎个信，打个电话，或是发个短信问候一声，很是温馨。

上师范那会儿，他是我的偶像，也是我们年龄小的同学的保护神。他人长得有神，留着小八字胡，酷似《列宁在一九一八》中的列宁。他文章写得好，那篇《〈老水牛爷爷〉读后感》，被老师当成范文让我们学习。我人笨，咋也学不会，几年下来连信也写不通顺。操场上他那优美的投篮姿势，我羡慕得偷偷学，到现在都没学像样。外班有人欺负我们，他往面前一杵，捋起袖子，露出他那一疙瘩一疙瘩三角肌，摇晃着喊："咋了，想占我兄弟的便宜，先问问这愿意不愿意？"那些人一看这架势子，拔腿就跑。他笑着对我们说："把胳膊练成这，谁都不会怕的，老哥教教你们吧。"从此，练双杠，举哑铃，我们应心地锻炼着。

毕业了，成家了，生小孩了，他和妻子都在离家几十里地的一个镇上教书，叫婆去给照看孩子，他一下课就跑回家，不是急着生火炉子，就是抢着抱孩子，让老人歇歇，婆却啥都不让他做，婆说："婆一辈子养了你爸好几个，都没累着，我娃教好书，不把娃些个耽搁了，就是婆的功劳。"婆已离开多年了，一说到婆，他两眼就红了，感慨地说："多好的老人呀，可惜走得太早了。"

同学哲和我同龄，毕业后也和丹哥分配到一个镇上，在小学教书，丹哥就隔三岔五去看，看床铺好了没，看饭做熟了没，看教书还有啥要帮忙的没。哲要参加高考呀，除了教书，得全力以赴复习功课，丹哥心疼地说："兄弟呀，可不能把身体累垮了，其他事儿，你就甭操心了，有你哥哩。"打那以后，一放学，他不是骑自行车去接哲来吃饭，就是抱着娃在门口等，哲啥时不到，啥时不开饭。看着哲吃得满头大汗，嘴还咂巴咂巴的，他这才欢心呢。

哲的父亲退休后住回棣花老家，每年老人过生日，他和宁哥都要去给老人祝寿，哲感激地说："我有时忙得把老大的生日都忘了，难得老弟兄们还常挂念，真是比亲儿子还亲呢。"

丹哥调回到县城工作，他把工作干得有声有色，把父母也照看得很好。日子紧巴些，又利用家里的空房子开了个洗澡池。一闲下来，就去拉煤呀，看火呀，扫房间呀，心里很朗然。

儿子上大学了，他经常叮嘱：要像你几个叔叔学哩，要勤奋，要会做人。儿子毕业在机关工作也很优秀，成家后，一下子给生了双胞胎，他兴奋得几天几夜睡不着，激动得不停地给我们打电话："你侄子给咱花开两朵了。"一到周末，他就跑到市里经管孙女，一手抱一个，那个乐呀，就是孩子给他拉身上了，他都舍不得擦，高兴地说："那是孙女叫她爷发财哩么。"

每次进市里，他都要到我家来，他知道我工作忙，从来不给我打电话，等到家里了，妻才给我打电话告诉我。我埋怨他，他总是笑着说："哥知道你忙，不打扰你，来看看咱闺女。"等我赶回去，他们又走了，捎来的糊汤糁子、核桃饼。嫂子烙的核桃饼有象棋子那么大，看着小巧，吃着香甜。等我再打电话时，他们说已经到家了，然后会给我发个短信：哥知道你爱吃你嫂子烙的饼，等吃完了，再给你拿，工作再忙也要把身体当事，保重。

看着老兄的短信，我感动得眼睛湿润，天底下哪有这么好的老哥呀！你忙了，想见你，又怕给你添乱，时常惦记着你的冷暖。

2011年3月27日

朋友的微信

秋日一个周六晚上，在体育馆打羽毛球。歇息时，随便翻看手机，哲兄发短信说："请看微信，有重要东西。"我急忙打开微信：噢，原来是发了我几张青春时的照片和当年写给他的信。他真细心呀！这些我早都找不到了，他还把我们青春的影子完好地珍藏到如今。看着仿佛不认识的年轻时的自己，我一下子泪水涌出来，和汗水融合模糊了双眼。

照片是十七八岁的我。一张是在原来商县照相馆照的标准照，瘦长脸还留着八字胡；一张是我那时练剑术的照片，也像模像样，他在照片右下角题写了"青春剑"字样；一张是在丹凤县城花庙前丹江桥墩靠着，风把头发掀成一丛荒草，人笑得眼睛眯成一条缝儿；还有一张是在老家门前河边老柳树上，人小得都看不清楚。丹江河畔独坐的那张，他给取名《独》，还真是孤独沉思。有他一张舞剑的照片，人也瘦如蚂螂。那篇题为《友情断想》的我当时写给他的信，他也翻拍发过来。比较工整的硬笔楷书，乍一看好像不知道谁的字，他把照片和文章放一块儿，用红笔写上：粉红色的回忆……

他在电话里还说，女儿要出嫁了，他在收拾东西时发现的，看到过去的照片、信件，也叫人热泪盈眶。我们的青春已经一去不复返了，而友情却像放久了的蜂蜜，浓得用筷子都搅不开。

我们风华正茂时，也是狂人一个，正如信中所言："面对这一个人的苦痛，两颗心分担，并且把每一次挫折都视为磨炼的好机会。有时像疯子一样抱头痛哭一阵，又高歌起来。别人讽我们神经病，我们高叫这才是我们的生活。"看看那时的文字，还是有点拙，有点虚而不实，可是清风扑面感的情谊却是真真切切的。用他的话说"拙朴不俗，美的高境也"。

那些照片都是黑白的，印象中是他给借的砖头般的"海鸥"相机照的。每一张照片都有一段耐人寻味的故事。那张《独》的照片，好像是十八岁时，初春早上坐在河边石头上想着一位姑娘，当然了，纯纯是单相思似的暗恋。那张练剑的照片，是我俩从书本上自学的剑术。每到周末我们从不同的学校到他家见面，相互交流学习心得。开始没有剑，我缠叔父给做了两个木头剑。叔父是木匠，活儿做得精细灵巧。后来哲兄的父亲给我们造了铁剑。伯父在县农械厂工作，他加班加点，用了两个晚上给我们做出来。剑柄光滑，剑刃锋利。每天黎明前，闪闪的剑光和残星比美。河边那棵老柳树，是我童年的乐园，记忆着许多童年的快乐。那时候我们有点像恋人，每周见一次面，见面有说不完的话，睡在一张床上，整宿整宿激动地说话。刚躺下，又一个话题说得一骨碌爬起来坐到床中间，头抵头说着。那段激情的岁月我在那篇《淡淡的友情》中真实地记录了。

哲兄说他女儿看了我们当年的书信和日记，感慨地说了一句话："没有那些艰难，也不会有你们的今天。"是啊！当年的种种历练才是我们生命中最珍贵的东西。

如今年过半百，偶尔梳理过去，那些有意思的事情，依然像昨天刚刚发生的。一个民族没有历史就等于消亡，一个人生命中没有苦难也等于枯竭了。哲兄的微信又一次点燃了青春的火苗，让我感慨万端。我记起一次理发时，和二十几岁的小师傅聊天，我羡慕他的年轻，他却歪着脑袋反问："叔，那用我的青春换你的阅历，你换吗？"他的话噎住了我。是啊！让时光倒流，又回到二十几岁，这几十年的经历归零，我会一千个不愿意的。这生命中的点点滴滴是不能再生的，是有唯一性的。

如今，我们都有了各自的事业、各自的爱好，天各一方，忙起来见面少，连问候也少了。有时他回老家，临走时才电话告诉我，说："知道你忙，也就没打扰，走时招呼一声。"我埋怨他，他却笑笑，说："理解，理解！"

我们是近四十年的同学了，友情也从激烈狂热变得平静了。心里惦记着，问候言语也简单质朴，流水一般。有事儿了，电话也是三言两语，一句"保重"画上句号。

噢，"重要的东西"原来是我们的过去、我们的青春，还有那份淡而不俗的情。再次看那篇《友情断想》，"在人生的紧张的缝隙间，友情犹如地狱里的一道闪光，每时每刻照耀着我，领导着我向前去"。这话现在看来有些华丽，意思却是直白的。生命是由各种各样的感情编织而成的，友情恰是一条不可或缺的经线和纬线。浓浓也罢，淡淡也罢，真挚是永恒不变的。

2015年9月13日

友情绵长

人到了中年，亲戚朋友吆喊着要给过三十六、四十九哩。这个岁数暗含着无限神秘，人说明七暗九，说的是年龄数含有九的倍数，是有玄机的，运气好了，好事连连，走路抬脚都能踢到金子，要是不顺溜，树叶落下来都会把头砸个窟窿。想来好运，叫上亲戚朋友大摆筵席，猛吃海喝一通，一切不顺都会被吓跑了。男人和女人过得不一样，男过虚女过实，男的在三十五、四十八上提前过，女的在三十六、四十九当年过。

同学荣前几天过四十九，也就是四十八，今年是他的本命年。他早早就给在城里的同学们通知了。大家各有各的忙哩，那天人没到齐，敬酒中，他感慨地说："人呀，到这个年龄不易啊，忙得连个面都难见。"这是真的，我们都生活在这个小山城，相见时难呀，有时一年半载不照个面，有事打个电话也是三言两语。同学昆风趣地说："要是没电话、没手机多好呀，想说事不见面不行的。"同学西反驳道："你的意思是现代化不好，社会倒退到原始去，说来说去还是人的事，人懒了，情淡了。"在相互劝酒中，大家说着吵着，争得红脖子涨脸的。同学建说："都别争了，从今天起，把友情弄得像这酒一样浓浓的，在绵绵情意中走过生命的另一半。"

也许是经历的事情太多了,我感觉一切都顺乎自然。情浓了淡了无所谓,只要有事儿说一声,偶尔电话问一声,就行了。隔三岔五聚、一见面热情地你拥我一拳我踢你一脚的年龄过去了,我们在平淡中沐浴友情,小溪般绵绵着。不知不觉,寿星喝得有点多,他高喉咙大嗓子吼着:"大家静一静,听我讲那过去的事情。"

他说那时他还在乡下教书,准备往城里调,是同学Y的妻子把他拉到商店给买了一件西服,她嘟哝着说,进城了不能穿得让人笑话。从乡里一进城就吃住在他们家里,这事啥时想着都那么暖人心。Y的妻子却感动地说,那一年他一手提着半篮子碰破的鸡蛋,一手捏着掉了一个镜片的眼镜,还遗憾地说,刚走到路上不小心撞到电线杆上了,把鸡蛋都打了。说着,他赶紧把破蛋往碗里倒。看到他那狼狈相,我心疼地说,看把眼窝都撞成啥了,一边给擦脸,一边抹眼泪。同学昆和妻子一块给同学Y敬酒,他们说,我两口子一有啥难处就去找他们,一闹矛盾也找他们给评理。现在住到一个城里了,却走动得少了。

大家借着酒劲,话说了七筐篮八簸箕,都是感恩的话、感动的话,说得有的哭有的笑,场上乱成一锅粥。还是女人们能行,她们举起酒杯提议:男人不能那熊样,来,再干一杯,友情绵长,以后多联系常走动,都照看。说着,她们个个一扬脖子把酒喝干了。

2010年5月8日

宋 老 兄

女儿上初二,想让我给她找个物理老师辅导,妻让我在熟人圈里物色一个。自然想到宋老兄,他在乡下一所中学教初中物理,家住在市区,离我家也不远。我一个电话过去,他就满口答应。时间就定在每个周五晚上7点30分,他来我家。

第一个周五，女儿还想在外面多玩会儿，说的是晚8点。可宋老兄晚7点就到楼下了。家里没人，我在加班，妻和女儿也没回去。他电话过来，我劝老兄先回去，他说："那你不用管，8点准时就来了。"

等我匆匆忙忙赶回家，他还在客厅给女儿讲解速度方面的知识。等他辅导完，我才知道他刚才一直在我家楼下转悠等着。我很抱歉，妻子也很不安。他那干柿饼似的脸上浸出微笑，说："咱啥关系嘛，早点晚点没事。"

是呀！我俩上初中时，就在一所中学，他比我高一级。上师范时，他又比我低一级（我是初中毕业考的，他是高中毕业考的）。我们的父辈又同在一个邮电支局工作。毕业后，我们又在一所中学教书好多年，算世交、好朋友了。

他是个不急不慢的人，说话也是慢条斯理。我感觉女儿在学功课上心急，把学习当成压力了。他说让娃对学习产生兴趣，才有钻劲儿。

每到周五，他从乡下学校回到家，吃罢饭，一抹嘴，提上那个天蓝色书袋子就出门了。他在辅导时，尽量用同学之间的交流办法，女儿也能主动思考。

等女儿听完了他的辅导。我俩坐下来说话。他觉得女儿很聪明，只是逻辑思维赶不上形象思维。他说了光学中一个小常识，女儿说了一大堆话，不直接说是光折射做成的。又提到农村学生的学风远不如城市。在城里老师动不动训斥家长哩，在农村老师却是在祈求家长，生怕学生动乱子。

想想当年，我们在一所破庙里的中学教书，那份快乐，如今再也找不到了。宋老兄、老白（现在市里重点中学教书）和我，我们仨小伙子，把学生当成自己的小弟弟小妹妹看待，和他们处得像朋友。除了上课以外，一块打篮球、练武术。晚上等学生们都回家了，我们就孩子般疯起来。不是唱歌，就是大声朗诵普希金的《致爱情》的诗。饿狂了，宋兄亲自用煤油炉给我们蒸红薯、下挂面。他心灵手巧，做出的饭，吃得我们个个都打饱嗝。

有一天晚上，窗外下着鹅毛大雪，我们仨一块儿干喝（没有凉菜）在地段医院报销药费时买的人参养颜酒。我那时还不会喝酒，只喝了一两口，他俩豪情地喝起来。喝得差不多了，吼着要尿尿。我要一个一个扶着去，他们说没事儿，仨人一块去。走在没脚脖子的雪地里，雪一照，风一吹，他俩就头重脚轻了。脚下开始拧麻花了，我赶紧一手搀一个朝厕所摇晃，没注意我脚下一滑，我们仨倒了一疙瘩。我扶起宋老兄刚站稳，帮他脱裤子，没来得及就尿了，我又去扶老白，他已经滚成雪人了。等二位完事儿，我又一手扶一个，一步一滑摇摇晃晃到房间。回到房间，老白吐了，宋老兄微笑着说："兄弟，没，没事儿，吃挂，挂面吧。"我给老白擦干净，又倒水给他喝，让他靠到床边歇着。给宋老兄下了挂面盛到碗里给他递到手里。他拿筷子在碗里乱夹，夹着挂面在脸上胡戳，就是找不着嘴……

说起那些事儿，我俩都会心地笑了，那份纯真，那份狂欢，那份亲切，想起来心里依旧热乎乎的。

宋老兄有一儿一女，也是活神仙了。女儿已经出嫁，有外孙子了。儿子毕业在电视台见习，嫂子在街道办工作。他说现在操心儿子的工作。他教书依然是那么认真，周五放学搭同事的便车回城里，周日下午饭后又搭便车去学校，每一周都这样，他感到生活得很满足。

近一年，他在网上结识了两位中医，他自学了不少养生之道。昨晚他给女儿辅导完毕，给我和妻子滔滔不绝地讲起养生来。他说，再忙，每天都必须11点睡觉，养胆哩，胆清脑才清。他知道十二经络，还会摁经络穴位治病。他先在自己身上练习，然后再给熟人按穴位。现在他按穴位治好了不少人的腰腿疼。给我说着，他的手指头就在腿上比画，踝关节下二指处是太溪穴。他开玩笑说："常按太溪穴，胜过吃六味地黄丸，保你赛青年。"他缓缓端起水杯，缓缓喝了一口，说："阳虚生外寒，阴虚生内热。这就是头疼医脚的中医真谛。"一会儿，他就说了好多，什么长夏，什么春养啥、夏养啥、秋冬各养啥。我赶忙让妻拿笔纸来，一一记下。

他在我家客厅，头上的鸭舌帽也不摘，身上的呢子大衣也不脱。我开玩笑说："看谁把你东西拿去了。"他笑着说："乡下冷，没脱惯。还怕弄脏了你的沙发。"

我们说话，不知不觉快11点了，他说："好了，我赶紧回去呀，11点睡觉，雷打不动。"说着拧身走了。

2016年1月16日

同学的牵挂

一天上午，我正在开会，同学荣打来电话，我没接听。后来给忙忘了，也没再给回。第二天突然记起来了，赶紧给他打过去，问有啥事。他笑着说："倒没啥事，这几天晚上连着做梦，都梦见咱俩一起钓鱼哩，看来还真是想你了。"我问他的身体状况，他说血糖稳住了，针也不打了。

荣是我大学的同学，在市里一所重点中学当老师，任的是语文教研组组长。他教高三时，高考作文大都猜个八九不离十，自然语文成绩比较好。过去我们至少一月要聚一回，如今几个月都见不上人面，一个"忙"字打乱了生活秩序。

他和我一样在酒桌上都很豪情，这一豪情就多了，一多就收拾不住了。一天晚上，他喝完酒，回去迟了，和校门卫发生争执，他扬起拳头就要打，多亏身边的老师挡开了。还有一次，他喝多了，要去找一起喝酒的一个人的事，说那人刚才蔑视他来，我抱着他往回拽，他猛一用劲，把我摔出多远，气得我扑上去，把他压倒，让几个朋友把他抬回家去了。在外面怎么喝酒，只要晚上有自习给学生辅导，他会一秒也不差地走进教室，此时此刻给学生讲解，能超常发挥，学生们感觉到是最精彩的。

他自小练过武功，上大学时，浑身的肉都是一疙瘩一疙瘩的，要不是那副像酒瓶子底一样的眼镜，和那一手飘逸洒脱的毛笔字，谁见了他都说是个江湖汉子。有一次，在学校宿舍里，两个同学不知为啥吵起来了，吵着吵着就扑到一块动起手脚了，他"啊——"一声跳到两人中间，两手一挥，把两个人拨出老远，吓得那两个乖乖坐到自己床边，不敢言传了。

他对同学朋友的事很在心。有个同学要买房子，手头紧巴，张口向他借，他也刚交了房钱，却满口答应。不几天，他从亲戚那里借钱送到同学手里。一位熟人借他钱好几年了，也不还，见面了也只字不提说，他也不当回事，妻子埋怨，他却说："可能手里紧，不还了，权当送给他了。钱有多少哩。"我出版了一本散文集子，他二话没说，就抱去上百本，我很感激。可后来我知道他是用自己的工资买来送给他学生读，我硬要把钱退还给他，他却发火了，训斥道："咋了，我愿意为我的学生花钱，有你的尿事。再说，掏钱买书天经地义，我没犯啥法吧？"叫他把我说得无言以对了。

几年前，他的一个学生毕业找不到工作，他就三天两头跑来找我，让我给想办法。他郑重其事地说："娃家里很可怜，你无论如何给帮帮忙，要是我的啥亲戚，我都不管的。"他经常对我说："当老师没啥出息，也不图啥，只要老了，有人能叫一声老师，心里就美日塌了。"

好久不见他了，春节前我在医院陪父亲看病时撞见他，他人瘦得我都认不出来了，看着也无精打采的。我问他咋了，他淡淡一笑，说："得了糖尿病了，在医院吊了一个月针了，好多了。"他赶忙问我父亲的病情，跟着到我父亲的病房。我问他，他说前段时间人瘦，浑身发困，一查血糖高，就住院治了。他看我担心的样子，拍着我的肩膀说："放心我没事，把老人的病当事。"看他开心的样子，我才有些释然。他说学生的课耽搁不起，就利用吃饭时间来打针。

他好些了，出院后，专门设宴招呼大家，等人到齐了，他端起一杯酒，严肃地说："这病就成了我后半生的伙伴了，酒就告别了，今天请大家好好喝，我正式宣布退出酒坛了。"说着他把一杯酒高高举起，然后又轻轻放下，慢慢洒到地上。放下酒杯，他笑了笑说："大家放开喝，把我的也给喝了。今后大家有啥事，还得由我这秘书长来组织，谁要不告诉我，小心我这拳头。"说着拳头在桌子上弹得梆梆响。这才活跃了气氛，他高兴地看着大家猜拳喝酒。

2009年5月28日

那位女同学

年前接到一个电话，是上师范时的女同学玫打来的。她承包了一个工程，还欠了些钱，让我给帮一下忙。

玫是我们学校的"黑牡丹"，瓜子脸，长辫子，人长得娇小秀气，只是有一点点黑，也正是肤色这淡淡的黑，平添了几多韵味，很耐看。她比我大，该叫大姐了，也是我们班大哥们心中的偶像。只要她想办啥事，保准有好几个老兄一块去帮忙。就连上食堂打饭，他们也是争先恐后给排队。玫热情大方、活泼可爱，哪里有她，哪里就会笑声朗朗、生机勃勃，她也活跃了整个班里的气氛。要是她有事请假，班里一下子就老气横秋似的。

她在上学前家里就给订了亲事，那男的比她大好几岁，在省城一家大企业工作，她也看重这门亲事。男同学们都知道这事，但对她依然是关爱呵护有加，她那对象来了，大家也像对待亲人一样，凑钱买酒好好招待。她也大大方方热热闹闹兄妹般和大家相处着。只是等她对象一走，有些同学心里多少有点那个，上食堂也不主动给她拿碗了。不过没过几天，那些同学依然跟她像从前一样相处了。她也主动给这个男同学洗衣服，给那个男同学钉扣子。

毕业后我和她分配到同一所中学教书。她对我像对小弟弟一样关心。我要是在工作上有什么不足，她会耐心开导；要是和其他老师没处好关系，她就跑去找人家说情，回头再整说我。我们相处不到一年时间，她就调到西安去了。临走时，她送了我几套书，还很认真地对我说："大姐要走了，你要好好教书，多读书，到西安一定到家里来游。"她走后那段时间，我老念叨她，心里有种空落落的感觉。心想将来找对象一定要找像大姐这样的人。

有一次，我和一位同学到她家里去，她高兴得跑出跑进，又是倒茶又是递烟，又是忙着做饭。坐下来说到上学那会儿的事，她动情地说："大家对我太好了，那份情谊一辈子都不会忘的。"晚上，她让我们睡在床上，她两口子打地铺睡。

有一年，我大姐家里盖楼房，买不到钢材，我抱着试试的态度，给她打了个电话，她二话没说，让她丈夫找便车拉着送到家里。当时大姐手里钱不够，她就用自己的工资给垫上。

前两天，她来找我，见到我格外高兴，她脸上已经不红润了，可风韵犹存，依然是开朗大方、有说有笑的。我问到家里的情况，她脸上泛起淡淡的忧伤，微微一笑，说："和你那位大哥已经离了好几年了，儿子已经上大三了。"说到工作，她很轻松地说："那厂子倒了，下岗后也郁闷过，又一想，人一辈子啥事都会遇上的，就去卖茶叶，现在又在搞工程了，还行。"谈到个人问题，她很坦诚地说："两个人在一起就是个感情，没有感情了也就到头了，刚离婚那阵，也痛苦过，也悲伤过。卖茶叶时认识了福建一个男的，相处一段又分手了。现在这位是搞工程的，人实在，对大姐蛮好的，两人也说得来。"她的脸上洋溢着幸福和快乐。

她让我找人要工程款，我说已经说好了。我留她吃饭，她笑着说："要钱要紧，下回吧。"就匆匆告辞了。望着她那辆红色轿车消失在车流里，我心里默默地为她祝福。

2007年5月12日

李明白的"明白"

李明白的真名叫李明学，是个热心肠的人，平日里跟人说话总少不了"明白"一词，像给他说啥事，也许他从来都没听说过，但是他会胸有成竹地说："那事嘛，我太明白了。"所以时间长了，大伙就把李明学叫李明白。

明白在一家工厂车间当班长，工作上带头干，还时不时请手下人去喝酒，大伙上班自然跟着他好好干。他们一起喝酒时，他会自告奋勇地说："谁叫咱是个官哩，有理没理，大头先起，我先打通关，相信你们都没意见吧。"说着他那牛腿一样粗壮的胳膊就伸到别人面前了。高亢有节奏的划拳声，多少还有点音乐韵味，这时他会扬扬得意地吹嘘："听听，咱的划拳声比歌厅里的唱歌声还中听哩，让免费听，真便宜你们了。"喝酒时他会把杯子咂得干干净净，谁要是真喝不了，说一声，他二话不说端起来一仰脖子完事。他的酒量有多大，谁也说不清。有一次，他到一个朋友家去逛，朋友给提出了一瓶酒之后，说再去给弄几个菜。等菜端上来，酒瓶成空空了，他不好意思地笑着说："我先尝了尝，这好酒真不经尝的。"朋友又拿了一瓶，他知道朋友酒量不咋样，很干脆地说："这瓶给你倒二两，剩下的我包了。"他俩聊着喝着，不知不觉一瓶酒又完了，他还有些意犹未尽，朋友却已经舌根子发硬了，他也只好告辞了。回到家，又把邻居王三叫来，打开一瓶白酒，让妻子给炸了一盘花生米，又喝起来，喝得他话多了，东西南北海谝一通，到凌晨，酒喝完了，他扶着王三回家，自己回来倒在沙发上就呼噜起来。

明白下班很少回家，不是到这个朋友家喝，就是上那个朋友家聊，当然有人请到酒店是太美不过的事了。朋友谁家有啥事，第一个见到的必然是他，他比主人还热情，主动地招呼着来人。一次，朋友的儿子开车出事了，人没了，家里哭成一团糟，他到场，自然成了主事的一样，不慌不忙地说："事儿出了，都甭乱，某某招呼二老，某某在家里请阴阳先生布置灵堂，我带三个人把娃接回来。"这当儿他早把火葬场的车叫来了，他吆喊着人上车，出了城，在路边一个村子找到村主任，捉了一只白公鸡，他说："鸡能招魂，娃死了魂得叫回来呀。"到了现场，他帮忙抬死者上车，回来，又张罗着给脱衣裳，洗身子，再给穿新衣服，穿几件，都穿啥，他在回来的路上已经电话安排停当了。等把死者停好，他这才缓了一口气，又去安慰娃的父母，他人情世故古今中外大说一通，反正让老人少生点气，说得嘴都干了，有人端来一杯水，他没喝，只趴到耳朵上叽咕了两句。一会儿，一个小伙子提来一瓶太白酒，他拧开一仰脖子就喝下半瓶，香得咂巴嘴。屋里安顿好了，他还要上交警大队说赔偿的事。几天里，他请了假全身心在这里。等一切处理结束，他这才放下心，好好睡了个囫囵觉。

他一读书就瞌睡，可对读书人很敬重，他的生活圈子里有不少满腹经纶者，大家和他很合得来。有几个朋友在一起练书法，每周要在一位朋友开办的艺校里交流一次。他总是早早地先到，打扫卫生，烧开水，沏茶，等大家都到齐了，他沏的工夫茶已经香溢满屋了。他给每人递上一杯香茶，笑着说："书童工作咋样？还算尽职尽责着哩吧。"他在这里真是个称心的"书童"，让人人都很开心，谁的水喝完了，谁的毛笔要洗了，他都抢着去做。他会幽默地说："先生们，这些粗活是我的，你们好好把字写好就成。"老师要写一幅楷书，需要在宣纸上打格子，他主动要求学着打，半个小时下来，打得斜是样样顺是行行，老师太满意了。一位朋友正在临苏轼的《寒食帖》，他站在背后看了半天，感慨地说："哎，苏老人家那时真可怜呀，烂灶烧的是湿苇子，煮的是山野菜，诗和字咋真好嘛，真到位嘛！"

明白是个明白人,他明白的是给朋友们帮忙做事,明白的是天天少不了喝酒。他就是这样的人。

2007年8月19日

踏雪访友

一个周末的早晨，天阴沉着，几个好友相约去省城看一位老兄。老兄为人耿直，也曾为官，也曾有过辉煌的事业。现在啥也不想，情有独钟，爱上了雪域高原，还爱得那么执着、那么神秘。

车子进秦岭山，天上飘起了雪花，2007年第一场雪来得真叫晚了一些，可恰巧让我们在第一时间遇上，激动，兴奋，我们几个老男人在车上狂呼乱叫。走到牧护关，山峦、村庄、田野已经白花花一片了，我们匆匆跳下车，站在雪地里享受个够，很想在地上打几个滚，聊发一下"少年狂"，只是没一个人先带个头，大伙都默默地昂着头、闭着眼，陶醉在自然的纯美中。雪花拥吻着，想把沉睡一年的孤独和思念完全倾诉，那种女人的柔媚、情人的缠绵，让我有一种情爱的冲动，于是，我的感情世界也开始下雪，一种温存的雪，一种友爱的雪，一种让生活更加灿烂的雪。兴奋之际，我给好友打电话说我正在与2007年第一场雪打招呼哩，他也动情地说让我替他多吻吻、多抱抱。我心里想，在这雪花飘飘的早晨，让我在这秦岭山中去叩开唐代大诗人的柴扉，那句"风雪夜归人"要是老先生给我说的那该有多惬意呀。

到省城，见到友人，他很激动，在雪花飘飘的日子里，有人大老远来看，真叫感情呢。说到雪，他眼睛突然一亮，兴奋地说起了青藏高原。他只身一人几年来十进西藏，足迹遍及那里的山山水水。他把心交给了高原，现在只要在电视里看到西藏，他就好几天都不得安宁，恨不得立马动身就走。每次从西藏回来，他就像跟最疼爱他的亲人分别一样，十几天人都恢复不了正常。那里的人和人之间的真诚淳朴就像那里的空气一样没有一丁点杂质，就连强盗也都很诚实。一次，他开车被几个强盗挡住了，说没法生活了，给几个钱，他给了一张一百，不行，又给一张，还不行，等给了第三张，一个强盗还把钱在太阳底下照了照，给三个人每人一张，然后一句"扎西德勒"放行了。

第一次进藏，一个人开着车，把他煎熬咋了。车子走了十几天没见一个人影，没人说话的孤独折磨得他差点发疯。没治了，他架起摄像机和镜头里的自己对话。后来，渐渐地，他体验到不说话也是生命的一种境界。几年来，他一直关心着藏民小扎西的生活，每次去都要给小扎西和他父亲带东西。回来后，隔几天就要给小扎西打电话。小扎西对佛十分虔诚，从家乡玉树一直磕等身头到拉萨，每天又要围绕布达拉宫磕两圈长头哩。他父亲有风湿病，临走时，他专门给买了几百元的药。有心的小扎西用自己收的布施，给他买了一份唐卡和黄色的哈达。把这礼物绑在身上，绕着布达拉宫磕了三千多个长头，又到寺院里磕了上千个长头，这才把礼物送给他。临分手了，小扎西头顶着他的胸口磨蹭着、哭着，然后猛地转身跑到当街上，双手合十举过头顶，嘴里念叨着，根本不管街上车子，喊着，哭着，像发疯一样。那一幕永远定格在他的脑海里。

那里的雪才是藏民的灵魂呢。下大雪时，就像无数人在砸雪仗，碗口大的雪球飞砸来，把人都能砸倒的。他现在想的是多挣点钱，用自己的钱为那里的孩子盖一所学校，也算是对自己灵魂的最好慰藉……

友人的灵魂已经完全融入了西藏，他说时不时想起那牛粪的清香来。灵魂的净化让他对世间的功名利禄已经没有多少感觉了。他只想多为小扎西一样的苦孩子做点什么。

黄昏时分，我们告别了友人，心里想着有机会一定陪他进一次西藏。车子进山了，雪依然飞舞着。我的心也飞舞着，仿佛飞到了雪域高原。

2007年12月2日

老　马

　　老马,四十多岁了,长脸,翻嘴,说话软绵绵、慢腾腾,还时不时结巴出一两句幽默,使白开水一样淡的话,还有点耐嚼的味。衣服穿得新新的,却常常是这儿几片饭痂子,那儿几圈油坨。

　　他当过教师,写过小说,当过记者,办过报纸。现在是什么也不是的自由人。

　　师专毕业,他立志要当一名好的数学老师。认真备课,精心教课,把学生当自己的弟妹待,就是说话不流畅,也不昂扬,吸引不住学生。偶尔说个笑话,冒出些幽默,惹出哄堂大笑。渐渐地,学生对他讲课没了兴趣,他有点伤自尊。课余爱上了文学,狠劲地读,疯狂地写。后来,从区高中调到一个乡初中教书,他依然竭尽全力去工作。读书写作就像吃饭一样,天天都不能少。有一次,我去看他,他住在一间八九平米的低矮房子里。一张桌子,一张床板,一把凳子,屋里就没多少空间了。桌子上乱七八糟摆满了书,书上的灰尘能拿把抓,只有经常趴着写字的那地方,还算干净;床上脏兮兮的,白单子也成灰黑色,被子从来没叠过,油腻的枕头上反扣着一本《红楼梦》,被窝里塞了一本《红与黑》,只露出半个"黑"字;土墙用报纸糊着,发黄发黑,有的地方掉得片片落豁,屋顶上的纸顶棚也闪下一半,高个的人,都能撞着脸,四周被蜘蛛网罩得严严实实。进到他房子,我还以为走错了地方,跑到废弃的小仓库里了。看看那床底下塞满的麻袋，全是他写的稿子，瞅瞅他红肿的眼，还有那磨出茧子的右手食指和中指，油然生出几分敬佩来。

他坚持天天读，天天写。每月光寄出稿子的邮票信封都二十多块，常常是在灶上少吃一个馍，也要腾出一张邮票钱。稿子天天往出寄，没发表也没退稿，就像雨点下到了州河里。他依然写着，生活得嘻嘻哈哈、快快乐乐。别人取笑他，他却一本正经地风趣道："这和爱女人一样，就要执着。"

他是一个典型的理想主义者，生活在理想中，而现实中，过得杂乱无绪，有时真不知道他想干什么。每月的工资全用在买书本、买笔墨、买稿纸上，食堂的伙食费只得赊账。有一次，他半开玩笑似的给学校团干说："我，我没钱吃饭，没钱买裤子，给我退团费，我要退团哩。"他的玩笑被人家当真了，区上派人调查，在全区教师大会上，把他当成反面典型。区领导正在大会上点名批评哩，突然领导声变成了他的声音。原来是他大步流星冲到主席台，抢过话筒解释：这事绝对是一场误会……

读着，写着，日子再巴作，他从没间断过。一次看了电影《野山》，他激动得熬了个通宵，写出一篇评论文章。没多久，收到了获奖证书。他兴奋得把保温瓶都摔了。慢慢地，他有点小名气。市里办了一份报，把他调去当编辑记者，他揣上调令上任了。白天一个乡镇一个乡镇跑，晚上辛辛苦苦写。不几天，一篇有分量的稿子见报了；做编辑，他慎重地删繁就简，把一般的稿子"美容"得靓丽无比。报社领导脾气不好，动不动就骂他。出力又受委屈，心里很难过，最后实在受不了了，他跑到省城一家报社打工去了。工作也干得红红火火，只是调动手续还在兜里。朋友关心他，他却笑嘻嘻说："不咋，不咋，还好，还好。"不久，那家报社撤了，他跑回来，正赶上这家报社也撤了，别人都忙着找新单位，他却跑得没踪影了。

好几年，他没人影，工作丢了，文章也没写。朋友们常念叨，不知他现在过得好不好。听说有人在州城看见他，蓬头污垢的。他把老父亲留的几间房卖了，卖的钱拿出一部分办了个网吧，雇了个小伙又不好好经营，没挣钱，那小伙子把电脑抱走顶工钱了；剩余的房钱被那些整天跟着他屁颠屁颠跑的小青年，今儿吃明儿喝给花撒完了，那一伙跑了，再也不找他了。他真成了饥一顿饱一顿。他在城里租了一间八九平米的房子，常常是油锅都烧焦了，一看还没买菜，摸摸上下口袋，一分钱也没有，只好在锅里添一瓢水，下一把挂面，洒点干辣面子将就一顿。

　　一天，他睡到中午11点才起来，吃了一碗挂面上街去了。他尽量到没人的地方去。在小巷子的一棵电线杆下，几个老头正在下象棋。他看得激动，几次都想喊想捏棋子，忍了忍，没有。看到几步高棋，他头点得像油田的机器。太阳落山了，老头们伸伸懒腰回家去了。他这才觉着肚子烧烧的，回去又是一碗没油没菜的挂面充饥。

　　我托人找他，他总是躲躲闪闪。有一天，他终于来了，我没好气地埋怨：多年了，文章文章你没写，工作工作弄丢了，媳妇媳妇没找下，钱钱花光了，你说现在咋办？他依然是憨憨地笑笑，说："没事，没事的，会好起来的。"我给他钱，他拧身走了，撂下一句："稿费还有哩，够花。"我知道在朋友催逼下他写了些文章，可长远的日子怎么过呢？

　　一位诗人朋友说，老马的半辈子生活就是一部感人肺腑的中篇小说。我想还真是的。以后，以后真的能像他说的"会好起来"吗？

2006年2月12日

锅炉工老刘

老刘是单位的锅炉工，五十多岁了，烧锅炉已经三十多年了，文化不高，对锅炉却熟得不能再熟了。

他为人耿直，说话就像农村人挖板结地一样，一疙瘩一股角就来了，常常是不看人的脸，不给人留面子，工作上有啥不到位的，他会高喉咙大嗓子到处喊叫，他经常挂在嘴边的一句话是："错了就错了，还怕人说？"有一次，单位召开职工大会，领导正讲话哩，他却站起来大声说："你说的不对，锅炉水处理没人比我知道得清。"看，当场给领导下不了台阶。事后，他也想不到给领导赔情道歉，好像没那回事一样。他就是这样的人，谁拿他也没办法。

每到冬季，各路的煤贩子都来找他，他黑脸一封，谁都不买账。有人想给他好处，让拉煤的车过磅时高抬贵手，他拉下黑脸骂道："狗日的把人当啥了，公家的事，我长这大还没敢马虎过哩。"每次过磅，他都极认真，把车前前后后检查一遍，看在哪儿塞石头没有。一次过磅时，一个司机用大衣裹着装睡着了，他跳上去，一把拽下来，骂道："狗熊滚下来，还想混百十斤煤哩。"拉来的煤在烧的时候，发现有煤矸石，他都会在账上给扣掉。煤贩子心里在狠狠地骂着，嘴上却夸道："刘师才是公家的真人，好人啊。"

烧锅炉经常需要雇临时工，他要求特严，一要曾经烧过的人，二要人缘好又舍得出力的。他老婆七七八八给他说把他挑担子叫来干活。没几天，就被他赶走了，他骂老婆："妈的，好吃懒做的贼东西，还戳是弄非，早早滚回去。"可对那些干活卖力的人，他却叮咛要注意休息。他常说："做人干活都要实实在在，力气出了还会再来的。"

他没读多少书，可遇事好动脑子，不会的东西，一琢磨就有门道了。单位那辆破工具车就像个病儿痛儿的人，三天两头出毛病，他自己学着修理，势翻势翻还真修好了，还把电路重新改装了。机关里谁家里电器坏了、厕所堵了，只要招呼一声，他会利用休息时间去给帮忙弄好，让主家满意，他也开心。再难弄的东西，经他一摆弄就好了，人们给他取了个外号叫"十二能"。

在小城里，那几家使用锅炉的都把他当成了"救星"，一旦有什么毛病，都会请他帮忙。有一家锅炉温度老是烧不起来，可那位锅炉工是个张罗鬼，他把老刘请去，却大不咧咧地说："老刘呀，我看你也不一定能找出病因的。"刘师最训那种人，他没言传，围着锅炉转了两圈，又把整个操作系统认认真真检查了一遍，又用火钩在炉膛戳了几下，他已经看出毛病了，但装着摇摇头说没看出啥问题。那锅炉工得意地说："我就说你不行，说准了吧？哎，真是火车不是人推的，牛皮不是人吹的呀。"老刘连看都没看他，就回去了。回来后，他给人说："一看那都是张鸡×，我早都看出来了，就是不给他说。"那个单位又请了几个师傅，还是没找到毛病。老刘的话不知咋就传到那单位领导耳朵里了，领导把他们的锅炉工美美地训了一顿，让他再请老刘。那人自己掏钱买了一盒好猫烟，又是承认错误，又是扇自己的嘴巴，老刘心里偷着笑哩，这才去给解决了问题。

他女儿大学毕业找不到工作，他整天闷闷不乐，额头老是疙疙瘩瘩的。同事们让他去找领导，他十分为难地说："这不是给人家出难题哩吗？"老婆骂，女儿哭，他实在没辙了，过年前从老家逮了两只鸡，扛了一蛇皮袋子洋芋，到领导家去了。他怯怯地说："过，过年呀，给，给逮了土鸡。要不嫌弃就，就收下。"说得领导也笑了，问他："一定有事吧？"他吞吞吐吐说明了来意。领导拍着他的肩膀笑道:"一进门就知道有事哩,现在就业难呀,随后给想想办法再说吧。"他那黑不溜秋的脸上泛起了微微的汗,汗中荡起憨憨的笑意来。

2007年7月29日

她和她那个小店

她三十出头，娇小而妩媚，像一小瓶法国香水，看着不起眼，细细去品，馨香深远。

那店，是她下岗时开的，七八年了，是一家经营化妆品的小店，因为她最喜欢把生活打扮得亮亮堂堂。

店小，她却装修得朴素、温馨和柔美，特有女人味，那些爱美的女人们，把店当作说美比美的沙龙。慢慢地，店里人多了，生意好了，她一进店门，就像把娇女揽到怀里，心情明媚灿烂如春日的阳光。她也像呵护爱女一样，把她生活的喜怒哀乐渗透到店里的每一件物品上。于是，那个店便融入了她的生活，融进了她的生命。

可市场是一把无情的刀子，她一个弱小女子有时也无能为力只能任其宰割。她的店旁边开了一家大超市，渐渐地，店里人一天少是一天，她像潮头上的纤夫费力地去拉，可终究无济于事。惨淡的生意，惨淡了她的生活，也惨淡了她的心情。每见一个日头，就要赔几十元钱。朋友劝她赶紧转让，她却依依不舍，仿佛眼瞅着孩子病得不行了，还盼着奇迹出现。

万般无奈了，她这才贴出转让广告，天天盼着有人来谈，上手经营。头几天，还有电话询问，后来就一点信息也没有了。她着急，她苦闷，她都有点祥林嫂般的神经质了，见人就唠叨：看谁要她的店。

她整天惶惶不安，就像贾平凹先生说的他女儿出嫁前几个月，他心老是慌慌的那个样子。她无心经营，也无心打扮了，眼巴巴等着接手的人。

有一天，终于有个小伙子来了，说是要她的店，她眼里放射出快乐的光芒。一谈即成，小伙子当场交了定金。她山雀般跑来跳去，兴奋得一夜没合眼，第二天，就忙着去处理商品。

小店就这样离开她了。当她手捏转让金，坐在客厅沙发上时，这才长长地出了一口气，心里的一块石头总算落地了。原本想冲个澡，把这段灰尘洗干净。可忽儿一下，她心里空落落的，像丢了什么东西，越想心里越不是滋味，仿佛一把屎一把尿拉扯大的孩子白白送人了。她的眼泪夺眶而出，进而放声痛哭起来。开店几年来的一幕幕涌现眼前。

她是个要强的女人，丈夫不同意她开店，她偏要干。从找房到谈价到签合同到刷房到做柜台，她一个人顶着干，从办执照到第一次去省城进货，她也是单个跑。

有一次进货，她早上4点钟起床，坐大客车到省城里装好货才10点钟，心想：下午回去货上架，还能卖一阵呢，心里一下子甜丝丝的。可车在秦岭上被大雪挡住了，一堵就是八九个小时，她又冻又饿，心急火燎。等回到店里已是凌晨了，她不想惊动别人，自己一个人把货一件一件搬到店里，码上柜台，摆完最后一件货时，天已蒙蒙亮了，她靠着柜台眯了一会儿，又张罗白天的生意了。累是累，自己干想干的事心里舒坦。

有次她在省城提完货，高高兴兴去给女儿买衣服，心里叽咕着：这批货赚它个三四百元没问题，拿出几十元给娃买衣服小菜一碟。她在一家摊位前放下货，东挑西拣了大半天，才给女儿选好一件上衣。可是，等掏钱时，钱包不见了。她从上衣摸到裤子，从裤子捏到上衣，就是不见钱包的踪影，急得她差点哭了。回头取货时，货也不见了。她眼前一黑，差点晕倒，咬了咬牙，定了定神，找出零钱，买了车票。

回到店里，她独自一人关门放声痛哭。哭完了，谁也没告诉，一抹眼泪，又精打细算地做起生意来。

一次，防疫站来检查，说有一批化妆品过期了。她说货是新进的，哪会过期？和人家就吵了起来。最后，货要被拿走，她抱住人家的腿，又哭又闹，检查人员只好作罢。

她的小店也是朋友们交流思想的地方。谁要有个烦恼什么的，在小店里说说，也就没了；谁要遇到啥难事，大家在小店里叨咕叨咕就有主意了；谁要有开心事，说出来大家一准在店里乐半天呢。

小店本是一个物，可投进去的是她的心血和感情。如今，她每每路过那小店，心里都会触电一般，像看到她送给人的孩子。

人一辈子不知要干多少事，每干一件事，只要你投入了你全部的精力和感情，即使没有成功，那奋斗的过程也会让你品不尽人生的滋味的。到老了，你再把这一个一个过程像啃干馍片一样慢慢咀嚼，那才叫百味人生呢。

2005年3月5日

西柏坡小院的梨花

深秋,我们这些来自全国各地的食品药品监管人,在国家食品药品监督管理总局培训期间的某天,一同去瞻仰了西柏坡旧址。

我是怀着激动崇敬的心情走进西柏坡的。

黄昏时分踏上这片神奇的土地,我便急不可待地进入西柏坡宾馆门口台阶下右侧石刻长廊。这里有领袖的墨宝,品读着他们龙飞凤舞的题词,嗅得出淡淡的墨香,仿佛置身他们中间,听到他们描绘新中国蓝图时的声音,看到他们指挥三大战役时的雄姿。漫步在碑林里,我犹如在翻阅历史画卷,被那革命历史的一幕幕撞击着灵魂。夜幕下那远处的点点灯影,莫不是毛主席正在伏案疾书……

这天晚上在宾馆,我如饥似渴地阅读着有关西柏坡的书籍。一个小小的山村,走出来一个新的中国,太神奇了,太伟大了!这里的一山一水、一草一木都值得我们敬仰,都是我们心目中的圣物。这一夜,我的梦在硝烟战火中飘荡,我仿佛也成了一名勇士,也有一颗勇敢的心。

第二天一早,天阴沉沉的,在女讲解员引导下,我们参观了西柏坡纪念馆,馆名是邓小平同志题写的。我们怀着敬重的心情,身临其境地感受了党中央在这里的三百多个日日夜夜。我想,那时的每分每秒都在上演着惊天动地的故事,这里记录的不就是沉甸甸的中国革命史中重要的一页吗?

上一个坡,走过一条小街,来到中共中央旧址院子,我朝圣般认认真真瞻仰每一个小院，用心掂量着一件件陈列物品的历史分量。每个小院办公住宿的平房都极其简陋，办公桌椅很粗糙，床上的被褥也很单薄，那种极度清贫的工作生活条件，让我十分敬佩。走进军事指挥所，讲解员说："概括起来这里是一二三四。"她让我们猜是啥，大家都面面相觑。她便打起竹板说快板：一部电话，两张地图，三张桌子，四间平房，不给人，不发饷，就靠一份份雪花般的电报打胜仗。难怪投诚的国民党高级将领黄维在20世纪70年代一心想看看这个指挥所，看后感慨万端，真诚地说："毛泽东不胜不可能，蒋介石不败不可能啊！"

在一个个小院子里徜徉，我无意中发现每个小院都有一棵梨树。讲解员见我疑惑，她甜甜地一笑，说那是意味着大家你我之间永远不离不弃啊！在那极度恶劣艰苦的环境里，领袖们生活工作的院子有了梨树，春天满树梨花像雪花一样洁净，使工作之余的他们，踏过飘落梨花的小院，描画美好的未来，那该是多么诗情画意呀。那棵棵梨树下，就是领袖们赶考前厉兵秣马的战场。那棵梨树边的石磨子，就是毛主席的办公桌，他在那里运筹帷幄、指点江山。那片片梨花一定记忆着伟人为人类奋斗的分分秒秒，"两个务必"不正是千树万树梨花怒放时铭刻在花蕊上的精灵吗？

"不做寿，不送礼"，那是伟人们自己立的规矩。梨花在春风中飘荡，你家我家大家的都在一起，那就是他们伟大纯洁的灵魂，在心心相印，在翩翩起舞。就是那个3月天，就是那次决定前途命运的七届二中全会，那朵朵梨花铭记着那些伟大的声音。每到春天，那梨花一定会用静默向一代代后人倾诉那定格在记忆中的三百多个日子的一切。

这个秋天，梨花也孕育出丰硕的果实，果实记忆着梨花的记忆，在秋风沙沙中诉说着辉煌的历史，诉说着昔人的心声。转念一想，那指挥所发出的一份份电报，不也是一片片梨花吗？它们结出的硕果就是一个伟大的新中国傲然屹立在东方啊！

2014年10月6日

一个女人和一只藏獒的故事

阿香是一位资深女记者,四十来岁,很健谈,只要和她在一块,别人就甭想插上嘴。

她曾经在青藏高原上的一家省报里干过,和藏獒结下了生死之缘。回内地工作十多年了,每每向朋友说到她的那只藏獒,就像提起她已经失去的亲人,泪水涟涟。

那时,她刚二十出头,美丽得像雪山上刚刚开放的雪莲,又写得一手好文章,报社就派她到一个大草原上驻站。她兴奋快活得如一只麋鹿,白天从牧民这个帐房跑到那个帐房,采访收集素材;晚上除了写稿子,就是与孤独和寂寞做伴。好心的藏族朋友就给她送来一只出生不久的藏獒,浑身一片漆黑,两边眉毛上各有一个白点,像长了四只眼,四只蹄子是白的,跑起来像四只小白鸽在低飞,可爱极了。她叫它黑子,亲昵地一抱,那小藏獒就嗷嗷地狂吠起来,吓得她赶紧扔到地上。朋友告诉她,狗通人性的,它做朋友最忠实。她十分好奇地领回了小藏獒。

到家里还没几天,小黑子就成了她的跟屁虫,只是不像其他狗那样摇头摆尾。它特别能吃肉,可一个姑娘家哪儿有那么多钱给它买肉呀。刚开始,小黑子还绝食,她不安地抱起它说:"小宝贝,我真没钱买肉呀,只好委屈你了。"说着,她像摸自己儿子的头一样抚摸着它,小黑子也像听懂她的话一样，主人吃啥它也吃啥，有时她吃的剩汤剩水，它连碟子都舔得干干净净。

　　傍晚，太阳的余晖染亮了草原的碧绿，她领着黑子去散步，给黑子讲她小时候听来的童话，黑子忽前忽后地跳着、跑着，眼睛始终盯着她的嘴，时不时还嚎叫两声，仿佛理解了那童话的快乐。晚上，它直愣愣地坐在家门口，守护着主人，只要哪儿有动静，它电一般闪过去，谁想走近阿香家一步，它都会狠狠教训的。

　　一天一天黑子长大了，它威武强悍得像一位英雄，朝夕陪伴着美丽的阿香，有一种英雄伴美人的快感。有一天，一位藏族朋友给她送来一只牦牛后腿，一只刚宰的全羊，有四十多斤重，黑子瞅着肉，前后走动着，眼睛又瞟看着她，嘴微微动着，她疼爱地扯起黑子的耳朵，动情地说："宝贝，太亏你了，今儿非让你吃个够不可。"话音未落，黑子扑上去咬下大大一块，差点噎住气了，狼吞虎咽没半顿饭工夫，草地上只剩殷红的血迹和硬硬的骨头，它还咂巴着嘴，抬头瞅着她，那意思是还没吃够，她轻轻拍拍黑子的脑袋，甜甜地笑着说："馋猫，我可一口也没吃都给你了。"黑子伸出舌头，站起来重重吻了她的脸颊。

　　有一次，在一位藏族朋友家里喝酒，藏民真诚豪情，她就一个劲儿喝，地上青稞酒瓶子扔了一大堆，还在喝，她喝醉了，朋友要送她，她一扬手推倒人家，摇摇晃晃、跌跌撞撞走着，黑子忠实地跟着。后来，她就什么也不知道了。

　　等她迷迷糊糊睁开眼，周围白皑皑一片，她的头上、背上厚厚一层雪，人已经冻麻木了，可肚子还热乎乎的，原来是黑子躺在她肚子下面，她艰难地爬起来，激动得要抱黑子时，一看她身边的雪地被踩得乱七八糟，还有血迹，有不少狼毛，再看黑子自豪地站在那里，尾巴上却血淋淋的。她惊呆了，狠狠抱住黑子号啕大哭起来。是黑子救了她，黑子是她的"救命恩人"。

　　她的工作需要经常出差，每次外出，她最放心不下的是黑子。临走的前一天，就给黑子说许多话，很认真地告诉它："宝贝，这次出去得五六天，吃的我给你准备好了，你要照顾好自己，看好咱家的门。"等她回来时，黑子一准会跳出围墙，跑到一里以外迎接主人。从她的裤脚到头顶齐齐舔一遍，然后叼起她的背包，骄傲地在前面带路。回到家里一看，家里连根毛草也没丢。每当她拎回一塑料袋饼子，它就知道她又要出差了，这些是它的干粮。它主动用嘴接过袋子，把饼子两个三个分成摊，这儿挖一个坑，那儿刨个窝，这儿埋两个，那儿藏三个，每顿吃多少，心里都有数。水龙头开得很小，水滴答着，渴了就跳上水池子叼着龙头猛咂。有时没掌握好，主人没回来就吃完了，它只有不停地喝水，强忍两天，从不在主人厨房里翻找吃的。回来看到黑子饿成蔫蔫子，她是又心疼又生气，埋怨道："傻小子，灶房还有面包哩，你咋不去找呢。"可她最欣慰的是黑子那份忠诚。

父母亲年龄大了，身边要有人照看，要调她回内地工作，她心里想：老人养咱这么大理应尽孝道，可走了黑子咋办？回去那儿多氧，它死路一条，不回，谁来管它呢？老人反复催她，她只能说手头的事还没处理完。父亲的心脏病犯了，母亲哭着打电话说："女儿呀，你再不回来怕见不上你爸了。"她矛盾着、她难过着，她哪头也撂不下，偷偷哭了几个晚上，一咬牙，把黑子送人。六岁的儿子闹着不让送人，她强忍着悲痛，休了一周假，天天给黑子买肉吃，天天给黑子说话，天天陪黑子散步。聪明的黑子好像读懂了主人的心思，蔫蔫的，也不好好吃了。阿香实在憋不住了，向黑子说明了情况，她伤心地说："爷爷奶奶需要我，我也很想带你回去，可那儿你活不成，死路一条呀！"说完，她似乎平静了许多，黑子也很平静地看着她。她三天三夜没合眼，给黑子讲他们之间的故事，黑子默默地流着泪，一口肉也不吃，一只眼也不眨，默默地站在她身旁。

等朋友来领它的那天，天没亮她就把儿子送到同学家，自己亲自给黑子杀了一只羊，用鲜嫩粉红的羊肉招待黑子，可黑子连看也不看，眼泪汪汪。她用梳子梳着黑子油光光的毛发，黑子一动也不动，静静地躺在她怀里，泪水打湿了她的裤脚。朋友带来六个壮小伙，阿香伤心地说："乖宝贝，她家和咱家一样，你放心去吧，我会想着你的。"说着，她已经热泪盈眶了。

那些人拉它走时，黑子四只蹄子像钉在地上，纹丝不动，他们使出吃奶的劲拉，那蹄子在硬硬的地上挖出了深深的两道沟，看到这，阿香的心也仿佛被抓出两个壕沟。她哭着拧身关了院子大门……

后来，听朋友说黑子过去什么也不吃，站着也不动，突然一天失踪了，到现在都没有下落呢。

2006年7月3日

歌　声

一个周末上午，友人林宏彦的海生艺术学校，举行陕西省社会艺术水平考级商洛考区成立暨全国少儿书画教育实验基地揭牌仪式。有一群特殊的嘉宾早早就到了现场，他们是市级机关离退休老干部合唱队的队员，也是艺校的学生。虽然大多都七老八十了，可精神矍铄、热情饱满，小学生般静静地坐着，或聆听，或鼓掌，都是那么认真、那么专心。他们在为林老师的事业欣喜若狂着。

中午宴请时，我有幸和老人们同桌就餐。凉菜刚端上来，那位瘦长脸背微驼的刘叔就吆喊着举杯祝贺，那急匆匆的样子，仿佛是自己家里过大喜事。大家还没喝哩，他先干了，严肃消瘦的脸上分明写着天真快乐，岁月的沧桑在他心灵深处幻化成洁净美好。没吃几口菜，他老人家就主动当起了午宴主持人，说要把老师的招待宴吃成祝贺的音乐会。他让五十来岁的雷大姐先来一首《北国之春》，淡淡的春意渐渐浸入心田。他又用《榕树下》的歌词情深意切地唱了一遍，那位李阿姨也情不自禁地唱了起来，她用的是日语，真是原汁原味的日本民歌再现呀。这一曲立马掀起了演唱的高潮。接着，刘叔自己演唱了《绿岛小夜曲》，声情并茂，那种真挚的投入劲儿，仿佛是一位小伙子在焦急地等待心上的她。

刘叔的主持大方幽默。谁要是开唱起不准调，他会用嘴当乐器"奏"出过门来；谁哪儿记不得词了，他会马上帮腔。有位周阿姨，原来是位检察官，说她原来没一点音乐细胞，跟老师学了后，现在还唱得有模有样。刘叔报了节目后，周阿姨清清嗓子，大大方方地高唱《红梅赞》，唱得感人肺腑，给人一股奋发向上的力量。

压轴戏是刘叔和李阿姨合唱的《黄水谣》，和谐默契，自如情真。刘叔浑厚的男中音深沉而又震撼，李阿姨甜润的女高音真诚而又动情。他们唱得投入激动，热泪盈眶呀。李阿姨是快八十的人了，每每唱起战争年代的歌曲，都会情不自禁地流泪。他们这代人经历的事情太多太多了，是歌声激活了他们那些苦涩的模糊了的记忆。实际上，他们是用灵魂在歌唱，用生命在歌唱，歌唱生活中的至善至美。

主持人还点名让我们年轻人唱歌，在老人们的熏陶下，我们也满怀激情地演唱，遗憾的是歌词老记不准，时不时还要老人提醒。听他们唱得腔正词准，我们真感到羞愧难当啊。

这些老人过去在不同的岗位上为社会默默地做了许多事情，如今退下来了，也该歇歇了，心还是闲不下。忙着参加这样那样有益的活动，为社会再做点事，给心灵也放放假。平和的心态，美好的心情，比什么都值钱。他们现在真的过着处处有歌声、时时有快乐的神仙日子。

老人们又说又笑又唱又跳，生命之树在他们那里生机勃勃。不知不觉两个多小时过去了，饭菜没吃什么，酒水没喝多少，歌声先把人都陶醉了。他们虽然年老了，但心灵却年轻健康。我们也要学习他们热爱生命热爱生活，认认真真做好每一件事情，忙碌而不慌乱，快乐而不萎靡，执着而不僵化，清清白白地过好一生。

2007年3月31日

绿　窗

　　平日忙于零碎的工作琐事，身边的一些细微变化有时真是视而不见了。我办公室的窗户上啥时爬满了绿绿的青藤，我真没太注意过。一个周末上午，我带女儿到办公室玩，她惊喜地喊："爸，有了绿树做的窗帘了。"她喊着就拉开窗户伸手去抓。我这才发现其实碧绿已经包围了我，静下心认真品味大自然赐给我的美妙。那是从机关大门上悄悄爬过来的爬山虎，它执着地沿房檐慢慢攀着，自由随便地垂下几缕袅娜的长藤，嫩绿的叶子时装一样装扮着，微风中模特般舞动着，靓丽，青春，激情，让人心旷神怡。那轻轻飞舞的妩媚真可谓千姿百态啊。那嫩嫩的叶子如千手佛般用纤细的手托出一片片丰腴的"山"字形的绿。藤蔓上开着米色的小花，是孩子们在捉迷藏，还是少女淡淡的羞涩？过不久，花就变成一串串米粒大小的青果，此刻的纤纤青藤俨然成了成熟的少妇撩逗着人的春心。

　　有位文友来小坐，不无羡慕地说："老兄，你真有福呀！上班有这样的窈窕'淑女'天天陪伴，美死了。"我也风趣地答道："这融融的绿意，我是把它当美女来欣赏，当美文来品读，当诗歌来吟诵的。"他连连点头说："太对了，你这里真是神仙福地了。"有美女，有美文，有朦胧诗，真叫诗情画意了。

　　夏日的中午，骄阳似火，那青藤却送上清凉、心爽。它把骄阳揉搓成星星点点，斑驳着，跳跃着，这里成了心动的世界，无意中增加了几分神秘，几分扑朔迷离。工作累了，心情烦了，读书困了，看几眼绿油油的青藤，心会飞翔，意会激荡，身心轻松，情绪愉悦，一下子就进入了定力的境界。

有一天早上上班不久，我看见青藤上有几只小鸟在上下跳着，叽叽喳喳叫个不停，仿佛小学生在早读，又像几个哲学家在争论，偶尔悄无声息得像一对对情侣在窃窃私语。我放下手里的工作，静心听着。它们跳来跳去，侍弄着青藤微微颤动，又好像给树叶讲述神奇的童话故事。它们的轻松自如，它们的无忧无虑，好让人嫉妒啊。我只有在心中默默地为这上苍赐予的美好而祝福，为人和自然的和谐而祈祷。

下雨了，青藤和树叶在静静地沐浴着、洗礼着，卸下久封的尘埃，用清新滋润着世界。

窗外绿意涌动，心中情趣昂扬。生活中点点滴滴的事情，只要用心去感悟，都会有妙趣横生，都会有快乐无穷，都会有感恩汹涌。

2007年6月16日

当秘书的那几年

秘书就是为领导服务,认认真真做好各方面的服务工作,这是秘书的天职和本分。除了忙就是忙,这是秘书工作的真实写照。

我曾经在一个县级市政府给市长当秘书。市长能力强又能干,我这秘书也就时刻高度紧张着,生怕出啥纰漏。

领导要开会,我得提前看椅子干净不,要往茶杯倒好水放在桌子左前方,讲话稿摊开,笔记本打开,钢笔放在本子右边。会开了,得全神贯注做好记录,特别是会上临时发挥的内容,这些,往往是最精辟最能解决问题的。会后,急匆匆收拾好主席台上的东西,小跑着去为领导拉开车门,等坐稳了,关好门,自己才扑上车。这一切必须完成得自如从容轻松,不能让领导看出一丁点巴结样。在车上,领导问今天讲话的效果,得恰如其分说好,让领导心服口服,无吹嘘之嫌。安排好一切,已经过了吃饭时间,小跑着回家,只有吃剩饭了。放下碗,操起电话联系明天领导下乡检查植树造林的事,一大早7点30分,有关部门一把手就在政府门前集中,新闻记者的车也要安排好,不能领导到现场了,记者还没到——曾经就出现过这样的事,原因是没车拉。一切都稳稳妥妥了,还得跑去给办公室主任汇报,以免造成误会说你越权行事。忙完这些,已经夜里十一二点了,人也累得散了架,可今天会上的简报还没整理,还得继续工作,到深夜2点了才倒头睡下。早上5点就得起来帮家里搬蜂窝煤,要不然一家老小没啥烧了。早7点前赶到办公室，检查下乡要带的东西，组织好部门领导乘车。

车队安全到达乡政府了，所有与会人员还要翻山越岭到植树现场。我跑步走在前面，一手拎着包，一手去拉领导，领导甩开我的手，我尴尬得满脸通红。到现场了，乡长汇报造林完成情况，当他说到三天在三百亩坡地里栽下四万棵树苗时，领导插话道："这个数字不实在吧？"乡长拍着腔子说是一株一株数出来的。领导喊过我，说："那就让秘书数去吧。"我心里说，这倒霉事咋给我嘛？乡长又是我的同学，咋办呢？无奈，我跑了一个多小时，统计出来接近三万株，向领导说明了，他当场批评道："你一个小小秘书还敢骗人，那些树不到两万，我是学农林的，谁也甭想骗过我。"我脑子嗡一下，心想完了，这下全完了，秘书是彻底做不成了。领导接着就工作要实事求是大讲特讲，最后，他说："同志们，做人做事都要实在，来不得半点虚假。"

晚上回到机关，我吓得饭也吃不下，把现场会的情况整理出来，给领导写了一份深刻的检查，见他房间灯还亮着，怯怯地轻轻敲开门，他正在看文件，我结结巴巴地说："市长，我……我错……错了。"他抬头笑了笑说："知道错了就好，做人一定得诚实啊。"他的话让我如释重负，感激得眼睛都湿了。从此以后，我再都没说过假话做过假事。

酷暑的一天，地区在一个边远县召开农田现场会，我陪领导跑了两天，回来时已到了晚上，领导决定第二天一大早就召开会议传达，并给谈了讲话提纲，然后关切地说："小李呀，辛苦你了，又得开夜车了。"他的话让人感动，回到办公室，停电了，我点上蜡烛，想着，写着，汗水打湿了面前的稿纸，又没有开水，就在厕所水龙头上猛喝了几口，继续写，等写好已经凌晨3点多了，领导房间的灯还亮着，稿子送到他手里时，他见我大汗淋淋，走路趔趄，关心地问："是不是中暑了？"我勉强笑笑说："没事，没事。"他急忙抓起桌上两瓶藿香正气水塞给我。回到房子捏着鼻子喝下去，在椅子上靠了半个小时，才觉得好了些。

第二天开会时，我挣扎着提前到会场服务，领导见了，严肃地批评道：

"休息去，不要命了？"我还是坚持开完会，因为会后要把讲话整理好下发到乡镇和部门。这是自己的本职工作呀。

有一天，一位乡下农民来找领导。我挡住问他，他说有事要找。我劝他说领导正忙着哩，有啥事给我说，他高喉咙大嗓子嚷："找市长哩，没找你，你是老几，给你说。"领导听到吵架声走出办公室，喊："这不是牛村的二毛子吗，走，走，到房子坐。"他得意地说："市长比兵娃子都好。"领导忙说："这是他们的工作呀。"事后，他认真地对我说："今后来人，问清了就让来，市长是大家的，怕啥，从他们嘴里还能听到真实的民声呢。"

每年都要开一次人代会，领导要给人民代表报告工作。报告文稿反复征求意见后，我们常常是连夜打印校对出清样，让领导再细细把关，然后再印，再装订。那时打出来的蜡纸，油印还是手推辊子。干到后半夜，大家又困又饿，女同志张罗着给做加班饭，把从家里带来的面菜，做成一大锅烩面片，香味溢满整个楼道，也勾起了领导的食欲，我们正为难着叫不叫他时，他却手里拎着一瓶酒来了，笑着说："你们这些小家伙偷着吃好的还不叫我。"说着，他自己先端过一碗刨了一口，咂巴着嘴，说："噢，大锅饭还是香哩。"他放下碗拿起酒瓶，用瓶盖子给每人倒了一杯，诡秘地说："这瓶好酒我都没舍得喝，专门留给你们的，放开喝，吃饱喝足，干活才有劲。"说得大家开心地笑了，朗朗的笑声在寂静的机关大院上空飘荡着，领导的关怀比啥都动心，心灵这种别样的享受太美了。

当秘书的日子辛苦是辛苦，可经历的事情多，学的东西也多，特别给有才华的领导当秘书，比读一本经典名著都管用，从做人到做事，收获多多，享受多多。正像俗语说的"跟上啥人学啥样"，我当秘书的那几年有幸遇上好领导，把我锤炼成有用的人、实在正直的人。在后来的工作中，遇到再难的事，我都能泰然处之。现在回想那段日子，心里常常涌起缕缕美妙，依然让人激动不已。

人的一生，不管做什么，对过去的事情还能回忆起美好来，这就是福分，特别是那些对你人生有重大影响的人，要记住他们的好，去做对别人有好处有益处的人。

华山挑夫

　　几年前,我上过一次华山,先乘缆车到北峰,再爬山。路陡而险,走不了几步就老牛般喘着粗气,上几个台阶就要歇一会儿,但眼前的奇险峻美,让人从心里升腾起英雄气概。几个胆小的朋友喊叫着不去了要回哩,我便用"无限风光在险峰"这一代伟人的诗句激励他们。

　　走几步一歇,欣赏着大自然的美。开始时有说有笑,到后来却连说话的劲都没有了,有人还要把干粮和矿泉水丢掉,我故意说:"我过去上过,这可是救命的东西,千万不能丢。"突然,一阵悠扬的笛声传来,大家都很惊奇,这样艰难的里程谁还这么快乐呢?寻声找去,我们前方更高的台阶上一位老人背着东西,歇脚时在吹着笛子呢。

　　笛声欢乐了我们,大家快步赶到老人跟前。只见他瘦矮黝黑,脸上的汗水流成了小溪,背篓里装了两袋水泥,一截一米来长的木棍上钉着手板子长的横木,用来顶着背篓底歇着。手里的笛子正在嘴边吹着,吹的是《走进新时代》,技艺不怎么高,可很投入。他汗都湿透衣服了还摇头晃脑地陶醉着,仿佛正在登台表演一般。

　　一曲吹完了,这才睁眼瞅瞅,淡淡一笑,说:"看华山呀?"我关切地问:"老人家太辛苦了。""不老,才五十,干惯了,没啥辛苦的。"他爽快地答道。"那背一趟挣好多?"我又问,他那沧桑的脸上露出讪讪的笑意,说："50哩，不少呀。"他说他每天天不亮就从山脚出发了，背到西峰，返回家时也就天黑了。这种挑夫的活儿他都干了十多年了，起先一趟才给几元钱。看着他说话时那欢乐样儿，谁能想到他是这样生活着。

开始走了，他在前边让我们先走，可没走多远，他就超过我们了。我们走几步就要歇，他却艰难地爬好远才歇一次。歇下来又在吹笛了，这回吹的是《春天的故事》。我们追上来已经是上气不接下气了，他却吹得扬扬得意的。我好奇地问："这么苦，这么累，还有心情吹呀？"他又一笑，说："苦呀累呀，心里乐了就想吹。"说着他又吹了一段，看看我们，又说："一趟挣那么多钱咋能不乐呢？再说了，笛子是我的伴儿，走着和它拉拉话心里美嘛。"

他的一番话激活了我的心，一个挑夫，朝那么艰险的山上背一趟百十斤重的东西才挣这点钱，他都心满意足了，多么好的乡亲呀！他每天把所有的精力所有的汗水全都给了华山的山道，心里却不苦，还要用优美的笛声吹响生命的快乐。把苦难写在脸上，把快乐写在心上，用他的话说："人活着就是图个好心情。"

他看我沉思着，又说："我比你们可享福了，天天都在看这里的风景，你们一辈子能有几次？"他把艰辛的劳作当成了一种享受，天天在享受华山的险美，真才叫享福呀。脚下走着这么危险的路，身上背着这么重的东西，真苦真累真要人的命呀，他心里却依然燃烧着快乐。

前几日机关上山植树，一位大学刚毕业的小伙子爬到山腰，人累得差点晕倒了，我半开玩笑说："你还不如我这老小伙。"他苦愁着脸说："山顶放100元让我拿，我都不去。"这山和华山比那真是小巫见大巫了。可是现在的小青年连这点苦都受不了。我给他讲了挑夫的故事，他反复咀嚼着"把快乐写在心上"，陷入了沉思中。

2007年3月17日

教 书

那远去了的教书日子

一天晚上很晚了我才回家，只见刚上小学一年级的女儿还没有睡，正在忙着画画哩，我训她嫌睡得太迟了，她极不耐烦地说："老师过节呀，我给准备个礼物都不行吗？"噢，明天是教师节呀，我被女儿的举动所打动，也想给她帮忙，她却极其厌烦地说："去，一边去，看你的书，写你的文章去。"我规规矩矩走开了，可心里激动着、兴奋着，因为我曾经也是教师。

我是初中毕业上了两年师范又教初中的。教书时正赶上选举，所有老师都去投票了。唯独没有我，我还和镇上领导吵，人家说我还没有公民权哩。教的学生比我小不了多少，有的补习生和我同岁，有的比我还大点。在他们眼里我是碎娃娃老师，所以不大尊重，调皮捣蛋直接冲着我来，我只有用爱心去呵护，用精彩的教学吸引他们。刚开始，我一走进教室，他们就三三两两交头接耳，我知道他们对我评头品足，也没在意，依然认真讲解着，发现他们声音太大了，我会很有礼貌地停下讲课，半有幽默地说："请大家大声发表不同意见，只给十分钟，我怕把爱说话的人憋出毛病来。"说得哄堂大笑，前排有个矮个子站起来说："你讲课也能幽默些不就好了。"我点了点头，等教室安静下来，我又接着讲。有一次，我正讲课哩，前排那个矮个子把邻桌女生用笔戳了一下，女生尖叫了一声，我问咋回事，他高昂着头，头还转来转去，说："你讲的我听懂了，急得没事干嘛。"我问了他几个问题，他都答上来了，我说："你学好了，也不能影响其他人。"他得意地说："影响了你能把我怎么样？"气得我吼着叫他出去，他坐着不动，我上前抓住他的领口拉，他却纹丝不动，满脸嘲笑着，他个子不高劲儿比我大，我不能在学生面前丢人，就猛一狠劲拉，他忽儿往起一站，差点把我放个仰面朝天，还不紧不慢地说："此处不留爷自有留爷处。"嘭一声甩门扬长而去。教室里哄闹起来了，几个女生高声说："这回看碎熊咋收场呀，不如回家种红薯去。"气得我憋红着脸，一言没发等到下课铃声。回到房间有一种被侮辱的感觉，偷偷地大哭了一场。

打那以后，我注意和学生们谈心交流，和他们一块玩，给他们讲科学家的故事，也不断改进教学方法，用自己的工资给家里穷的学生买饭吃。不久，他们对我服服帖帖了，和我成了好朋友。那个矮个子被任命为数学学习组组长，能主动帮助后进的同学；那几个曾经骂过我的女生，也主动给我赔情道歉，我一点没在乎这些。渐渐地，女生们除了学好功课，还帮助我洗衣服、打扫房间。有一天，下过早操回到房间，看到桌子上放着一个花手帕包了四个鸡蛋。我不知道是谁的。第二天早操后桌上又有同样一包鸡蛋，边上还放了一张纸条，上面写着：老师您辛苦了，补补身体吧。看着鸡蛋、花手帕、纸条，我眼睛湿润了。后来我才知道是当初领头骂我的女生，她给我送了不少，我想退又怕伤她自尊。当我得知她家日子巴作，就给她家买了两袋化肥，让熟人送去，就说是镇政府给她家救济的。

后来由于工作变动，我离开了站了八年的讲台，和学生分手时，依依不舍，他们早早就筹划着怎么送我，几个大点的学生还准备了一台欢送晚会。我知道他们的心思，我也知道他们的真诚，我怕那种场合自己受不了，就偷偷在一天夜里把东西搬走了。如今那些学生已经走向社会，在不同岗位上干出可喜的成绩，他们还时不时来看我，那个给我送鸡蛋的女生成为建筑设计师，那个矮个子男生已经是大学教授了。那女生见面还有点不好意思地说："当初咋那么傻呢，你在我们心中的偶像位置从来没变过。"看着他们一个个有出息的样子，我很欣慰。现在无论在哪种场合，我都会自豪地说自己是教师出身，也教出了一些有出息的学生。

有人问我工作了几十年最看好的是啥，我会不假思索地回答是教书。如果还有机会，我还真想当老师，真想走进教室，真的。

2008年9月14日

真想再当一回老师

一天夜里做了一个梦，梦见自己又回到当年老庙里那所中学教书。走上讲台却不见一个学生，急得我大声喊叫，四处寻找，家人摇醒我，问乱叫啥哩，这才得知是在做梦。

第二天早上一上班，就接到学生小何的电话，他说同学们都很想念我，他只约了近处的十几位，想陪我坐坐。他还特别提醒说："老师，有的同学都说了好多次了。就怕你忙，没敢打扰。"这也许是心灵感应吧，他们想念我，我最近也特想念他们，我就满口答应了。

小何当年上学也是个小淘气，我也狠狠批过。到社会上，为学厨，曾遭人白眼，多次流落街头，啥苦都受过。就是凭着一股子牛劲，走过来了，现如今已经成了省内外有名的厨师。一次在一家酒店吃饭遇到他，他主动过来叫老师，我好好瞅了他几眼，一下子叫出他的名字。他说在外打拼多年，总想回老家干点事儿，这不就到一家酒店当掌勺的了。他还说，这个平台能把天南海北的同学都找到，都能叫回来。

这天晚上6点下班，我就赶到约定地方。已经来了好几位学生了，一见面我兴奋地不得了，都能从他们的脸上读出他们青春年少时的点滴美好，有的学生也有近三十年不见了，我却能准确地叫出他们的名字来。他们也惊喜得不得了，这么多年老师还清清楚楚记着他们。他们同学之间有的竟然都忘记了名字。他们现在都已经成家立业了，有的事业也有了很大成就。见我依然是当年那样毕恭毕敬。我半开玩笑半认真地说:"你们也成人了,咱们现在是朋友了,再说,你们身上有许多值得我学习的东西,这样说你们也是我的老师呢。"他们个个面面相觑,摇头说:"一日为师终身为父哩。"

还有几个外县的学生没有到,小何小杨小宋都急着打电话,说总不能叫老师等学生,我笑着说:"不急么,老师也是人咋不能等呢?大家没到齐,先来的可以多说说话,这不早到的还占便宜了。"

等人到齐了,十五六个男女学生,个个脸上都有了岁月沧桑的痕迹。他们的一言一行、一举一动,哪怕一个眼神,都能让我找到当年的可爱之处。小何提议给我敬酒,他说:"今天终于圆了大家多年的心愿,来!共同祝愿老师健康快乐!"我也激动地说:"也祝同学们事业有成,天天快乐!"我仰头一饮而尽。心里那个暖和好久没有感受过了,干涩的眼睛也泛出潮意。

大家坐下边吃边说话,实际多数时间是他们在听我说话。每个学生当年留给我的深刻记忆,我用两句话能给画个速写像。女学生小金作文写得好,我曾经让她上讲台给大家讲评。另一位学生抢着说:"老师那时教学就有创新了。"男学生小金善讲故事,让他教大家咋样编故事。小A那一级我给教过数学,他聪明,上课一听就会,故意捣乱,课没法上,把他拉出去,他趴到窗子上做鬼脸,惹得同学们哄堂大笑。女学生小苏在一家循环再利用企业做会计,她眼镜后面那双小眼睛时刻都有笑意,她说:"当年老师让唱《血染的风采》,我怕得就是不敢上台。老师说怕啥,就当下面是一堆石头。"说得大家哈哈笑了。小宋笑着说:"老师每晚写东西到半夜,我们都睡了一觉了,见房间灯还亮着。"小杨说:"每天天不亮就看见老师在操场练剑。"

我还给他们说了我成长过程中的一些事情。我从初中到师范,数学成绩都在前面,唯有语文学得差。考师范时数学九十多分,语文只得了三十几分。学生们惊奇地问:"那老师现在的文章咋写得那么好呢?"我半卖关子说:"无他,唯手熟耳。"一位学生说:"老师又给咱讲《卖油翁》了。"另一位女学生说:"老师的文章都上《新华文摘》了,太厉害了。"我这才告诉他们,我当时虽然已经教书了,却连信都写不了,于是下决心从初中语文到高中语文一课一课自学,这才考上师专学中文的。我真诚地告诉他们:"只要肯下功夫,没有干不成的事儿。"一位学生说:"我一直记得老师说过,把初中知识学好了,将来学啥都不怕了。"

说话间,他们纷纷前来给我敬酒,也都劝我少喝点。我已是年过半百的人了,一下子有这么多学生心疼,真有点酒不醉人人自醉了。

最后,我举起酒杯说:"同学们呀,要是时光能倒流,我真想再给你们做一回老师,把人生的历练讲给你们听听,也很想听听你们对生活的感悟。难了!只好送一句话给你们,也是我的一位老领导送我的,把人当人看,把事当事办。同学们珍惜身边一切美好的东西,用老师名字中这个'善'字善待一切。"

2015年12月27日

年的感觉

有人说，过年是小时候的盼望，穿新衣，吃饺子；长大后日子好过了，过年倒成了心病。生命里过年总是进行着减法运算，每过一个年，岁数增加了，阳寿减少了，这不是悲观，是事实。可是，嚼年糕般一口一口咀嚼这个"年"的滋味，我却是另一番的感觉。

一

农历腊月二十八，我还组织人在机关挂彩灯。工人们说明天就全年（这个腊月没三十），年货还没买。我说等干完了我开车帮大家买，他们愉快地笑了，又去认真地做每一件小事。他们说自己命里造下做小事的，就把它做得情绪昂然，生活才会有滋有味。一切都做完了，我要去帮忙，他们笑呵呵地说："不用了，都没帮你，我们不要一小时就能搞定。"甩下一串粗犷的笑声走了。

我这才想起给小姨和大姐送年货。三下两下就买好了，开车直奔棣花。天是阴阴的，心是暖暖的。工作干好了，用台湾女作家琦君的话："工作使自己身心健康，使社会人群获得益处。"这就有两份收获了，再加上带着妻子女儿去见亲戚，能不说是一大心灵的享受？

到了陈家沟桥头，小姨一家人在路边等候多时了，一个个脸冻得又紫又红的。见了面高兴地问这问那,我让女儿叫姨婆,她就是眼睛瞅着不吭声,还说那人不认识。说话间,小姨急急忙忙给车里塞了一大塑料袋蒸馍、粉条包子,我把带来的东西装进小姨他们的背篓,挥挥手就分别了。

来到棣花街,这里正逢集。我疑惑了,老家的集不是农历三六九吗?一打听,明天二十九全年,把集改到今日了。街上摊子挨摊子,人挤人,背背篓的,扛米袋子的,提尻巴子的,推自行车的,骑摩托车的,想挪动一步,都得费很大劲,叫卖声喊叫声一浪高过一浪,整条街上流淌着热闹,洋溢着喜庆。大姐一家也在忙着卖年货。我把车停在边上,想挤过去也难,托人叫来几个外甥拿走礼物,车子掉头返回了。

已经下午3点多了,我才感到肚子饿得难受。想找家饭店,一路上见到的都关门了。拿出小姨送的蒸馍,一口咬下大半扎子,冰冷中嚼到一股麦子的清香,真香啊。女儿啃了一小点,呸呸,全唾了,噘着嘴,气气地说:"黑黑的,黄黄的,硬硬的,难吃死了,哪有薯片好吃——"说着,把手里的扔了,我真想扇她,她妈妈挡了,慢慢给说起过去的苦焦来。

二

腊月二十九是旧历年的最后一天了。家家户户团聚一起吃年饭。不能团聚的也在电话里把亲情化成浓浓的年味。人只要生活着,那个"情"字就有栖息的地方,一旦去了,那份感情就像中毒的电脑,"死机"在思想里。

年饭在老人那里吃。我们都回去了,二老乐呵呵的,一家人话不多,情却浓。忙忙乎乎大半天,一桌丰盛的饭菜摆上了,白酒没人喝,倒上点葡萄酒,共祝新年。然后多是沉默,在沉默中细品亲情的味道。我想,在生命的过程中体验那份感情,比说出来更有滋味。母亲端着小碗,跟着女儿跑前跑后,给喂饭。我要她先吃,她就是不肯,等她吃的时候,热菜也成凉菜了。只要孙女吃好了,她吃啥都高兴。

我这人有个毛病,在最热闹的时候,心里最寂寞,有时想一个人坐下来仔细感觉。此刻，我忽然想要去看看儿子。偷偷带上水果、年糕，和友人一起上山了。用心给天堂里的儿子发去祝福的短信，愿他在那里也快快乐乐。到了坟头，放好水果，燃上香纸，扶着他的墓碑，在默默叮嘱：儿呀，新年好，一个人在外，要学会保重，学会忍受寂寞，已长成帅帅的小伙了吧？老爸在思想里和你干杯了，在心灵深处给你燃放花炮了。长大了要学会思想，思想能战胜一切磨难，思想里还有你全部的亲人。好了，我要回去了，你三岁的小妹还缠着要贴对联，爷爷奶奶还要一同守岁哩。留下的话，在今晚的梦中再说吧。

天暗了，我下山了，和儿子一起生活的日子，是我生命中最重要最绚丽的光点，我会把它珍藏在人生的每一个细节里，用它洗礼生命中的苦难，滋润芬芳里的花朵。

三

大年初一，我去看了辛苦在一线的同志，让祝福欢乐留在他们身边做伴。

吃过饺子，带上女儿、侄女逛大街，游公园。她们要买的玩具，要玩的游戏，全部满足。气球，女儿只要福娃贝贝，她说："要2008年的福娃，要五彩的。"我一下子给买了各种颜色的，有五六个，乐得她兔子般蹦跳着。

在公园里，她见啥要玩啥。爬上铁架，哧溜一下溜下滑滑梯，滑出一股笑；兔子秋千，别人还没下来，她就在边上等了，急匆匆坐上去了，让我使劲摇，摇得阵阵欢快也飘荡起来；兔子小船，她也要坐，兴奋荡起片片涟漪。我给自己的思想放了假，全力以赴去回答女儿那无数个"为什么"，有时被她问得答不上来，有时被她顽皮得烦人，我心里却舒服，这才是这个年龄的"杰作"，让人烦恼，让人快乐。

回到家里，她妈妈说什么哩，我没想起，气得说我是猪脑子。女儿歪着小脑袋，瞅着她妈的脸，皱着眉头说："妈妈说的不对，爸爸属兔的是兔脑子，妈妈是蛇脑子，我是马脑子，姑姑才是猪脑子呢。"她天真的联想，逗得爷爷奶奶笑得直不起腰来。

四

过年就要给孩子们发压岁钱，我每年给他们的礼物都是新书。孩子们慢慢大了，送书我也要征求他们的意见，谁需要啥给送啥。女儿她表哥表姐都说随便，只有干女儿说她要日本画家东山魁夷的一本《与风景对话》，她喜欢读书，选择的书也上档次，有品位。

我带上女儿和她两个表哥，先到教育书店，女儿一眼看上了学画动物的书和讲礼貌的书。她非常喜欢画兔子，因为爸爸属兔的，拿到书，她急切地用手指在上面画起兔子来。两个哥哥还在东翻西找，我给推荐了几本书，他们不中意。

又来到新华书店，女儿这儿看看，那儿瞅瞅，忽儿跑到一个书架前，抽出一本书，喊："我要这本。"这是一本《儿歌200》，她喜爱地抱在怀里。店员阿姨给她拿了几本好看的书，她头摇得拨浪鼓似的不要。她的书选好了，得意地在哥哥身后乱蹦跶，还调皮地嚷嚷：哥哥真笨，连本书都找不到。哥哥们不理她，专心认真地挑选着。

我漫步在书橱间，仿佛在知识的海洋里遨游。一本本心爱的书，就像刚结识的新朋友，让人兴奋，让人激动。我找到了东山魁夷的书，一共十四本，其中就有《与风景对话》。我抽出这本，翻了几页，东山的散文和他的画一样美，让人梦牵魂萦。他的书和画，我欣赏得不多。我还真想要这套书，一看价300多元，便刹住了念头。挑来选去，我买了一本《2005年散文精品选》，这是中国作家协会创研部编选的，很有品位，首篇就是林斤澜先生的《小车不倒只管推》，读来很耐人寻味。

两个小男生还在专心致志地找着，我给指导指导，他们终于选到自己所爱的书。算好账，付了钱，店员还给了优惠。买好书还少钱，不亦乐乎。我告诉孩子们：书买到手就要去好好读，不读等于没买，就像到书店溜了一圈又走了。这话也是对自己说的，书房里书籍堆成山，没读的、没翻过的还很多，有点拿书撑门面了，羞愧，真羞愧。

五

今天不走亲戚，也没有朋友往来。我静下心好好读书，打开书橱，抽出法国作家罗曼·罗兰的长篇小说《约翰·克利斯朵夫》。书是大家傅雷先生译的，我过去曾经读过，没读完就放下了。重新来读，一开始怎么也读不下去，先生严谨的译风还不适应。读完了第一章才多少有些感觉了。一位"天才"的作曲家艰难奋斗的一生对每个青年都有启迪。

读着，读着，我忘记了自己身边的一切，整个心思都用到了约翰·克利斯朵夫身上去了。我为他而激动，为他而痛苦，不由自主想起自己的少年时代。那时家住农村，对一切都是懵懵懂懂的，十四五岁上了师范，不知不觉中暗恋上学校对门一个村子里的一位中学生。她高挑个，大眼睛，每天上学放学都要从我们学校门前经过，我每天见上她一面心里就踏实，要是哪一天不见她，整夜会失眠。后来，随着学习任务的加重，那份情思慢慢淡化了。

从上午读到下午6点钟了，女儿她姥姥打电话叫吃饭，我说让他们先吃，我再得一会儿。又继续读着，一直读到7点多，第一部才读完，这才深深嘘了一口气，伸了伸酸酸的腰身，走出家门。天已经黑了，天上飘着雪花。飞舞的雪花就像我刚才读书时的思想，我静静站在野外，尽情享受着。做一朵雪花真幸福，能从遥远的天宫飞到大地上漫游。

多年了，这样专心地读一部长篇是少有的。在这个过年的日子里对年有了更深的感受了，更美的感觉了。

2006年2月11日

树上的空巢

初春的一天,去柞水县办公事,沿途各种各样的鲜花曼妙着心绪,那花的背后也许有着风情万种的爱情故事,让人慢慢去揣摩。而更让人动情的是那公路边挺拔的杨树上笼口大小的鸟巢,在风中摇曳成硕大的"黑牡丹"。久违了,鸟巢。当年被视为玩乐中的宝贝,多少年不见了,仿佛小时候形影不离的伙伴,十几年后突然在山路上邂逅,陌生中激动,激动中流泪,流泪中疯狂,疯狂中厮打。

鸟巢,我们常叫它鸟窝,就是鸟们温暖的家。鸟们从树上衔下或从山中捡来手指头粗、筷子长短的干柴棒,按照它们的设计方案,把柴棒一根一根搭建在树顶或树腰的枝杈上。有时刚刚搭了个基础,就被一阵狂风吹掉了,鸟们坚强执着地重新搭建,飞来飞去忙碌着,直到完成所有工序,巢搭好了,这才肯歇息歇息。搭建好的鸟巢就像农民盖的新房子,美观,结实,耐用,凛冽的狂风,把树干都刮弯了腰,鸟巢依然像长在树上的树枝一般,摇来摆去,没有一根柴棒掉下来。瞅着安然无恙的鸟巢,我被鸟们的"建筑才能"而折服。鸟们和人一样,它们喜欢群居,你看,十几棵紧挨着的大树,每棵树上都搭有鸟巢,像山沟里的一个小村庄,热热闹闹着,你来我往着,彼此分享着快乐,共同承担着忧愁;它们也爱好独住,隔十几棵树才能见到一个鸟巢,和山腰上那户人家一样,寂寞着,清静着,把生活的热情深藏在沉默的册页里,日出而作，心情平静；它们也懂得分家过日子，一棵树上从树顶到树腰就有三个鸟巢，一个离一个只有一米来远，这也许是两个亲兄弟被父母亲分家了，最顶端的是老人的家，下面依次是弟兄俩的家，鸟巢是大人帮忙搭建的，日子可要靠自己去过了，情浓于血，它们相互牵挂着、关爱着。遥远处高大的电线铁塔上还有一个高高的鸟巢，就像都市里的高层楼房，想必这位鸟大哥一定是个"建筑大师"了，它建筑设计的本领超群，连宅基都挑的是风水宝地。这一带树上的鸟巢多得数不清，想来一定是鸟类的最佳居住环境了。人和自然和谐，人和鸟类亲密，鸟巢俯视着房屋，房屋仰望着鸟巢，平平和和，相安无事，人鸟分享着世间的美妙。

我站在群居的鸟巢下面，等待着鸟儿飞出飞进，享受着它们的快乐。等了约莫半个多钟头，连鸟毛也没见到，我有一种被已经约好见面的情人冷落地甩在树下苦等的伤感，胡乱猜想着：它们是不是走亲戚去了？要么是去看热闹了？还是飞到远处觅食去了？噢，我明白了，一定是全家一块进城打工去了，要不这么好的家咋就成了空巢了呢？这真成了鸟去巢空了。我又等了一根烟的工夫，也不见鸟的踪影，我很绝望。

突然，我想到张翎写的小说《空巢》，是献给世上一切空巢的父母和离家远行的儿女的；也想到了自己空巢的父母，老人辛辛苦苦把我们养大成人，我们离开了他们，各有各的家，各忙各的事，十天半月也顾不上去看望老人，有时忙得连打电话问候的空也没有。真要去老人那里了，只知送点东西，问问身体情况，就走人了。老人吃喝不愁，只是身边没人说说话、解解闷，这种连亲情都走光了的空巢，让老人默默无奈着，这种空巢会让人寂寞成一块石头的。空巢是家，家有老人，用那浓浓的亲情弥漫空巢，老人孤寂的生活才会放出欢乐的光彩来。

如今的农村，青壮的男女大多数外出打工挣钱去了，家里只剩下老人和孩子。为了生计，这些家自然也成了情感的空巢了。有人曾经戏称农村现在是"七零三八六一"部队，也就是说农村只有老人、妇女和孩子留守着，留守着美丽的田野，留守着祖辈的脉根。想到这无数个空巢家，让人欣喜让人忧，喜的是外出打工挣钱就能过上好日子，忧的是他们寂寞了父母情，冷落了儿女情。试想，一个家少了情分，不就等于空巢了？

抬头望见那一个个没有鸟儿的空巢，我思绪万千，有家就有情，无情便无家，情能让家溢出幸福，情能变空巢为金窝。在追求现代物质享受的同时，别忘了我们是人，我们还有各种各样的感情生活，千万别让"感情"飞走了，留下空巢，留下煎熬。只要人人都献出一点爱，世界将不再有情感的空巢，在最温暖、最舒坦的情怀巢穴里煮沸多变的人生，使那曾经有过的空巢也变得情意醉人。让我们把空巢滋润成盛满亲情的篮子，让浓浓的情味在每一处空巢里袅袅飘荡。

2006年3月18日

植 树

轻柔的春风拂去东边山头一片白云,太阳跳跃出亮丽的灿烂。脸上洋溢着春意的一群男女干部,愉快地上山去植树。

机关里忙忙碌碌地工作,同事之间平时只有点头问好谈正事。行进在田野里,自然,轻松,把快乐美美释放一回,说笑着,幽默着,争辩着,那晶莹在麦苗上的露珠差点被朗朗的笑声撞落,在绿叶的顶点骨碌了几下,依然饱和地摇曳着。惊飞的一群山雀,撒下了一串婉转的鸣叫。男人肩上的工具扛成强壮的力量,女人手上的树苗荡漾出朵朵绿云。这场面就是一首春意盎然的唐诗,就是一幅华美的浪漫派油画。

踩着灰褐色的山石,拽着枯黄中正梦着翠绿的野草,吆吆喊喊,你拉我拽,就上到了半山腰。找到技术人员撒石灰的点,抡起镢头,挥动铁锹,卖力地干起来,三下两下一个粪笼大的方坑就挖成了。抓一把泥土,软绵绵,凉飕飕,爽津津,松软湿润出春日的芳香,放到耳边仿佛还能听到春回大地的脚步呢。这里,不分男人和女人,无论上级和下级,都出着相同的力,干着同样的活,逗着共同的乐,和谐融洽像拂面的春风。一人挖好坑,一人扶端树,铲上几锹土盖住树根,狠狠踩几脚,盖一层土,浇上水,再敷一层土,就好了。干着,说着,笑着,舒舒服服享受着初春田野的美丽,真真切切领悟着大自然的恩赐,那份惬意,那种美妙,只有在辛勤的劳动中才能感受得到。匆匆地干了一阵，拧头看身后那一片植好的树林，顿时有一团绿云弥漫心田。春风拎着山花的香馨把人滋润，抬眼看，那远处峭崖粉兜兜的野桃花向你招手微笑，仿佛一位美女在暗送秋波。一位刚参加工作不久的大学生兴奋地说："栽一棵树，撒一点绿，造一片林，染一抹翠，借一阵春风给大地泼一汪墨，多浪漫啊！"这诗一样的语言沐浴着每一颗平静的心。一位领导在沉思中自言自语道："是呀，大地养育了人们，人们就要珍爱它、呵护它，把碧绿留给子孙。"他富有哲理的教诲梳理着每个人的思想。有一位老同志感慨地说："栽一棵树，就要像管孩子一样让它长大成人，从头到尾都要操心呢。"这浸溢着关爱的话语温暖着一片亲情。在诗情画意的陶醉中，我们懂得了更多人和自然和谐的秘诀，轻松欢快，不知不觉中栽满了大片大片的绿，那座山顷刻间生机勃勃。

歇息间，男同志坐在土地上舒坦着，享受着阳光的沐浴；女同志三三两两在坡里挑野菜，用她们的话说："劳动光荣，拣菜实惠，说不定还能吃出春的味道呢。"一句"春的味道"刺激得小青年们都蹦跳着去挖野菜了。

收工了，我们揣着满怀的绿意下山，我想，植树是每个人的义务，哪怕你一年只栽一两棵树，呵护儿子般管好它，保证成活，保证茁壮，参天大树会挽起大山的臂膀捍卫人类的。又一阵春风轻轻地吻过，我们拿什么奉献给这位痴情的"爱人"，送它一件嫩绿的披风作为信物，让人类在和煦的春风里洗礼，让万事万物永远相爱在绿色的海洋里，把爱写成绿的"活字典"，一页一页翻读，慢慢品味出绿的鲜美。

兰花草

因事休了几天假,对单位还很牵挂。周末一早就急不可待地赶往机关。想着处理落下的公务,还有工作中那些针头线脑的琐碎事。

走在丹江公园,一只喜鹊唱着歌从头顶飞过。冬日的阳光多少也有点暖意,仿佛带着春天的体温,照得我的影子长长的,牵引着我前行。丹江的水绿莹莹的,微风吹过,像一大片缎子在颤动。晨练的人们也是一脸的朝气。新的一天,见到的一切都是新的,心情自然愉悦。两个老汉头戴棉帽,嘴上捂着口罩,却讨论着国际局势,那位高个的说:"美国那个国务卿,也就是总理吧,刚上来就要中国舰队离开南海,也太嚣张了。""中国现在怯伙谁哩么?"另一位老人答道。他俩说得津津有味,我快步走过他们身边,回头给二位老人行了注目礼,为他们的对话自豪、高兴。

到单位,打开办公室门,一股淡香扑鼻而来。"嗯,哪儿来的香气?"我环视房间的角角落落,没有什么啊,只见窗台前那盆兰花长出了几个淡紫色花串。噢,原来是兰花开了。这盆兰花是一位老同学送的,放在办公室也好几年了,只见厌长叶子四季常青,从来没见过开花。只指望给身边增添点绿意。

我两三步就扑到兰花边,细细欣赏着。利剑般的兰草叶中间长出三支半米高的淡紫色花茎,每一个节疤上开一朵花。三个细长的紫色花瓣呈三角形,两个花瓣是冲着人长的,花蕊上部像萤火虫倒弓着,前面一个白点,后面是紫色的，下部是猎豹色一弧翻卷的花蕊，上下不相连，组合在一块，却和谐美妙。还有不少露珠，我奇怪，又没有在室外放，花茎根和花秆接触处咋会有晶莹的露珠呢？阳光下，那露珠还透明发亮，能看到花蕊的倩影。又一想，不对呀，露珠要么在兰草叶顶，要么在花瓣顶上，咋会在花茎根部呢？我用手轻轻一摸，原来不是露珠，是胶汁状的东西，还沾到手上了，放到鼻子跟前也能闻到淡淡的清香。花素淡很不起眼，却耐看耐闻，我陶醉了，仿佛在欣赏刚刚出生的女儿。

我是个懒人，也没有多少生活情趣。家里阳台上的几盆花，从来没去管过，都是妻子侍弄。就说这盆兰花吧，我也很少关注过它，任其自生自灭。只是在工作之余，偶然抬头瞅两眼。夏季因生了许多蚊虫，我很讨厌，把它搬到楼道，还是同事提醒"天冷了，小心冻坏了"，这才记起它，很不情愿地搬回办公室。平日里也记不得给它浇水，只是偶尔把喝剩的茶水倒在花盆里。在这小小的空间，仿佛没有它一样。

坐在桌前，我瞅着开花的兰草发呆，我对它那么冷淡，它却无所谓，依然用鲜花的美姿，清淡的香馨，给枯寂的冬日平添了无限的韵味，让我享受，这就是兰花的品质。梅兰竹菊被人们尊为岁寒四君子，就是称颂它们在严寒中的高洁典雅的品德。看着兰花草，我愧疚，它乃真君子，我乃俗小人。

一天早上，一位西安的朋友来，一进门就嚷嚷："哎呀，香气醉人呀，老兄莫非金屋藏娇了。"他一看见窗台的兰花草，就说："噢，原来是墨兰呀，能养兰花，看来不是俗人啊。"我笑着说："老哥俗不可耐，那兰花从来没管过啊！"他站到兰花前，陶醉了好一会儿，这才给我大讲特讲这种兰花的习性，随后我在电脑上百度也了解了不少，墨兰又叫报岁兰。看来它是个岁月先知先觉者呀！

"我从山中来，带着兰花草"，窗外蓝天下冬阳里飘来胡适先生作词的这首老歌，是齐豫在唱。我惊奇呀，是我对兰花草的忏悔感动了什么，还是巧遇，就在此时，就在当下，我听到了唱兰花草的歌。这位大家把兰花草栽到小园中，一日都要看三回哩，我的兰花草在身边，我却旁若无人似的，胡适乃真君子啊。也验证了最近微信上疯传的《世间如果有君子，名字一定叫胡适》一文。古人说到兰章兰友，就是专指好文章、好朋友。屈原以兰香喻操守、品行，让世人敬仰。

从那以后，我每天上班早早到办公室，急切的心情像见情人，急于去享受那清晨第一吻、第一个醉心的拥抱。下午下班也迟迟不肯离去，总想再陪陪兰花草。

临出门了，我回眸一望，兰花也微微含笑给我一个飞吻，挥一挥它那香手和我作别。我恨自己没有诗人的才气，不然，每天都能给兰花草写一首情诗。这个冬天过去，会结集一本与兰花的爱情诗集。

"兰生幽谷，不赏自芳。"兰长办公室，不赏不由人啊！

放下一切世俗，做一抹幽兰，做一个正人君子，生命也会像冬日的阳光般灿烂，会像严寒里的兰草般幽香。

2017年1月15日

寒风里的拥抱

这是一个真实的故事。

二十多年前，青海一家报社接到上级任务，要派一名记者去采访几百公里外沙漠里的养路工。当时报社的记者全都下去了，只剩下刚刚大学毕业的小李。她热情活泼，爱说爱笑，可爱得像只藏羚羊。领导用商量的口吻对她说，她却痛快地答应了。

这天一大早，她随某军分区政委乘吉普车出发，颠簸了两天才赶到。眼前一望无际的沙漠让她激动不已，她匆匆跳下车，在软软的黄沙里打着滚，再看那宽阔的公路，就像一条黑色的飘带在沙漠里荡漾，她高声喊着："太美了，太美了！"完全被这广漠的景致陶醉了。政委像看自己女儿一样欣赏着她的一举一动，然后严肃地说："这地方可不是好玩的，白天蒸笼一样，晚上冰窖一般。"说着一指前边道："这里最大的敌人是孤独，你看，除了道班十几个人，方圆百里没人烟。"

他们缓缓走向道班，所有的房门都开着，就是不见一个人。政委半开玩笑地说："这里的工人一年都见不上一个人，更别说女的了，你可要当心呀。"到了晚上，宁静的道班热闹起来，歌唱声，吵闹声，沸腾着，是工人们收工回来了。

没等大家洗把脸，班长一声哨子把大伙又集合在院子里，大家以为又有什么紧急任务，等都站好了，班长激动地说："军分区政委带……带美女记者看我们来了，大家欢迎。"在一阵热烈的掌声里，政委领着小李走到队伍前面，说这次来是宣传大家的奋斗精神，连夜就要逐人采访。

朦胧的月光下，看见一位长辫子的女孩，工人们个个睁大眼，屏住气，直勾勾地看着，政委的话没一个人听进去，连班长宣布解散，也没一个人散开，都整整齐齐地站着，眼睛眨也不眨地看着这位阳光的女孩，心里狠狠地骂：月亮狗东西咋不再亮些，让我们好好看个够。

晚饭后，整个道班像过年一样热闹，小李在采访某个人时，其他人就在门前走来走去，争着说话，实指望在电灯光下把人家看个清楚，可她只是低头写着，偶尔抬头也只面向被采访者，人人都盼着早点接受采访。

采访结束了，大家挤到一间房子说着小李怎么怎么漂亮，可问一问她长什么样，大家面面相觑，因为刚才谁都没敢面对面看人家，一个个犯人似的，红着脸，低着头，搓着手，回答着问题。这下都气愤地骂自己没出息，明天人家就要走了，多长时间能见到女人真难说呀！这一夜，工人们都没睡着，盼着天早点亮，好好看一眼小李，哪怕是半眼也心满意足了。

第二天天刚亮，工人们已穿着军大衣列队在大门口，寒风刺疼了他们黑黝黝的脸，却依然精神抖擞。政委来到小李房间，商量着说："小李呀，他们在这里很辛苦，好几年没见女人了，还想再看看你，你看行不？"小李脸微微一红，激动地点了点头。

长长的军用棉大衣，红艳艳的围巾，长长的黑辫子，好漂亮的小李哟，她高兴地在工人队伍前走了三圈，微笑地看着每一位，在男人们渴望的眼睛里心潮澎湃。临走时，一个高个的小伙子认真地走到政委面前，标准地行了一个军礼，大声说："报告首长，我们能不能抱抱她？"政委一脸难色，用乞求的目光看了看小李，小李脸红了，也被这群远离亲人的兄弟的真情感动了，她动情地喊："弟兄们，谁想抱就来抱吧！"她的痛快反而让工人们都不好意思了。你掀我，我推你，就是没人走上前去。最后还是那位高个子怯怯地向小李走去，小李主动伸开双臂，深深地拥抱了他，两人的身体都在微微地颤抖。

后来，政委告诉小李，在他们走后，那位抱过她的高个子，被大家围上去拥抱得差点喘不过气来。于是班长做了安排，每人拥抱三次，男人们的猛劲，把高个子的脖子都勒出了一道梁。以后，人人都抢着为高个子帮忙，要是和他挤着睡一宿，激动得几天都睡不着呢。听到这些，小李差点放声大哭。

事情已经过去二十多年了，每次提起，她都情不自禁，眼睛湿湿的，她动情地说："就是那简单的拥抱，让那些男人们孤独的心灵战栗，艰苦单调的生活有了色彩，有了光芒。这样的拥抱有价值，这样的拥抱太神圣了。"

2006年7月16日

到年龄了，就想通了

一日，跟一位阿姨一块儿吃饭，说到孝敬老人的事，她感慨地说："过去经常叫她爷她奶来，老人说啥也不来。那时就是想不通，一家人在一块儿热热闹闹多好啊。现在到老人当年的年龄了，娃们叫一块儿住，也不想去。这才想通了老人那时的心思。"

阿姨的话引起我的深思。当年父亲在乡下邮电所退休，和母亲一块儿在镇子上开了一家饭馆，生意还不错。后来年龄大了，也干不动了，我也不同意他们再干了，就让他们到小城里来住。我也有了两居室，完全能住下。住一块，我和妻忙了，娃也有人管。可父母坚决不同意，他们愣是在外面租房住，气得我和他们吵架，他们依然坚持自己住，我赌气说："你要租房住，我就不来看你们了。"父亲却逗我说："只要我孙子来就行，你来不来无所谓。"我知道父亲脾气倔，就和母亲软磨。母亲拉着我的手说："好娃哩，咋不想住你那儿么，你看我和你爸都这年龄了，也不干净，住在一块儿啥都不便。再说了，老了爱清闲。这事儿你就不要犟了。娃就叫来吃饭，想吃啥妈给做啥。"听母亲这样说，我也没啥可说了。就这样，平时我们忙了，孩子就上奶奶家吃饭。周末了，一家子都到老人那里蹭饭，他们高兴得不得了。用父亲的话说这就叫"少见多稀奇"嘛。父亲笑着说："牙和舌头都有咬的时候哩。"

是呀，父子之间、母女之间，还有婆媳之间，不可能啥啥都顺顺当当、一帆风顺，时间长了也会有磕磕绊绊。前几天，一位老同学来诉苦说："儿子结婚了，住在一起，享受天伦之乐了。可时间一长，事儿就来了。周末了，本该让娃们好好睡睡懒觉，可他们晚上耍手机半夜半夜不睡，早上到十一二点还叫不起来，早餐热了一遍又一遍。你嫂子又有失眠的毛病，这样下去非累垮不可。"说着直摇头，又叹息道："两口子很孝顺，也听话。这不，住不到半年，就搬出来了。"最后，他又爽快地说："在一块住，人家睡觉也不敢出声，说话走路都得轻轻的，把人差点没憋死。现在住在自己家想咋就咋。"

女儿上中学了，我有时到她房间，想给她谈谈生活的感悟，她却一副很不耐烦的样子，说："快别说了，你那些我都听过N遍了，没意思。"妻有时也唠叨，她干脆戴上耳机去听音乐了。看来和现在的孩子沟通很不容易呀。

春节时，一位老领导叫几个老同事到家里小聚，在电话里叮咛说"在儿子的新房里"。他儿子才结婚，这个春节他老两口被儿子接到新屋过年。在酒席上，他压低嗓门说："哎，不行，不行，跟娃住一块太压抑了。受不了，受不了。"我们也半开玩笑小声说："儿媳没给你端尿盆？"他赶忙摇手说："哪里，哪里，太不方便了。"他说过了十五就搬回去住。看他愁眉苦脸的样子，还真是不自在。儿媳经常递茶端饭倒洗脚水，一声一声"爸"叫得甜甜脆脆的，多幸福呀！儿子也检讨："我没结婚时，在一块住就习惯，现在到我这儿咋就不惯了。叫人想不通啊。"我笑着说："好娃哩，到一定年龄你自然就会想通的。"又一位老同事笑着说："儿子叫我过年去，我就没去，他们要回来随便，反正我不上他们家去。"

一位同事见面，也在埋怨父母，他说他爸病得都住院了，也不告诉他，真把儿子当外人了，真想不通是咋回事。我了解他父亲的脾气。一次见面我也说他爸，老人家却笑着说："娃们上班那么忙，咱退了，也没事儿，有个头疼脑热，自己能跑能走，用不着麻烦娃么。"我反驳道："自己的儿女有啥叫'麻烦'的。"他笑着说："娃还有他的家哩么，工作呀处事呀管孩子呀，想着也是忙得掐脚顾不上念咒呀。"我拍拍同事的肩,幽默地说:"等你到那个年龄,一切都会想通的。"说着我们都会意地笑了。

2017年3月11日

回 归

周末时分，总想回故乡老屋去。一个人在空荡荡的堂屋坐坐，很安静，心里也是实腾腾的。屋顶上的旧椽、屋檐下的燕子窝，尘封着童年的一切苦与乐，稍不注意，撞到一滴尘埃，就会飞出一串串成长的趣事。

记得一次和母亲上到门前山寨子给牛割草，瞭望远处像海上帆船一样的群山，我好奇地问："妈，山外面是啥呀？""是城市呀，我娃长大了要到那里找媳妇去。"母亲边弯腰割草，边给我说着，我这才知道这地球上除了山沟，还有城市呢。幼小的心灵对城市产生了憧憬，那里一定有好吃的，有好玩的，小小的心里就疯长着走出大山的念头。像《父亲》那首歌唱的"等我长大后，山里孩子往外走"霸占了我的思想。

上中学时，随父亲到一个镇子上，我的心也像早上飞出窝的喜鹊，欢喜鼓舞地到城市边沿了，盼望着在城里找棵树歇歇脚。要不是为了吃母亲烙的馍馍，一点也不想回到那条平庸的破山沟。那时候吃的欲望压倒一切。

后来，我考上师范学校，毕业又回到父亲工作的镇子教书。已是青春懵懂时，有了谈恋爱的冲动。想想，在乡下教书，找个有工作的女孩，是难于上青天，加之自己又是笨嘴拙舌，一见女孩脸就红到脖子根，连想都不敢想。

看到几个同事改行调到城里，我就有点坐不住了，也想改行。朋友也鼓动我改行，这样才能进城，进城了，一切就迎刃而解了。我心里暗暗埋怨父母的无能了。母亲是个大字不识一个的农民,父亲是个乡下邮递员,找关系,托门子,是两眼一抹黑。唉,只有靠自己无头苍蝇般乱跑、乱撞了。

为改行,为进城,我是王八吃秤锤——铁了心了。一周至少有两次一下课,就骑上自行车跑城里找熟人,拉关系。常常是扑个空,又要骑车返回,不能耽误第二天给学生上课。有一次,终于让人给说上话了,返回时天上飘起了雪花,大雪纷纷,公路上几乎没有人和车。我心里却像揣着一团火,暴风雪打得人睁不开眼睛,好几次滑倒了,爬起来拍拍身上,继续骑行。大声唱着"送战友踏征程",激情在雪野里燃烧着。

好不容易找到堂姐夫的哥哥,他和一位领导是同学,给写了封信,我又不认识那位领导,只好硬着头皮去冒碰。也是个下雪的黄昏,我打听到领导住的地方,在巷口等着。雪花纷纷扬扬,我站成个雪人,心里却忐忑不安,"领导是啥样的人?他会不会看这封信?"就在胡思乱想之际,看见一位高个儿,好像披着黑大衣的人走过来,我赶忙走上前问道:"你——你是×市长吧!""你谁呀?有啥事儿?"他疑惑地瞅着我。"我是××地方人,是××让我找你的。"我涨红着脸回答道。他这才露出笑容,说:"噢,原来是小乡党,走,到屋里坐。"听他这话,我心里暖乎乎的。

后来在城市里有了工作,有了妻子,有了女儿,也有了房子。因工作关系,走了不少大城市,感觉这个城市还是有点小、有点土,巷巷道道都跑遍了,多少有些腻了。节假日喜欢和亲友外出旅游,跑东跑西。用别人一句话说,只是从自己住腻的地方跑到别人住腻的地方。

不过只要留心,慢慢感觉,自己的城市也在变化,几天不走那条街,突然会多出一家咖啡店,多出一排大树。

随着年龄增长,渐渐不好动了,才真切体会到那句俗话——"金窝银窝不如自家的狗窝"。一些温暖,一些温馨,一些情缘,一些记忆,都在自己的城市里发酵。自己在慢慢变老,城市却在慢慢长大。哪怕是悲苦,是伤心,只要想起来都是暖洋洋的。有时会自豪地对女儿说:"这家超市当年是你老爸帮忙引进的,那个广场的水泥地里有你老爸的汗滴。"回到老家,更是不可一世了,给女儿指手画脚一番,"这棵樱桃树是你老爸十四岁栽上的,长到老碗口粗","那一片都能做椽的松林是老爸和你奶奶一块下雨后栽的"。

"归去来兮",陶渊明回归大自然的境界我辈无法望其项背;"采菊东篱下,悠然见南山"的怡然自得,我也感悟不出来。只有回归到生我养我的那个山沟里、那座土房子里,回味生命过程中的点点滴滴和走出去、又回来的百味杂陈,才是最真真切切的我自己。

回归是心灵的感受。

回归是人生的美好寄托。

身体和心理都在渴望回归,回到自然中去,回到生命的起点,回到人生的本源。外面的世界再精彩,还是不如自己的家,还是咱家的"狗窝"温馨、舒坦,能品味出生命的多姿多彩。

2017年1月7日

搬房子

人在一个地方时间久了，自然会对那里的一草一木产生感情。我在这个单位工作好多年了，对办公室的桌子椅子墨水瓶都有了感情。平时不觉得，突然说要离开，总有些恋恋不舍。它们也像通人性似的，当我独自一人坐在房子里时，它们仿佛也心里难过，一个个阴沉着脸；我就对它们说话，和它们交流，多年的朝夕相处，总想着有说不完的话，可一句也说不出来。窗前那抹绿藤情人般含情脉脉着。这两天我总是心神不定的，仿佛要亲人永别一样。单位的人帮我把东西收拾好，装进纸箱子，他们不让我动手，说："最后一次了，我们多做点心里才踏实。"这一拨人就是这么实在。

我的办公室里要搬走的东西除了书还是书，一些没有用的书和资料，我让锅炉工老李拿去卖了，好买几包烟抽去。他把那些书呀本子呀捆好，用自行车带到收购站卖掉，把钱一分不少地交给我，气得我骂他胡闹，他却淡淡一笑，说："你给我的好处多少钱也买不来。"我忽然想到鲁迅先生在《故乡》里写的豆腐西施来，她在别人搬家时想的是把好东西都留下好拿回自己家。而我身边找不到这样的人，他们都是老老实实、本本分分的。

到搬的那一天，我说来几个人就行了，小王说："老领导，这事你甭操心，有我们哩。"我说下午2点来搬，一则大家能休息一下，再者也不影响上班。可是吃过中午饭，男男女女来了一大堆人。我提前买了两个大西瓜，大热天让大家解解渴，我叫吃，他们都忙着去搬东西，没一个人去吃，我生气地说："谁不吃就别搬。"这样他们每人才吃了一小块。他们拎的拎，扛的扛，不一会儿就搬完了。搬到新办公室的东西怎么摆放，他们也不让我管。等一切放停当了，又忙着打扫卫生。小王是个细心人，他用抹布小心翼翼地把那盆大叶子花擦得干干净净，那个认真劲儿，那个小心劲儿，就像给嫁衣上绣花一样。全部到位了，他们人走了，我一个人在新办公室呆坐着，心里空落落的，像丢了什么一样。

干国家的事情就是这样，你刚刚干顺势了，人也相处熟悉了，可能一纸公文，你又得到陌生的地方工作，得从陌生到熟悉慢慢来，人啊，物啊，渐渐熟了，渐渐喜欢了，可能又到分手的时候了。人生就是在这样一个过程中度过的，啥时候组织上不过问了，你也就该退下来了。

我是个重感情的人，对人、对物都一样。这次搬房子，心里一直高兴不起来，有一种伤离别的情绪萦绕在心头，想起张学友唱的"伤离别，离别虽然在眼前"，也许就是为此时此刻的我而歌唱的。这些人也许时刻能见到，可那些桌子椅子什么的，也许今生今世也不能相见了，谁能珍惜它，谁来呵护它，一种林黛玉般的伤愁油然而生。

交钥匙前的一个周末，我一个人在老房子里坐了整整一上午，摸摸这个柜子，挪挪那把椅子，打开窗户抚摸那片绿藤，我想起了许许多多的事情。多少年了，那一幕幕情景在脑海里翻飞，是它们读懂了我的喜怒哀乐，是它们领会了我灵魂的秘密，也是它们长久地相依相伴着我。我用心声向它们倾诉着生命中的那份真爱。那里的人，那里的物，还有那些大大小小的事情，都将永远珍藏在我的心底，把它们定格成美好的记忆。

2008年7月6日

野桃花

正月初五一大早，太阳亮亮的，我和李老师乘车去百里之外的山阳县杨地镇一个小村庄，会一位朋友。朋友在京城里做事，只有过年才能回来和老人团聚。

车在山间拐来拐去，好在路上也没几个车，行着也十分惬意。山在灿烂的阳光下沉默着，偶尔有几只小鸟在空中飞过，像在静静翻阅着荒凉写给春的情书。只有松树、柏树们用碧绿写着山的记忆；田野里的麦苗大胆放肆地绿着春的秘密；河里的水是清的，是蓝的，是绿的，还有几尾小鱼在游弋着快乐。

车子在一段简易公路上颠簸，心在山间飞荡。这个冬天没有一点雪，就像没有妩媚和矫情的女人，没有让人心动的半点触角。穿过一个山洞，地势豁然开朗了，一台台梯田被麦苗的葱绿装扮出勃勃生机，农舍的房子刷得白生生的，点缀在梯田之间，有的在山脚，有的在山腰，有的在高高的山顶。那一星半点鲜艳着的红色，是家家户户门上贴的春联。想着住在山顶的人们一定很自由很浪漫，他们动不动就用白云擦拭脸上的汗水，用露珠滋润心田。

到了镇子上，有几辆小面包车随便停放着，有十几辆摩托车乱拥在一起，小伙子有骑在上面的，有坐在上面的，有站在边上的，人人身边大都依着一位美丽的姑娘，爱情在山沟里、在任何地方都能浪漫成一首诗啊。他们说笑着，青春着，脸上写满快活。从镇子西边过桥，车走上一段土路，路呈"之"

字缓缓上升着。空气湿湿的，昨夜下过一场雨，清新、纯净被软软的风儿传播着，抚摸着行人的脸，像情人热吻一样受活。又一阵淡淡的幽香扑鼻而来，山上什么花开了？我欢喜得跳下车，走过去，原来是野桃花开了，红中带白，白中透粉，像少女的脸一样烂漫可爱。我惊喜，我兴奋，我激动，春的美姿怎么这么早就光临了？把料峭的寒意压根就没当一回事儿。我赶忙采了一束，陶醉在早春的芬芳里。眼前走过一群少男少女，他们每人手里捧着一束野桃花，追逐着，嬉闹着，脸上洋溢着桃花一样的美丽。我问干什么去。他们异口同声："请春姑娘到家里一起过年呗。"说着鸟般飘过去了。看着他们幸福的样儿，我知道春天在他们的心田里已经安家了。

到了朋友家，朋友和家人早早在山垭的大场上等着。踏上松软的泥土，享受着和煦的春风，还有友人一家的热情和真诚，春意在这个小小的山村酿成浓浓的爱，让人愉悦，让人陶醉。

人住在山上，看一切都很宽阔，很朗然。山在默默地孕育着春的绚丽多彩，人在田里编织着春的无限希望。

村里的毛支书听说我们来了，放下手里的活儿赶来。笑着说："我们这儿春来得早，也忙得早，城里有啥好项目就往这儿放，准能享受春天的美哩。" 支书矮个头、黝黑脸，总是一副笑呵呵的样子。他说他们计划在这沟沟岔岔种下油桐树，等春天了，城里人来看个够，美个够。桐油还能卖钱哩。再办起农家乐。他说得眉飞色舞的，猛抽了几口烟，又缓缓道："这里是秦岭的尾巴，那边高高的山就是巴山山脉了。别小看这些山，每座山都有说不完的故事呢。"享受着早春的美好，听支书娓娓道来，我的心早都飞翔起来了……

回到家，女儿看见野桃花喜欢得不得了。她高兴地喊叫："噢，爸爸把春姑娘抱回来了。"是啊，这个春天来得早，采一束野桃花，邀请春天到家里，慢慢聊聊万物复苏中的许多秘密和迷人的童话。

2007年2月23日

盼　雪

这个冬天一直没有下雪，寒流枯冷着、肆虐着，冻得大地瑟缩着、苍茫着，刺得人们愁苦着、木呆着。这一切苦寒渴望着温柔的拥抱，期盼着真情的收藏。我真想像一位歌手引吭高歌：来吧，2005年冬的第一场雪。可终没有来到。

雪是冬天的情趣，像会生活的女人，总能把日子过得丰富多彩；雪是冬天的童话，像会玩耍的孩子，总能把童年逗得五光十色。没有雪，冬天成了百年孤独，把思念交给冷风四处野游，把向往留在冰河里沉默；没有雪，冬天成了不得伙伴喜爱的娃娃，把童贞搅和得四零八散，把憧憬涂抹得黑麻咕咚。

春的妩媚，夏的炽热，秋的收获，都想回到冬的家里欢聚一堂啊！都想找到知音诉说衷肠，都想躺在情人温馨的怀抱里撒撒娇、说说话，把久别的情凝结成永恒的爱。这盼望的知心爱人就是雪花了。一年四季的美好收藏在雪花的被窝里，连梦都是甜蜜的、柔媚的、灿烂的，连释放的浊气也绵长着清香。没有了雪，冬没了生机，冬天也不成冬天了，这些盼着回家的游子只有赤裸裸地凛冽在旷野中，或挂在树梢，或窝在粪坑，或溺在冰河，或埋在墓园，精明的灵魂变成了野鬼或幽灵。把一年美好的东西糟蹋得让人心寒。看来，雪也许不是随便就有的，也不是你想要就能来的，它真成了一种恩典，一种上天赐给大地的神圣礼品。俄国作家索尔仁尼琴说过，没有雪，俄国人是活不下去的。我要说，没有雪，春夏秋冬的美丽幽雅是没有家园的，北方人也会郁郁寡欢的。

在记忆里，小时候的冬天总是收藏在雪的世界里。山被收藏成雪峰，地被收藏成雪原，树被收藏成冰雕，童稚也被收藏成浪漫的书页，写下了一串串疯狂的玩耍和游戏。有一次，我独自一人在山间的雪地里走了半晚上，飞舞的雪花照耀着大山和小河，黑夜和白天一样光亮。山上的野兽在吼着，在窜着。我一点也不害怕，独自一人在雪花的亲吻和滋润中，兴奋着，陶醉着，有这么多动物陪着，该多幸福呀！我疯张着，可急坏了母亲，她让亲戚邻居四处寻找。等见到我这个活蹦乱跳的"雪人"，她哇的一声大哭了，我还自豪地说："我真想叫雪把我藏了，你们谁也找不到。"叔父气得要扇我，可被我那一副傻雪人相逗乐了，一把把我摔到肩上，高叫着：都来看呀，我扛了个活雪人回来了。这一举动，把母亲和找我的亲人们都惹笑了。这朗朗的笑声在山谷里回荡，在雪花的欢乐中珍藏。今天打开那久违的雪花收藏，那浓浓的亲情依然滚烫着，煮沸了我生命的点点滴滴，丰富着我情感的角角落落。

三岁的女儿听到我小时候的故事，也闹着要收藏在自己堆的雪人中。天一阴下来，她就傻傻地在屋外等着下雪，实现她被雪收藏的愿望。常常是我用好看的动画片动摇她的决心，她只在梦里学着收藏雪花呢。

清晨，我站在阴沉的旷野中，期待着雪的收藏，期待着把那些苦寒和污浊收藏成坚硬的岩石，让他们的梦甜蜜成记忆的化石。把那些美丽和温馨收藏成青春的幼苗，在雪的柔梦里有着甜蜜的人生，在猎猎寒风中茁壮成参天大树。

2006年1月3日

附：

《山里的事》序

贾平凹

李育善的第一本书是我写的序，现在出第二本书还是我来写序，这是我从来没有过的事，况且多年前就宣布不再写什么序了。我之所以这样，一是李育善为我的同乡，巴不得他这个文学人才赶快出来；二是他的散文真的越写越好，使得我有话要说。

商洛弄文学艺术的人相当多，写得出了名的都走出大山往城里去了，留下来的还在基层业余写作。在基层业余写作很困难，他们学习交流的机会不多，自由支配的时间更少，坚持就成了最起码的品质。但常常出现一种过度的自卑和自尊，自卑者不敢有大志，满足于小打小闹，以各种借口来安慰而最后蚕不能破茧成蝶，冬虫不能夏草成药材；自尊者又多自命不凡，目空一切，什么意见也听不进去，作品出版不了，怨天尤人，到头来甚至脑子也出了毛病。从事文学艺术需要有独立的精神、自由的思想，而见任何人都服和对谁也不服都难以成就。写作一方面是天才者的老实工作，只要山中有矿藏，闷了头去打洞掘坑，有多深的洞坑就可以有多大的收获。另一方面，写作也是有由量到质的过程，得捅破一层窗户纸，捅破了，一下子惊然明白，境界大开。李育善在他的第一本书里，相当多的文章可以看出他是有文学的潜质，仍明显看出他那时还处于对自己的记忆、所见所闻和自己经历过的事情进行一种真挚朴素的描述，虽生活气息浓烈，清新可人，境界却还是很高很大的。但顺着他对文学的深入理解，不断实践，其作品慢慢发生着改变，这就是仍然生活味十足的描述，情节生动，细节丰富，文笔优美，却在文字与文字的空间充塞了一种气，膨胀而有张力，使作品有了浑然，有了大气象，其中对社会、对生命、对人性，多有独特的体悟，读后就多了嚼头和玩味。这就是他这本书的特点和价值所在。

对于一个写作者来说，生活是极其重要的。从生活出发写作，走的是一条缓慢的不断积累的路子。在基层业余写作中，有的人当然学了许多哲学的历史的书，也读了许多经典名著，也有了时兴的思想和主义，就极力在自己的写作中要表现，结果就易导致以观念来结构作品，自以为深刻，有了一种所谓的精神，可惜的是作品出现了两张皮现象。只要你对于社会、对于人生修养有了自己的看法，可以说有了内功，写作又都是落在生活中，路子是愈行愈宽的。把那些浸泡了自己观念的素材拿来，将人将物将事写得特别饱满了，这些人、物、事必然就会承载更多的意义。李育善当然是醒悟了这一点，这本书明显高出第一本书，也明显在众多的写作者中跳跃了出来。

我说过这样一个观点，一切植物在才出土时都是一样的，嫩芽着，长两个叶瓣，树苗是这样，花草是这样，庄稼也是这样，只有它们长到一定高度了，才分出是树或花草或庄稼，决定它们能长多高那是品种的问题。李育善的第一本书还是嫩芽状，这一本书已经看出是树的模样了。他的进步是极大的。这棵树是柏树还是柳树，是大树还是小树，那就看他如何个造化和如何去长了。我盼望我的故乡有更多的优秀人物涌现，盼望李育善能快点长木柱天。

2011年12月6日

儒生育善的世界观

李敬泽

一

育善的文章里,时有善好的细节。

比如,他写到家乡苗沟之人好戏:"有一回,前院里婆倒下头了,她儿子我大大却抄起板胡,唱一段《诸葛亮吊孝》,这才安排老人的后事。"

又如,儿时他家与邻家不睦,偏邻家的石榴伸过院墙来,这石榴便成了孩子眼前晃来晃去的禁果,禁果是终究要被偷尝的——

"'好吃吧,娃!'我掰开石榴刚要往嘴里送塞,身后一个中年男子的声音把我吓得一下子站了起来。"

是邻家的男主人,那汉子说:"娃呀,我不会给人说的。"说完转走了。

后来,果然不说。

前者是民间的风致,便是事死,也有一种磊落旷达。

后者是民间的深厚,便是为敌,也有一份人情温润。

二

李育善是儒生。

儒生是这样一种人：读书，明理，做事，写文章。最要紧的是明理和做事，他知道何为善好之理，身体力行，行有余力，则为文。

儒的文章通常诚恳、笃厚，他通常是从"信"起，以"信"终，在儒看来，天地间有些事是不可怀疑的，写文章也不过是为了体认他之所信。

所以，儒不是现代意义上的知识分子，"知识分子"的文章大抵是以不信起，以不信而不了了之。

这里边的得失说来话长。比如我，算是知识分子，但对以不信为能事现在也多少有点不信了——人世间总是有些事值得珍视，人生之有意思其实大抵还是因为"信"。

比如，育善笃信一个完善的伦理世界的，父慈子孝，亲情乡情。他永远不会在文章中怀疑和非议他的长辈和师尊，推而广之，他对世间事常怀感恩之心。

感恩——这是现代都市生活中近于绝灭的品质。我们可能确实不再感到活于世间众人于我有恩，我们倒是觉得世人皆欠着我什么。

不知感恩，所以不能近情，也不能体物，这样的文章如今滔滔者天下皆是，以世人为论敌，以他人为地狱，虽辩才逞智，但终究是不诚恳、不笃厚、不可信。

而育善的文章可信，这是最大的好处。

三

育善最好的文章是写他的故乡——商洛一带。

故乡的山、水、树，故乡的风土和人事——这些育善不写，别人不会知道。育善一篇一篇写了，别人都知道了。

知道了很重要吗？

是的，我认为重要。我因此而对育善有一点嫉妒。

因为，这是如我这样的人所不能写的，我无根。这个时代正大规模地生产着无根之人，在内心深处我并不认为某个地方是我的故乡。当然，老实说，这并没有使我感到生命有所缺憾，真正的问题是，我的直接和间接经验大抵是普遍的和零散的，说得夸张一点是全球性的，我怀疑，到了80年代出生的这一代，他们的所知就更是普遍和零散和全球和不能辨认来处。

也就是说，没有什么是我的，有的只是我们的；而这个"我们"无限蔓延，无章法、无边界，也就不能构成有效的认同。

于是，像育善这样安稳地写着：这是我的，因为我属于一个如此有限的"我们"：陕西—商洛—丹凤—棣花—苗沟，现在，关于这个地方和人群，我有完整和秘密的知识需要讲述和传授——这样的写作我认为是幸福的。

四

我希望育善多写他的故乡。人的胸怀、眼界固然是越宽越好，人的文章不妨窄，不妨有限。

一件事很少被注意：人类生活中的"地方性知识"正遭遗忘。以笔记、方志为标记的文章传统在中国人的书写活动中近于泯灭。一个现代文人，大概是没有了整理乡邦文献、记录桑梓掌故的志向。

当然，仍有很多人在咏唱故乡，老散文中多，"新散文"中也很多。老散文倒也罢了，每看到"新散文"咏唱故乡我就忍不住头疼，那是在作诗，是过度的缘饰和浪漫，是形而上学猖獗，对作者来说，故乡仅仅在纸上、在语言。

在古代，故乡并非浪漫主义的想象对象，它是绝对实在的生活世界，是人要生于斯、长于斯，最后葬于斯的地方。现在的问题是，中国人只要读过几本书，就学会了浪漫主义的怀乡，哪怕他实际上没在巴黎、纽约或上海，他只不过就在离乡几十里的县城，他行文的调子也很像他在天涯海角，眼泪汪汪。

这种怀乡病是现代精神的基本配置，似乎是对故乡爱得不行了，其实是真把自己当外人了。

这事且不去说它。就育善来讲，我以为他在骨子里仍是乡村儒生，这一类人在古时就是曾国藩——读曾氏家书，我常常觉得他若活在现代，就是一个大队支书或会计——在现代，他们也未必就真的失去了他们曾经具有的巨大能量，他们可能退守到偏僻的"地方性知识"的堡垒中去，但他们脚下有根，他们坚定，极不坚定的时世可能最终要仰仗坚定的人们。

话扯远了，只说文章。那么，我相信，育善会更深入、更耐心、更坚定地书写他的故乡。他会把苗沟作为世界地图的中心，这幅图的景象应是：苗沟—棣花—丹凤—商洛—陕西—中国以至世界。

因为他真的认为世界应该这样展开，世界的意义就在于此。

这样想世界的人，必有力量。

五

育善的老乡平凹先生写过《商州》笔记，后来又写了《秦腔》。

写《秦腔》时，平凹先生是有麦秀黍离之感，梁园虽好，不可久居，故乡似不再是安身立命之地。平凹先生其实亦是一乡村秀才，他也是从他那个村子里开始看世界的，他的力量和诡魅风流尽在于此。

偶读《胡适自述》，觉得这大概是现代中国文人的一个根本分殊之处，胡老先生是从纽约掉过头来看中国的，他不知道山沟沟里也能出"主义"。

贾也好、胡也好，毕竟文名太大，不可作为通例。所以，对我来说，育善的文章就成了理解中国的一个小的，但更具普适性的样本。

理解中国农村的样本
——读李育善散文集《山里的事》

李 成

陕西作家李育善的第二本散文集《山里的事》已经问世。从这本散文集可以看出，他的散文创作已经上升了不止一个层次。正如著名作家贾平凹在为这本书所作的序言中所说："他的散文真的越写越好。"好在什么地方呢？平凹先生也有说："顺着他对文学的深入理解，不断实践，其作品慢慢发生着改变，这就是仍然生活味十足的描述，情节生动，细节丰富，文笔优美，却在文字与文字的空间充塞了一种气，膨胀而有张力，使作品有了浑然，有了大气象，其中对社会、对生命、对人性，多有独特的体悟，读后就多了嚼头和玩味。"应该说，平凹先生这个评价是相当高的，也是很准确的。

翻开《山里的事》，扑面而来的就是一种浓郁的乡土气息。这本散文集，正如书名所示，写的就是作者家乡商洛山里的人与事，应该说，作者把这些人和事是写活了，从中看出作者功力的加深。厚厚的一本集子，写到相当众多的人物，有乡村干部，有普通农民，有作者自己的父老乡亲和同学好友，成组地出现，联翩而来，形成一个相互联络的商洛乡村人物志（或者说是画廊）；由于作者善于抓住人物的特点与精髓，这一个个人物也就代表了商洛的精神风貌，是一个活的立体的商洛，与贾平凹的系列《商州》笔记——历史的、人文的商州形成了一个对映，是我们观照商州不可缺少的一个方面，因为它是当下的、发展演变正在进行中的商州。这是作者对当代文学的一个贡献。

家乡人人会写。但许多人写家乡是从家乡之外的一个时空来写，李育善不是这样，他是置身于家乡来写家乡，他直接面对生活，并不需要赋予他的描述对象以所谓的"乡愁"及太多的主观性东西。因此，读他的散文就感到"不隔"，感到是原汁原味。这使看到太多的真真假假"乡愁"式散文的我们感到耳目一新，就像尝到刚从菜园子亲手摘下的瓜果。这样写其实很有难度，需要平凹先生在序言中所说的那么一种气，才能生动起来；需要把作者的情感很深地隐伏在文字的背后。我们说，李育善成功地做到了这一点。他的散文就像一篇篇"特写"（或者说速写），一下子就把人带到情境之中，一下子就把人带到商洛这片土地，与作者一起去体味社会，体味生命、人性，体味自然。

集子里最为突出、最能打动人的还数排在前头的一二十篇写乡村干部的文字。恕我孤陋，集中而又直接地描写乡村干部，其力度与深度犹如此者还较少见。这当然得益于作者曾做过多年乡镇干部的生活经历与体验。在作者的笔下，这些乡村干部都有独特的个性，也有共性。这里又分两个层次，乡一级干部共性更多，他们豪放粗犷、大大咧咧，但是他们一心扑在工作上，干起工作风风火火，而且大多能喝酒——在当地，只有能喝酒才能与村里的干部、农民们打成一片，文章中多次写到他们是在酒酣耳热之际将问题迎刃而解的。他们是敬业的、忘我的，有的甚至累垮了身体、英年早逝，但一心惦念着山村的事、山村的发展，他们平凡的言行中蕴藏着感人的力量。村一级的干部似乎个性更突出，他们有的善良，有的爽直，有的自私，有的还有旧式农民狡猾的一面，但他们都很聪明，有的还很风趣幽默，许多人舍小家顾大家，为村子的发展做出了许多牺牲。如《村上干部》一篇写到的几位村干部：豹子带领村里年轻人抢修被暴雨冲垮的道路，转移困境中的乡亲，顾不上照料自家，结果发现儿子被泥石流吞噬；宝娃子为了重建学校，吃住在工地上，没白天没黑夜地忙，还因为没有向乡里申请就砍伐了自家坡上的树木而被拘留、罚款，回来后，无怨无悔，又让家人拿酒好好答谢盖学校的匠人们。作者写出了这些村干部感人的事迹，也写出了他们性格上质朴、可爱的一面。《村官》中写到的"支书恒牛"，为村上建自来水去求当县水电局副局长的堂弟，堂弟没有答应；自来水接通后，水电局领导来祝贺，恒牛"对所有的来客都热情相待，就是不理堂弟"。乡上书记责怪他不懂礼数。"他笑着说：'我就要给他难看，不过，没事，弟兄们心里亲着哩。'"还有《"思想，思想"》中写到的砍娃子，凡事爱捉摸（拿他的话说就是"思想、思想"），果然技高一筹，带领大家致富。同样，《"谢说理"》一篇中写到的"谢说理"——谢坤娃，做思想工作很有一套，掌握国家政策很准，集体企业办得很兴旺……这些人物都在作者的笔下活现出来，而且都带有一定的诙谐浪漫色彩，读了让人忍俊不禁，备受感动。

作者写农民更是饱蘸深情，不仅写出了生活在商洛这片土地上农民的厚道、执着与智慧，也写出了他们对命运的顽强抗争和向往新生活、追求新生活的勇气与努力。如在外地开公司"发达"了，不忘家乡发展的"晋文"（《晋文》），对打工结识的"胖女"一往情深的黑娃（《黑娃》），精明的"老镇"，爱讲故事、段子并以此调动干活人积极性的"老郝"（《山里人》），还有从小闯荡社会、靠给人"跑白事"为生却胸怀"成立个白事理事会，招能人办服务公司"大志的强娃子……作者都能写出他们的性格与内在精神，使我们感受到商洛这片土地所搏动着的希望。当然，作者也没有回避有些农民的狭隘、小气与算计，如"爱告状"的山锁，因疑心而与妻子离婚的生运，喜新厌旧的三儿，等等。作者在写到自己的同学与父老乡亲时，也是从其个性入手，抓住一个人一生的大节，以精练的笔墨写出他们的命运和命运背后的故事，更寄予自己的理解、同情与怀念，可谓融深情于叙事，见精彩于素描。这本集子里一个个人物集中到一起，使人看到了商洛这块舞台上近几十年上演的一部部生动的活剧，可谓异彩纷呈。

作者所写的人与事之所以活灵活现，是因为这一切都发生在作者身边，几乎每一篇文章中都有作者自己的影子。开卷第一篇《在乡上工作的第一天》第一句："麦子刚刚杏黄，我从县机关到一个乡当乡长去了。"一下子就把读者带到了商洛这片土地上；而本书的压卷之作《一个村子的选举》，是一篇写基层选举全程的长文，作者更是其中的组织者与参与者，是他的亲历记。这篇文章写到了村民对选举的热情，写到了农村新旧两种势力矛盾纠葛、斗争和选举工作的一波三折，各种人物登场表现了自己的思想意识与情怀，就像一篇波澜起伏的小说，然而却是非虚构作品，是难得的直接呈现中国农村基层选举全貌、有极大剖析与参考价值的作品，之所以一经发表就由《新华文摘》向全国读者推荐也就不难理解。

整个一部《山里的事》，神完气足，作者调动他储积的一切素材，借助他所亲历的人与事，向读者展示一个真实而丰富的商州。即便有些文章题材比较靠近，然而读来并不让人感到重复；这是因为几乎每一篇文章里都有独特的善好的细节，体现出他深厚的生活底蕴、对乡土人生的深刻理解和丰沛而真挚的情感。正如著名评论家李敬泽在《儒生育善的世界观》中所言，李育善的写作体现了儒生为文的诚恳、笃厚及可信，因此他的文章"就成了理解中国的一个小的，但更具普适性的样本"。

后　记

写了二十多年文章，准确说是散文，也出版了两本书，长进不大，有时自己都不想看，像是对着自己满是皱纹的脸。突然不想写了，一来好像成了挤干了的豆腐渣，二来感觉仍在原地踏步。朋友建议让试着写写小说什么的，心虚，一直没敢动笔。再说，工作忙，写作只是业余，没有整段时间，只在周末用上多半天去想去写。

人过五十，把名呀利呀看得很淡了。工作之余，读读书，写点文字，也算自娱自乐。可是熟人朋友一见面，总要问"新书啥时候出来？""报上咋不见你的东西了？你写的人爱看"。于是，又打算出第三本书。我把书稿发给穆涛兄，他看了说很好，他给作序，我很感激。

穆涛兄是个大忙人，书稿给他半年了，我去见他，他拿出打印装订好有砖块那么厚的书稿，笑着说："不急，正在拜读。"我除了感动，无话可说。

去年年底，我有幸被省里选为"百名优秀中青年作家资助计划"对象。见到穆涛兄，他笑着说："'百优'值得祝贺，这书出来也算'百优'成果了。"我连连点头说："是呀，是呀，这就叫瞎猫逮住个死老鼠么。"他说文章还要优选，这样才能对得起"百优"称号。我原本想着把这些像猪毛搅豆渣一样一块出，每篇文章都像是自己的孩子，该见人时也不管长得丑不丑了，手心手背都是肉嘛。经他这样一说，我觉着很在理，笑着说："别人的老婆自己的娃，娃的好赖我也看不出了，全靠你了。"

平凹先生见面笑着说："成'百优'了，要加油哦，可不能停下。"我说："想想你都那么勤奋，我凭啥不努力。"这个春节几天假，我发狠读了几本书，写了几篇文章，时刻想着用先生的精神激励自己。只要用心体味，生活中值得写的东西很多很多。先生在我第二本书序里写到，盼望我"长木柱天"，我却有自知之明，做文学的小草足矣。

这本书大都是近几年新写的一些东西，自己感觉很一般，愿读者朋友别嫌弃。散文真是"易学难工"，我都没"学"好，更谈不上"工"了。我只是对她情有独钟，像对初恋，依然坚持着那份不变的初心。

写这篇后记时，已是春暖花开，春光明媚。温馨的芬芳滋润着我的笔。偶一声鸟鸣，叫我心也为之一动，这么美好的城市，这么自然的生态，我得好好去写，为这蓝天白云，为这鸟语花香。

陕西师范大学出版总社的刘东风兄主动为我出这本书，感激不尽，还要感谢为我这本书而辛勤工作的各位老师和朋友。特别是我几十年的好朋友何高峰兄、鱼在洋兄、马修亚兄等人，加班加点对书稿的取名、文章的遴选反复推敲。一阵春风拂面，心里暖洋洋的，愿那份感恩之情化作暖流温暖所有关心我和这本书的人。

李育善

2017年3月4日于商州